KB149525

세상을 바꾸는
미친 그들

대한민국 젊은이들에게 희망과 용기를 주는 이야기

세상을 바꾸는
미친 그들

대한민국 젊은이들에게 희망과 용기를 주는 이야기

박근형 지음

 프로방스

Prologue

적극적인 당신의 자세 ···

대한법률구조공단 남자화장실 소변기 앞에 이런 문구가 붙어 있습니다.

'한 걸음 더 앞으로.'

지극히 당연한 말입니다. 그런데 이 문구 바로 밑에 이렇게 쓰여 있습니다.

'적극적인 당신의 자세가 인생을 바꿉니다.'

불교를 좋아하는 사람은 "인연이 있으면 또 만나겠지."라는 말을 잘 합니다. 그렇지 않습니다. 열심히 뛰지 않으면 인연이 생기지 않습니다. 적극적인 사람이 많은 인연을 만들 수 있고, 자신을 다스리며 남을 소중히 여기는 사람이 성공하는 인생을 살 수 있습니다.

-----→ 인생을 바꿉니다

문제는 지식이 아니라 실천입니다. 내가 지금 살고 있는 오늘은 어제 죽은 사람이 너무나 살고 싶어 했던 내일입니다. 강인한 정신력으로 치열하게 살아야 합니다.

저는 바로 이런 이야기를 젊은 벗들에게 하고 싶었습니다. 이 책에 17개 나라 30명이 나옵니다. 이들은 일반적인 한국인이 잘 모르는 사람이거나 이름만 알고 구체적인 인생행로를 모르는 사람입니다. 저는 중요하거나 재미있는 일화를 중심으로 이들의 인생을 소개하겠습니다.

우리 인생은 자기가 생각하는 그대로 이루어집니다. 이제 용기를 내어 돌격하십시오.

2014년 8월 20일 박근형

Contents

제1장

아름다운 여인의 향기

1. 자유를 추구하는 여자

알렉산드라 다비드 넬(프랑스)

    자유를 꿈꾸는 여자에게 이 사람을 본보기로 추천하고 싶다. 알렉산드라 다비드 넬 (Alexandra David-Néel, 1868~1969).

    알렉산드라는 1868년 10월 24일 프랑스 파리 근교(Saint-Mandé)에서 태어났다. 어렸을 때 본명은 루이즈 유제니 알렉산드린느 마리 다비드(Louise Eugénie Alexandrine Marie David). 아버지가 벨기에에서 벨기에 여자를 만나 결혼한 지 15년 만에 얻은 외동딸이었다. 과잉보호를 받으며 자랄 수밖에 없는 사람이었는데, 어찌 된 영문인지 이 사람 성격은 부모와 완전히 반대였다. 이 사람은 천성적으로 금욕을 싫어하며 자유를 좋아했다.

    이 꼬마아가씨는 2살 때부터 탈출을 시도했다. 조부모 집 앞에 있는 길을 따라가면 어디까지 갈 수 있을까? 겨우 2살 밖에 안 된 사람이 이런 생각을 했다. 그래서 세상 밖으로 탈출했다. 부모가 깜짝 놀라서 아장아장 걸어가는 딸을 뒤쫓아가 집으로 데려왔다.

    1871년 3월 28일부터 5월 27일까지 프랑스 파리에 공산주의정부가 있었다. 이를 파리 코뮌(Paris Commune)이라 부른다. 5월 21일부터 27일까지 정부군과 시민군의 파리시가전이 벌어졌다. 이때 3만 명이 죽었는데, 3살 밖에 안 된 알렉산드라가 치열한 시가전과 집단총살을 목격했다. 그 영상이 평생 지워지지 않았다.

이 꼬마아가씨는 5살 때 다시 탈출을 시도했다. 파리 근교 숲을 탐험하고 있었는데 관리인이 붙잡아 경찰서에 데려갔다. 알렉산드라는 집으로 데려가는 경찰관의 손을 손톱으로 할퀴었다. 이것이 최대 저항이었다.

'언젠가는 내 소망을 무시하는 어른들에게 복수하고야 말겠다. 나는 떠나고야 말겠다. 아무도 나를 막을 수 없다.'

5살 밖에 안 된 여자어린이가 이런 생각을 했다는 것이 믿어지지 않는다. 하지만 사실이다. 아무리 나이가 많아도 억압에 저항하는 독립정신이 없으면 자유롭게 살 수 없다.

알렉산드라는 너무 빨리 성숙했다. 6살 때 가족이 벨기에 브뤼셀 근교로 이사했고, 알렉산드라는 벨기에에서 어린 시절을 보냈다. 독서광이었고, 특히 여행기를 좋아했는데, 초등학생에 불과한 여자어린이가 휴일마다 놀고 있는 자기 부모를 한심하게 쳐다봤다.

'나는 흥미도 즐거움도 없이 텅 빈 삶이 흘러가고 내 젊음이 지나가는 것이 너무나 비통해서 울고 또 울었다. 돌아올 수 없는 시간이 흘러가고 아름다울 수 있는 세월이 허비되고 있었다. 내 부모는 그것을 조금도 이해할 수 없었고, 다른 부모들보다 더 나쁘지는 않았지만, 내게는 적보다 더 끔찍했다.'

타고난 끼를 조절하기 힘들었을 텐데, 그녀는 칼뱅파 개신교 기숙학교에서 철학과 종교서적을 탐독하며 열심히 공부했고, 혼자 고행과 단식을 실천하기도 했다. 그녀가 다닌 엄격한 기숙학교는 딸이 너무 자유분방해서 부모가 강제로 입학시킨 곳이었다.

15살이 되자 더 이상 부모가 이 괴이한 딸을 통제할 수 없었다. 여름방학 때 이 가족이 북해 근처 휴양지에 있었는데, 알렉산드라가 짐을 챙기더니 그냥 혼자 떠났다. 부모는 아무 말도 못하고 멍하니 지켜보기만 했다. 이 소녀는 벨기에와 네덜란드를 걸어 다녔고, 배 타고 영국으로 가서 실컷 여행했다. 그리고 돈이 떨어지자 집으로 돌아왔다. 2년이 지나자 17살 꽃봉오리가 된 알렉산드라는 스위스까지 걸어가서 알프스를 실컷 구경한 뒤 알프스산맥을 넘어 이탈리아를 여행했다. 물론 도보여행이다. 천성이 겁 없는 여자였다.

1886년 여름, 알렉산드라가 만 18살을 바라보고 있었다. 그녀는 부모에게 미리 한 마디 말도 없이 자전거에 소지품을 싣고 집을 나갔다. 그녀는 이렇게 독립을 쟁취했다.

알렉산드라는 자전거 타고 스페인을 여행했는데, 스페인으로 가기 전에 프랑스를 일주했다. 그래서 자전거로 프랑스를 일주한 최초의 여성이 되었다.

이제 알렉산드라는 자기가 가고 싶은 학교를 갔다. 그것이 브뤼셀음악학교. 노래도 잘하고 춤도 잘 추고 연기도 잘하는 미인이었다. 2년 동안 열심히 오페라를 연습했는데, 이 사람은 단순한 육체자유가 아니라 정신자유를 추구하는 사람이어서 철학에 관심이 많았다. 그래서 20살 때 영국으로 건너가 신지학회(Theosophical Society; 神智學會)에서 영어도 공부하고 인도와 중국의 철학번역서를 열심히 읽었다.

역시 문제는 돈이다. 부모가 도와줄 수도 없고, 부모의 도움 자체를 혐오하는 여자였다. 따라서 직접 돈을 벌어야 한다. 알렉산드라는 오페라단 오디션에 합격해서 가수가 되었다. 인기도 많았고, 돈도 많이 벌었다. 지금 한국에서 태어났다면 아이돌 걸그룹에서 춤추고 노래해야 하는 사람이다.

그런데 이 사람은 도시생활이 마음에 안 들었다. 더욱 많은 부와 명예를 얻을 수 있는 가수였는데, 계약기간이 끝나자 미련 없이 가수를 집어 던졌다. 이번에는 인도를 여행했다. 1890년부터 1년 이상 인도를 누빈 이 여행이 알렉산드라의 일생을 결정했다. 시킴 다르질링으로 들어가서 티베트음악과 티베트불교를 맛본 뒤 영원히 잊지 못한 것이다.

역시 문제는 또 돈이었다. 그래도 큰 걱정을 하지 않았으니, 워낙 뛰어난 오페라가수였기 때문에 다른 오페라단에 들어가 노래하고 춤추고 공연하며 돈을 벌었다. 그리고 계약기간이 끝나면 또 세계를 돌아다녔다. 세상에 이렇게 행복하게 사는 여자도 드물 것이다.

1900년, 알렉산드라는 튀니지의 한 오페라단과 계약을 맺고 튀니스로 갔는데, 이곳에서 철도기사 필립 넬(Philippe Néel, 1862~1941)을 만났다. 둘은 4년 동안 격렬한 사랑을 나누었고, 필립 넬은 알렉산드라에게 청혼했다. 알렉산드라는 원래 결혼할 생각이 없었다. 그럼에도 필립의 청혼을 받아들였으며, 1904년 둘은 튀니스에서 결혼했다. 그리하여 이 사람 이름은 알렉산드라 다비드 넬이 되었다.

필립 넬이 처음부터 알고 있었는지 확실하지 않다. 오랫동안 몸을 섞었기 때문에 알렉산드라는 평범한 가정주부로 살 수 없는 여자라는 사실을 알았을 것이다. 무슨 까닭인지 모르지만 알렉산드라는 평생 자식이 없었고, 여행과 모험이 인생 낙이었다. 결혼식을 올린 지 일주일 만에 혼자 튀니지 여행을 나간 사람이다.

필립 넬은 가슴이 넓은 남자였다. 넬은 자기 아내를 이해했다. 그래서 파격적인 제안을 했다.

"당신이 세계 어디로 가든 내가 여행경비를 부쳐줄게."

알렉산드라가 감격하며 뜨겁게 끌어안았다. 1911년 8월 둘은 헤어졌다. 필립 넬은 17년 동안 아내의 세계 여행을 지원했고, 알렉산드라는 남편과 서신왕래를 하며 정신적인 사랑을 나누었다.

1912년 4월, 알렉산드라는 시킴 칼림퐁(Kalimpong)에서 머물고 있었던 제13대 달라이라마를 알현했다. 지금 우리가 달라이라마로 부르는 사람은 제14대 달라이라마다. 40살이 넘은 알렉산드라는 이미 불교를 깊이 이해하고 있는 사람이었다. 제13대 달라이라마는 한 프랑스 여자가 이렇게 불교를 잘 알고 있는 사실에 놀랐고, 그녀의 교리에 관한 질문에 성실히 대답했으며, 티베트어를 배울 것을 권했다.

알렉산드라는 그 권유를 받아들였다. 시킴에서 여러 고승을 스승으로 모시며 티베트어와 티베트불교를 공부했다. 이때 아푸르 용덴(Aphur Yongden, 1899~1955)이라는 시킴에서 태어나 자란 티베트 소년승을 만났다. 용덴은 알렉산드라의 제자가 되었고, 평생 알렉산드라의 연구를 도우며 살았다.

알렉산드라는 보통 여자가 아니다. 1914년 10월부터 1916년 7월까지 해발 3900m 급사면에 있는 동굴에서 용덴과 같이 밀교수행을 했는데, 한 겨울 한 밤중에 얼음을 깨고 강물 속으로 알몸입수를 하는 수행도 했다. 스스로 열을 내어 체온조절을 하는 수행법을 완전히 익혀야 가능하다.

알렉산드라는 밀교수행을 마치고 1916년 다르질링을 넘어 남부티베트 중심지 시쩨로 갔다. 이곳 짜시룬뽀 사원에서 제9대 빤첸라마를 알현했는데, 티베트 영국대표부가 알렉산드라의 라싸방문을 불허했다. 그러자 이 아줌마는 실망하지 않고 굳게 결심했다.

"나는 라싸에 가고야 말겠다. 아무도 나를 막을 수 없다."

제1차 세계대전이 터져서 유럽으로 가는 것이 위험했다. 그래서 알렉산드라와 용덴은 인도에서 더 머문 뒤 버마를 거쳐 1917년 일본을 여행했다. 당시 일본을 여행한 서양인들은 대부분 일본이라는 나라에 푹 빠졌다. 서양인들 눈에 모든 것이 새롭고 아기자기하게 보였기 때문이다. 하지만 알렉산드라는 특이한 서양인이었다. 이 아줌마는 실망했다.

"일본은 실망스러워요. 기차로 아름다운 산악지대를 여행했지만 그런 것들은 피레네나 알프스에 얼마든지 있어요. 더구나 히말라야와 비교도 안 돼요!"

그래서 배 타고 일본의 식민지 한국으로 왔다. 사실 산의 크기와 높이만 따지면 일본 자연환경이 한국보다 더 웅장하다. 그런데 어찌 된 까닭인지 이 아줌마는 한국 자연환경에 푹 빠졌다.

"티베트의 산들이 눈앞에 펼쳐지는 듯 했어요."

티베트 산에 비하면 한국 산은 언덕 밖에 안 된다. 그런데도 이렇게 느낀 것이 재미있다. 특히 합천 해인사에서 한국불교의 저력을 확인하며 놀라워했고, 금강산을 여행하면서 한국 자연환경에 푹 빠졌다. 게다가 언제나 가식적인 웃음을 짓는 일본인보다 거칠지만 솔직하게 표정 짓는 한국인이 더 마음에 들었다고 한다.

알렉산드라와 용덴은 기차 타고 만주와 몽골로 갔으며, 중국에서 오랫동안 머물며 공부와 여행을 계속 했다.

1923년 10월, 알렉산드라와 용덴은 중국 운남성에서 탁발승으로 분장했다. 이들은 "옴마니반메옴"을 외우며 천천히 앞으로 걸어갔다. 그리하여 1924년 2월, 드디어 라싸에 도착했다. 당시 나이 55살. 라싸를 방문한 최초의 서양인 여성이었다.

지금은 여자가 마라톤도 하는 시대이기 때문에 별다른 감흥이 없지만, 그 시절에 여자가 라싸까지 갔다 온 것은 지금으로 비유하면 여자 혼자 우주선을 몰고 달에 착륙해서 외계인과 이야기를 나눈 뒤 돌아온 것과 맞먹을 정도로 놀라운 뉴스였다.

알렉산드라는 라싸에서 오랫동안 살고 싶었는데, 결국 두 달 만에 신분이 탄로 났다. 겨울 새벽인데 여자가 강에서 목욕을 하니 보통 사람으로 보이지 않았고, 영국무역대표부에 이 사실이 알려진 것이다. 그래서 알렉산드라와 용덴은 영국인의 친절한 강제안내를 받아 한 달을 걸어서 인도로 가야 했다.

그래도 이 뉴스가 프랑스 사람들에게 큰 기쁨을 줬다.

"우리 프랑스 여자가 라싸까지 갔다 왔다!"

"파리여자의 자존심이다!"

1925년 파리로 돌아온 알렉산드라는 스타가 되었다. 그녀의 강연회에 사람들이 몰려들었다. 그러자 출판사가 가만히 있을 수 없었다. 그녀의 라싸 여행기만 출간하면 우리 출판사가 떼돈을 버는 것이다. 알렉산드라는 원래 여행기를 쓸 생각이 없었다. 그러나 출판사가 집요하게 설득했고, 그녀는 결국 썼다. 그리하여 1927년 책이 나왔다.

〈파리 여자의 라싸 여행기(Voyage d'une Parisienne à Lhassa)〉.

알렉산드라는 평생 30권을 저술했는데, 이것이 가장 많이 팔리고 지금도 많이 읽히고 있는 책이다.

그녀는 필립 넬과 결별하고 1928년 프랑스 남부 디뉴(Digne)에 정착했다. 알프스가 보이는 고풍스런 전원도시. 그녀는 이곳에서 명상과 저술에 몰두하며 살았다. 이렇게 10년이 흘렀고, 알렉산드라는 할머니가 되었다. 용덴은 1929년에 자기 양아들로 삼았다.

1937년, 알렉산드라는 68살 먹은 할머니였다. 그래도 역마살을 참을 수 없었고, 용덴과 같이 중국으로 갔다. 그것도 비행기나 배를 타고 간 것이 아니라, 기차와 도보여행으로 동유럽→소련→시베리아→몽골을 거쳐서 들어갔다. 참으로 건강한 할머니였다.

그러나 이 둘은 중국에서 고생했다. 중일전쟁이 터져서 유럽에서 보내는 송금이 중단된 것이다. 이 둘은 거지와 다를 바 없는 피난생활을 했고, 동부티베트의 관문 다르쩨도(打箭爐; 康定)에서 1944년까지 머물렀다. 1946년, 이 둘은 프랑스 디뉴로 돌아왔다. 전쟁의 와중에서 수집한 각종 자료를 바탕으로 많은 저술을 발표했다.

1950년 12월, 알렉산드라는 82살이었다. 그런데 류마티즘이 계속 악화되고 있는 이 할머니가 알프스산맥 해발 2240m 지점에서 캠핑을 즐겼다. 이것이 당시 프랑스에서 화제였다.

"참 대단한 할머니야!"

1955년 11월, 자기 양아들 용덴이 죽었다. 그러자 알렉산드라가 한 말이 또 프랑스에서 화제가 되었다.

"못된 것. 나보다 먼저 가다니⋯⋯"

알렉산드라는 100살 10개월까지 살았다. 그런데 죽기 반 년 전에 여권을 갱신했다. 이것이 또 프랑스에서 화제가 되었다. 그 할머니는 죽기 직전까지 여행을 꿈꾸며 살았던 것이다. 수많은 프랑스 사람이 이렇게 말했다.

"나도 저렇게 살아야지!"

알렉산드라 다비드 넬은 1969년 9월 8일 조용히 눈을 감았다. 자신의 미모와 재능을 마음껏 즐겼으며, 자유와 모험을 사랑했고, 주체적인 여자의 인생이 무엇인지 본보기를 보여준 사람. 이 사람은 지금도 프랑스여자의 자존심이다.

2. 날씬한 몸매를 갖고 싶다면

오드리 헵번(영국)

유섭 카쉬(Yousuf Karsh)라는 사람이 있었다. 인물사진으로 명성을 날렸고, 지금도 이 사람 작품들은 불후의 명작으로 남아 있다. 이 사람은 사진을 잘 찍는 특별한 기술이 없었다. 기술 자체는 다른 사진작가와 다를 바 없었다. 오직 한 가지. 이 사람은 남의 내면을 보는 눈이 있었다. 자기 자신이 온갖 인생 쓴맛과 단맛을 봤고 생각도 깊기 때문에 인간을 이해하는 눈빛이 생긴 것이다.

1956년 할리우드 파라마운트 스튜디오. 그는 한 아름다운 여배우를 조명 안으로 안내했다. 그리고 그는 봤다. 저 여배우에게 평생 씻을 수 없는 슬픔이 있다는 것을. 그는 상대를 편안하게 만드는 목소리로 천천히 말했다.

"당신 내면에 상처 받기 쉬운 연약함이 보이는군요."

그 여배우는 자신이 소녀시절을 제2차 세계대전과 같이 보냈다고 말했다. 그리고 발레리나를 꿈꿨던 감수성 예민한 나이에 직접 본 수많은 시체와 배고픔, 건물이 모두 쓰러져 오랫동안 거리에서 자야 했던 기억과 끔찍한 경험들을 담담하게 고백했다. 카쉬는 이렇게 저 인물의 특징을 알아냈고, 아름다움과 슬픔을 동시에 간직하고 있는 여인의 모습을 찍었다. 카쉬의 대표작 중 한 장은 이렇게 탄생했다.

그 여배우의 이름은 오드리 헵번(Edda van Heemstra Audrey Kathleen Hepburn-Ruston, 1929~1993). 전 세계인이 사랑하는 불멸의 여배우. 박애를 실천하는 아름다운 인생이 무엇인지 보여준 할머니 천사.

헵번은 아일랜드계 영국인 아버지와 네덜란드 귀족 출신 어머니를 두고 벨기에서 태어났다. 국적은 영국이지만 네덜란드에서 많은 시간을 보냈다. 그가 겪은 제2차 세계대전의 상처도 모두 네덜란드에서 겪은 것이다. 전쟁이 끝난 뒤 돈을 벌기 위해 모델 아르바이트를 했고, 이 인연으로 영국에서 연기도 했다. 그리고 할리우드에서 명감독 윌리엄 와일러(Wilhelm Weiller)의 카메라 테스트에 합격했다. 그리하여 그레고리 펙(Gregory Peck)과 같이 출연한 영화가 1953년 작품 〈로마의 휴일(Roman Holiday)〉.

어쩌면 저렇게 매력적인 공주가 있을까! 키 173.7cm, 몸무게 49kg, 허리둘레 20inch. 1950년대와 60년대, 오드리 헵번은 만인의 연인이었다. 헵번은 다른 일반적인 여배우와 달리 여자들도 대부분 좋아했다. 선한 눈빛이 관객들 시선을 사로잡았기 때문이다. 뿐만 아니라 옷을 잘 입었고, 그 날씬한 몸매를 죽을 때까지 유지했다.

헵번은 두 번 결혼했다. 1954년부터 1968년까지 부부의 인연을 맺은 사람은 자신보다 12살 많은 멜 페러(Mel Ferrer). 이미 두 번 이혼한 사람이었지만 헵번은 아버지 같은 자상함에 반해서 결혼했다. 페러도 배우였는데, 헵번에 비하면 유명한 배우가 아니었고, 페러가 출연한 작품이 계속 실패하자 실의에 빠지면서 술도 많이 마셨다. 그러자 헵번은 남편에게 이렇게 말했다.

"당신은 내 명성과 부를 먹고 살지만, 나는 당신의 사랑을 먹고 산다고 생각하면 어때요?"

페러는 이 한 마디에 감동했다. 그래도 결국 다른 여자에게 관심을 가졌고, 헵번이 이 사실을 알았다. 페러는 이렇게 고백했다.

"내가 사랑하는 사람은 당신이야. 하지만 그녀와 있으면 당신에게서 느낄 수 없는 편안함을 느껴."

1968년 헵번은 페러와 이혼했고, 장기간 휴식에 들어갔다. 이때 헵번을 위로해준 사람이 9살 연하 이탈리아 정신과 의사 안드레아 도티(Andrea Paolo Mario Dotti). 1969년부터 1982년까지 이 둘은 부부의 인연을 맺었다. 헵번이 1982년 다시 힘든 결정을 한 원인도 남자에게 있었다. 이탈리아 남자답게 자신을 독신남으로 가장하며 열심히 바람을 피웠기 때문이다.

이제 헵번은 젊지 않았다. 얼굴에 주름살이 많아졌고, 옛날 같은 깜찍한 매력이 모두 사라졌다. 그럼에도 헵번은 만인의 연인이었다. 헵번이라는 할머니는 너무나 아름다웠다. 얼굴은 아름답지 않았지만 행동이 아름다웠다. 말년을 유니세프(Unicef) 친선대사로 봉사하며 살았기 때문이다. 헵번이 아프리카에서 많은 시간을 보낸 까닭은 다음과 같다.

"절망의 늪에서 나를 구해준 것은 많은 사람들의 사랑이었습니다. 이제 내가 그들을 사랑할 차례입니다."

오드리 헵번은 1993년 1월 20일 스위스에서 대장암으로 사망했다. 헵번은 아들 하나가 있다. 숀 페러(Sean Hepburn Ferrer Luca Dotti). 헵번이 평생 날씬한 몸매를 유지한 비결이 무엇이었을까? 그녀는 1992년 크리스마스 때 아들 숀 페러에게 자신이 좋아하는 샘 레벤슨(Sam levenson)의 시를 읽어주었다. 이것이 오드리 헵번의 유언이 되었고, 헵번이 평생 날씬한 몸매를 유지한 비결도 이 안에 있었다.

아름다운 입술을 갖고 싶으면 친절한 말을 하라.
(For attractive lips, speak words of kindness.)
사랑스러운 눈을 갖고 싶으면 사람들의 좋은 점을 보아라.
(For lovely eyes, seek out the good in people.)
날씬한 몸매를 갖고 싶으면 너의 음식을 배고픈 사람과 나누어라.
(For a slim figure, share your food with the hungry.)
아름다운 머리카락을 갖고 싶으면 하루에 한번 어린이가 너의 머리를 쓰다듬게 하라.
(For beautiful hair, let a child run his fingers through it once a day.)
아름다운 자세를 갖고 싶으면 남들이 너를 보고 있음을 명심하며 걸어라.
(For poise, walk with the knowledge you'll never walk alone.)
사람들은 상처로부터 복구 받아야 하며, 낡은 것으로부터 새로워져야 하고, 병으로부터 회복해야 하며, 무지함으로부터 교화되어야 하고, 고통으로부터 구원받고 또 구원받아야 한다.

(People, even more than things, have to be restored, renewed, revived, reclaimed and redeemed and redeemed.)

누구도 버리지 말라.

(Never throw out anybody.)

기억하라. 내가 남을 도와야 한다면 너의 팔 끝에 있는 손을 이용하면 된다.

(Remember, if you ever need a helping hand, you'll find one at the end of your arm.)

너가 더 나이가 들면 손이 두 개임을 발견할 것이다.

(As you grow older, you will discover that you have two hands.)

한 손은 자신을 돕는 손이고, 다른 손은 남을 돕는 손이다.

(One for helping yourself, the other for helping others.)

3. 가냘픈 여인의 고독한 투쟁

박병선(한국)

1782년 2월, 조선 문예부흥의 지도자 정조는 왕실 관련 서적을 보관할 목적으로 강화도에 외규장각(外奎章閣)을 설치했다. 당시 왕립 도서관인 규장각의 부속 도서관이다. 이곳에 소중하게 보관한 서적은 국가 주요행사의 내용을 정리한 의궤(儀軌)와 현존하는 가장 오래된 금속활자 인쇄본인 〈직지심경(直指心經)〉을 비롯해 총 1000여 권.

하지만 1866년 병인양요 때 프랑스군이 강화도를 습격해서 외규장각이 보관하고 있던 '의궤도서' 191종 297권을 약탈했다. 이 가운데 31종은 국내에도 없는 유일본이다. 그 역사 가치는 이루 말할 수 없다. 그리고 자신들이 가져갈 수 없는 나머지는 불태워버렸다. 지금 한국군이 프랑스를 침략해서 프랑스 왕립도서관의 부속도서관에 있는 국보급 서적들을 최대한 약탈한 뒤 더 이상 가져갈 수 없는 서적들을 불태워버렸다고 상상해보라. 이런 야만인이 세상에 어디 있는가! 문화국가로 자부하는 프랑스인들이 이런 만행을 저질렀다.

그리고 163년이 흘렀다.

박병선(朴炳善, 1929~2011) 박사는 서울에서 태어났다. 진명(進明)여자고등학교와 서울대학교 역사교육과를 졸업하고 1955년 프랑스로 유학을 떠났다. 한국에서 유학 비자를 받은 최초의 여성이며 프랑스유학생 1호다. 파리대학교(소르본대학교)에서 역사학을 공부했고, 프랑스고등교육원에서 종교학 박사학위를 받았다.

박병선 박사는 1967년 처음으로 고통을 맛봤다. 박정희정권은 철저한 반공정책과 반공교육을 실시했고, 60년대 초반 조금이라도 외화를 벌기 위해 독일에 광부와 간호사를 수출했다. 광부와 간호사는 독일인들이 기피하는 대표적인 힘든 직업이었기 때문에 인력이 모자라서 한국인들이 이 자리를 메운 것이다. 그런데 당시 독일에 광부와 간호사로 파견 나가 일한 한국인들은 엘리트들이었다. 특히 광부는 대부분 가짜광부였다. 대학을 졸업한 우수한 인재가 많은 돈을 벌기 위해 광부로 독일에 간 것이다. 당시 한국은 이 정도로 초라한 나라였다. 그런데 이들이 독일에서 후진국 국민 신분으로 일하며 온갖 설움을 맛봤고, 일부는 한국의 현실을 객관적으로 보기 시작하며 사회주의 공부도 조금 했다.

박정희정권은 자신들에게 조금이라도 위협적인 시국이 벌어지면 간첩사건을 조작했다. 그중 대표적인 것이 1967년 동백림사건이다. 동백림은 동베를린이란 뜻이다. 극소수 한국인들이 서베를린에 있었고, 중앙정보부는 이들이 동베를린을 오가며 간첩활동을 했다는 누명을 씌웠다. 한국 언론은 이것을 순식간에 확대해서 독일과 프랑스에 있었던 한국인 엘리트 대부분에게 의심의 눈초리를 보냈다. 한국판 메카시광풍으로 볼 수 있다. 이때 무고한 박병선 박사도 겁을 먹었고, 한국으로 강제송환 당해 고초를 겪지 않기 위해 프랑스로 귀화했다.

그리고 같은 해인 1967년 박병선 박사는 프랑스국립도서관(BNF) 사서로 근무하기 시작했다.

박병선 박사는 먼저 프랑스국립도서관에 어떤 책이 있는지 개인적으로 조사하기 시작했다. 그리고 2년 뒤인 1969년, 선생은 우연히 고서 한 권을 발견했다.

〈백운화상초록불조직지심체요절(白雲和尙抄錄佛祖直指心體要節)〉.

한국은 세계 최초로 금속활자를 발명해서 인쇄한 나라다. 기록에 의하면 구텐베르크(Johannes Gutenberg)가 금속활자를 만들기 200년 전, 고려인은 〈고금상정예문(古今詳定禮文)〉이라는 책을 금속활자로 찍었다. 구텐베르크가 인쇄한 〈성서〉는 지금도 남아 있기 때문에 세계에서 가장 오래된 금속활자로 인정받고 있었다. 〈고금상정예문〉은 오래 전에 소실되었다. 기록으로만 남아 있고 증거가 없기 때문에 세계에서 가장 먼저 금속활자를 만든 나라는 독일이었다.

사실 한국은 19세기까지 목판인쇄를 했다. 금속활자는 활자 자체가 비싸기 때문에 왕실만 활판인쇄를 할 수 있었고, 일반 양반들은 서점에 돈을 주고 자기 저작을 목판인쇄로 만들어 판매했다. 이렇게 목판으로 100권 내지 500권을 인쇄해서 대중에게 팔면, 다른 사람들은 그 책을 필사해서 자신이 소장하거나 친구에게 줬다. 이것이 조선시대 출판문화였다. 고려시대는 말할 것도 없었다. 책은 대부분 필사본이었다. 그래서 활판인쇄를 한 책은 제목이 기록으로 남아 있었다.

박병선 박사는 놀라움을 금치 못했다. 〈불조직지심체요절〉, 통칭 〈직지심경〉은 고려 말기인 1377년에 찍은 금속활자본이다. 〈고금상정예문〉보다 훨씬 후대에 찍은 책이지만, 그래도 구텐베르크의 〈성서〉보다 78년 전에 찍은 금속활자본이다. 현존하는 가장 오래된 금속활자본인 것이다. 박병선 박사는 흥분했고, 먼저 한국에 있는 한 사학교수에게 전화했다. 그러자 그는 박병선 박사에게 혀도끼를 날렸다.

"밥 먹고 할 일 없으면 잠이나 자라!"

한 마디 말이 비수가 되어 심장을 찌른다. 모르면 솔직하게 "모른다."고 말할 것이지 어떻게 저런 폭력을 서슴없이 날린단 말인가! 박병선 박사가 받은 충격은 말로 표현할 수 없었다. 그러나 용기를 잃지 않았다. 다른 프랑스 사학자들에게 열심히 설명했다.

"이 책이 구텐베르크의 〈성서〉보다 78년 전에 찍은 한국 금속활자본입니다."

그들은 한국인들처럼 혀도끼를 날리지 않았다.

"만약 이것이 진짜 고활자본이라면 역사적인 공헌이 큽니다."

조심스러운 발언이다. 자신들도 모르기 때문에 "~라면(Si c'etait)"이라는 가정법을 썼다. 박병선 박사는 받아들일 수 없었다.

'저들의 입에서 ~라면(Si c'etait)이라는 표현을 없애버리리라!'

박병선 박사는 민속학과 종교를 연구하는 사학자이지, 책 자체를 전문적으로 고증하는 서지학자가 아니었다. 그래서 한국의 학자와 교수들에게 10통이 넘는 편지를 보냈다.

"혹시 〈한국활자사〉라는 책이 있나요? 만약 한국 활자역사를 알 수 있는 책이 있다면 꼭 보내주십시오. 부탁드립니다."

〈한국활자사〉라는 책이 〈직지심경〉을 금속활자본으로 소개하고 있다면 이것이 유력한 증거다. 이를 근거로 〈직지심경〉이 현존하는 가장 오래된 금속활자본이라 주장할 수 있고 공인도 받을 수 있다. 그런데 답장이 없었다. 박병선 박사는 오랜 시간이 지난 뒤에야 한국 사학계의 현실을 알았다. 일반적인 한국 사학자들은 폐쇄적이라는 것을. 자기 밥그릇 싸움에 목숨 걸고 나서지만 자신과 관계없는 일은 귀찮게 생각한다는 것을. 박병선 박사는 답장을 딱 한 통 받았다.

"며칠 동안 찾아봤는데, 찾지 못하겠습니다. 그런 책은 없는 것 같습니다. 죄송합니다."

박병선 박사는 이 답장을 평생 고맙게 생각했다.

이대로 물러설 수 없다. 박병선 박사는 도서관 안에서 중국과 일본의 활자 역사에 관한 책을 찾았다. 한문과 일본어를 다 읽을 수 있는 사람이었지만 그래도 피곤했다. 거의 매일 밤을 새웠고, 박병선 박사의 눈이 시뻘개졌다.

"너 어제 울었니?"

도서관 동료들이 박병선 박사의 눈을 보고 걱정해서 한 말이었다. 그러면 박사는 약국에서 안약을 사서 넣었고, 며칠 뒤 또 안약을 넣는 일을 반복했다. 그렇게 열심히 자료를 뒤졌지만 만족스러운 기록을 발견할 수 없었다. 그러던 어느 날.

"핵심은 이 책이 진짜 고활자본임을 증명하는 거야. 그렇다면 이 책은 진짜 금속활자로 찍었다는 것을 증명하면 되잖아!"

그래서 자신이 직접 실험하기로 결심했다. 내가 직접 활자를 만들자!

처음에는 지우개로도 만들고, 감자로도 만들고, 흙으로도 만들었다. 금속활자와 인쇄형태가 다르다는 것을 증명하기 위해서다. 그러다 사고가 터졌다. 흙으로 만든 활자를 자기 집 오븐 안에 넣고 구웠는데……

펑!

오븐이 터지며 부엌 유리창이 다 깨졌다. 박사도 놀랐지만 주인도 깜짝 놀라서 박사에게 욕을 했다. 박사는 또다시 며칠 동안 좌절에 빠졌다. 그런데 갑자기 이 생각이 떠올랐다.

"그래! 프랑스는 지금도 인쇄소가 옛날 활자들을 보관하고 있어. 언어는 다르지만 같은 금속활자 아닌가. 그것을 종이에 찍어서 확대한 뒤, 〈직지심경〉 활자와 비교하면 알 수 있잖아!"

그래서 한 인쇄소를 찾아가 간곡히 부탁했다. 인쇄소 사장이 허락했고, 활판 하나와 활자 몇 개를 빌려 집에서 종이와 잉크로 찍었다. 이 실험이 성공했다. 활자의 형태가 동일했다. 대조표를 만든 뒤 사진을 찍었다. 여기까지 3년이 흘렀다. 박병선 박사는 3년 동안 장보는 시간도 아까워서 거의 매일 빵과 물과 커피로 식사를 했다.

1972년 파리에서 세계도서전시회가 열렸다. 박사는 〈직지심경〉을 전시할 것을 요청했다. 이것은 도서관이 받아들였는데, 책 안내판에서 프랑스어 'Si'를 뺐다. 가정법을 없애고 단도직입적으로 '〈직지심경〉: 1377년 한국 금속활자본'으로 쓴 것이다. 도서관 관계자들이 이 안내판을 보고 겁이 났다. 만약 이 설명이 틀리면 자신들이 프랑스 학계에서 비웃음거리가 된다.

"어떻게 이런 대담한 짓을 할 수 있습니까? 이것이 금속활자인지 어떻게 확신합니까?"

박사가 친절히 설명하자 이런 대답이 돌아왔다.

"그것이 사실이라면 도서관 명예로 돌리겠소. 하지만 그것이 당신 실수라면 당신 개인 책임으로 돌리겠습니다."

박사는 받아들였다. 그리고 전시회에서 〈직지심경〉을 전시했다. 그러자 유럽 인쇄업자들이 그 안내판을 보고 항의했다.

"세계 최초로 금속활자를 만든 사람은 구텐베르크입니다. 한국이 구텐베르크보다 78년 전에 금속활자로 책을 찍었다는 것이 말이 됩니까!"

후진국 한국이 선진국 독일보다 먼저 활판인쇄를 했다니! 그것이 말이 되는가? 이것이 당시 일반적인 유럽인의 사고방식이었다. 박병선 박사가 그 자리에서 한국 인쇄역사를 간단히 설명한 뒤 증거까지 보여주며 친절하게 설명했다. 그러자 유럽 인쇄업자들은 이런 반응을 보였다.

"당신 말도 일리 있군."

"알았소."

이때부터 세계학계에 이런 소문이 매우 천천히 퍼졌다.

"한국이 독일보다 먼저 금속활자를 만든 나라라고 한다."

그래도 유럽인들의 반응은 박병선 박사의 마음을 아프게 하지 않았다. 같은 해 도서전시회가 끝나자마자 한국으로 가서 동양학자회의에서 발표했다.

"〈직지심경〉이 현존하는 세계 최고 금속활자본입니다."

그러자 한국학자들이 저 키 작고 볼품없이 생긴 여자 박사를 사정없이 난도질했다.

"너가 뭐 아는 게 있냐?"

"너는 서지학도 안 했으면서, 왜 서지학에 손을 대니?"

"그런 고증은 한국 서지학자들도 못했는데 어떻게 너가 그런 소리를 하니?"

칭찬하기는커녕 욕을 퍼부었다. 이것만으로도 박병선 박사는 평생 씻을 수 없는 상처를 받았다. 그런데 박병선 박사는 프랑스로 돌아온 뒤 충격적인 편지를 받았다.

"너가 했다고? 그래! 처음에 너가 발견한 것은 인정한다. 하지만 그것은 우리 한국 학자들이 다시 보고 판단해야 한다. 그리고 이점을 명심해라. 우리가 최종판단을 하기 때문에 결국 최종판별은 우리가 한 것이다."

박병선 박사는 이 편지를 읽고 너무 충격 받아서 찢어버렸다.

그 가냘픈 여자 박사는 정확한 연도를 밝히지 않고 죽기 반 년 전에 이렇게 회고했다.

"나중에 직지 영인본을 내기 위해 한국에 갔을 때 한국 서지학자들에게 제가 고증한 사진을 보여주면서 '내가 이렇게 고증했다.'는 것을 발표했더니 그분들이 화를 냈어요. 그리고 영인본 서문에 '프랑스국립도서관에서 근무하고 있는 박병선이 가져온 사진을 한국의 서지학자들이 고증해본 결과 이것은 금속활자라고 인정했다.'라고 적었어요. 나는 완전히 심부름꾼이 되고, 그분들이 다 했다고 된 것이죠. 내가 교수님께 가서 너무하셨다고, 그리고 그 한 마디만 고치시라고, '한국의 서지학자들이' 아니라 '한국의 서지학자들도 금속활자라고 인정했다.'고 고쳐달라고 강력히 애원했어요. 하지만 못하겠다고 하시더라고요. 아직도 그 해설문이 그대로 남아있어요."

한국 사학계의 편협함은 이 정도로 심각하다.

문제는 여기에서 그치지 않았다. 결국 한국에서 〈직지심경〉 영인본이 나왔는데, 한 부가 프랑스국립도서관에 도착했다. 도서관 한 과장이 영인본의 프랑스어 해설을 읽고 경악했다.

"박병선! 이것을 읽어봤느냐?"

(이미 다 알면서) "아니오. 안 읽었어요."

(화를 내며) "이게 말이 되느냐! 너가 고생해서 우리 도서관에서 발표를 하고 인정을 받은 것인데, 자기들이 했다는 것이 말이 되느냐! 이것은 반드시 국제재판소에 고소해야 한다!"

그래도 박병선 박사는 갑자기 자기 나라 학자들을 보호해야 한다는 생각이 들었다.

"그분들을 국제재판에 내세우는 것은 심합니다. 지금 당신들은 영광을 다 가졌잖아요. 세계 최고 활자본이 프랑스국립도서관에 있다는 것, 소유권도 프랑스국립도서관에 있다는 것만도 크잖아요. 그것만은 영원히 남아요. 이것이 서울에 있었으면 크게 신경 쓰지 않았을 겁니다. 이곳 도서관 서고 속에 있었으면 그대로 있었을 걸, 제가 꺼내 고증을 해서 발표를 했기 때문에 이것을 증명했어요. 그러니 도서관 쪽에서도 영광이고, 저도 기뻐요. 그러니 더 이상 말하지 맙시다. 그것을 봐서라도 참으세요."

그 뒤 한국에서 더 이상 소식이 없어서 그냥 흐지부지 넘어갔다.

〈직지심경〉 서문을 보면, 이 책은 청주에 있는 흥덕사(興德寺)에서 인쇄했다고 나온다. 고려시대 일부 사찰은 재력이 막강했기 때문에 금속활자와 활판을 사서 자체 인쇄하는 것이 가능했다. 그런데 이것이 고인쇄박물관이 생기는 계기가 되었다. 그것도 박병선 박사가 퍼트린 우연한 계기였다. 박병선 박사는 죽기 반 년 전에 이렇게 회고했다.

"전두환 대통령이 파리를 방문했는데, 엘리제궁에 돈을 빌리러 왔대요. 들어갈 때 땅만 쳐다보며 머리를 푹 숙이고 들어갔는데, 들어갔더니 미테랑 대통령이 〈직지〉 영인본을 탁 내놓으면서 이렇게 훌륭한 문화를 가진 국가의 대통령을 존경한다고 먼저 인사했어요. 그러니까 전 대통령도 용기를 냈고, 회의도 잘 끝나고 결과도 좋았다고 해요. 엘리제궁에서 나오는데 들어갈 때와는 달리 어쩌면 그렇게 하늘이 푸르고 아름다운지 모르겠더라는 회고담을 들었어요. 그런 일이 있고 대통령이 한국으로 돌아온 다음에 〈직지〉를 만든 청주에 고인쇄박물관 설립을 지시했지요."

흥덕사 부지는 1985년부터 1987년까지 발굴했고, 충청북도가 1987년부터 5년 동안 43억 원으로 절터를 복원하고 1992년 청주고인쇄박물관을 세웠다.

2005년 5월 19일, 앨 고어(Al Gore) 전 미국 부통령은 서울 신라호텔에서 "지금 한국의 디지털혁명은 인쇄술에 이어 세계에 주는 두 번째 선물."이라며 한국의 금속활자인쇄에 대해 이렇게 말했다.

"제가 스위스 인쇄박물관에서 알게 된 사실이 있습니다. 로마교황청이 보낸 한 사절단(1438~1448)이 중국에서 고려의 금속활자에 관한 기록과 기술에 관한 자료를 가져갔는데, 이 사절단 중 한 명이 구텐베르크의 친구(Nicolaus Cusanus)였습니다. 구텐베르크는 이 친구의 조언을 받아 금속활자를 만든 것입니다. 그러나 이점은 인정하셔야 합니다. 금속활자를 처음으로 만든 나라는 한국이지만, 금속활자혁명을 일으킨 사람은 구텐베르크입니다."

이렇게 〈직지심경〉이 세계 최초 금속활자본이며 한국이 최초로 금속활자인쇄를 한 나라라는 사실을 국제적으로 공인받는 시간은 무려 30년이 걸렸다. 그리고 외규장각 도서를 발굴하고 반환하는 시간도 30년이 넘게 걸렸다.

프랑스국립도서관 서고가 보관하고 있는 책은 약 3000만 권. 박학다식을 자랑하는 지식인도 평생 1만 권을 읽기가 쉽지 않다. 박병선 박사는 매일 책바다에서 헤엄쳤다. 현존하는 세계 최초 금속활자본 〈직지심경〉을 처음으로 외부에 공개한지 3년이 지난 1975년, 박사는 한 파손도서 보관창고에서 도서목록표기도 없는 파란색 표지로 되어 있는 오래된 책 뭉치를 발견했다. 보통 책보다 훨씬 컸는데, 일부는 종이가 많이 찢어져서 훼손된 상태였다. 오랫동안 아무도 거들떠보지 않던 책이 분명했다.

"무슨 책이지?"

박사는 조심스럽게 손에 올려 제목을 하나씩 살펴봤다. 그리고 점점 눈동자가 커졌다.

"이것은 혹시?"

의심스러워서 안에 있는 소제목과 주요 삽화도 하나씩 살펴봤다. 조선의 주요 왕실행사를 세밀하게 그린 채색화들이 이어졌다. 말로만 듣던 바로 그 〈의궤〉?

박병선 박사는 흥분했다.

'병인양요 때 약탈한 외규장각 도서들이다!'

다음날부터 도서관 직원들은 저 작고 가냘픈 한국여자가 의자에 앉아 커다랗고 파란 책을 뚫어지게 쳐다보고 있는 모습을 매일 봤다. 그래서 자기들끼리 이렇게 수다 떨었다.

"저 사람은 매일 파란 책만 보고 있어."

급기야 이런 말까지 했다.

"파란 책에 묻혀 있는 여성! 식사해야지."

"저 사람은 누구죠?"

"응. 파란 책에 묻혀 있는 여성."

"그게 이름이에요?"

"그렇게 부르면 다 알아."

이런 까닭으로 박병선 박사의 별명은 '파란 책에 묻혀 있는 여성'이 되었다. 이렇게 4년이 흘렀다.

1979년, 박병선 박사는 드디어 완성했다. 프랑스국립도서관에 있는 외규장각 도서 〈조선왕실의궤〉가 무엇인가? 총 몇 권인가? 정답은 191종 297권. 모두 한국의 국보다! 이 사실을 파리에 있는 한국 방송사와 신문사 특파원들에게 알려줬고, 이들이 기사를 송고했다. 한국 사학계가 깜짝 놀랐다. 왜냐하면 한국 사학자들도 강화도 외규장각에 〈조선왕실의궤〉가 있었다는 사실은 알고 있었지만, 프랑스군이 구체적으로 무슨 책을 가져갔는지 모르고 있었기 때문이다.

하지만 그것은 반짝 관심이었다. 1979년은 박정희 유신정권이 지옥으로 떨어지는 시기였고, 일반 국민들 삶은 도탄에 빠졌으며, 전국에서 독재정권타도의 불씨가 퍼지고 있었기 때문이다. 다른 사학자들도 "그렇군. 그 책들이 프랑스에 있었군."이라 말하며 더 이상 신경 쓰지 않았다. 일단 자기 일이 아니었고, "우리가 그 책들을 어떻게 다시 가져올 수 있나?"라는 패배주의가 강했다. 박병선 박사는 한국에 있는 한 대학교수에게 이 사실을 국제전화로 얘기했을 때 이런 대답을 들었다.

"그래? 그렇군."

그리고 더 이상 언급하지 않았다. 어쩌면 이렇게 무심할 수 있나! 어쩌면 이렇게 질투가 강하고, 남의 연구성과를 빼앗을 생각이나 하고, 같은 분야 학자를 학문동지로 여겨서 도와줄 생각은 전혀 없이 오히려 적으로 간주해서 '어떻게 하면 사정없이 짓밟을까?'를 고민하는 것들! 박병선 박사는 또다시 심한 좌절에 빠졌다.

그럼에도 박병선 박사는 죽기 반 년 전 인터뷰를 할 때 자신을 고통스럽게 만든 그 유명 사학자들 이름을 한 자도 거론하지 않았다.

박병선 박사는 다시 일어섰다.

"제목만 알려주니까 다들 관심이 없구나. 주요 내용을 정리해서 이 책들이 얼마나 가치 있고 중요한지 알려야겠다!"

이 작업이 무려 10년이나 걸릴 줄이야……

일요일만 쉬고 매일 오전 10시부터 오후 5시까지 의자에 꼼짝 않고 앉아서 벌이는 피 말리는 고독한 투쟁이었다. 일단 책 자체가 크고, 무려 297권을 세밀히 다 읽어야 했다. 이 과정에서 조선시대 이두를 몰라 헤매기도 했다.

"적고리(赤古里)가 무슨 뜻이지?"

한참 동안 헤맨 뒤에야 지명이 아니라는 것을 알 수 있었다.

"저고리라는 뜻이구나!"

1980년, 박병선 박사는 또 한 가지 아픔을 겪었다. 도서관에서 권고사직을 당한 것이다. 이유는 기밀누설. 그래서 도서관 직원이 아닌 개인 자격으로 도서관에서 책을 읽었다. 다행히 옛날 동료들이 〈의궤〉들을 볼 수 있도록 도와줬다.

1989년, 드디어 완성했다. 이제 이것을 한국어와 프랑스어로 출판해야 한다. 박사는 돈이 없었다. 그래서 프랑스 주재 한국대사관을 찾아가 영사와 상담했다. 영사는 이렇게 대답했다.

"마땅한 방법이 없네요. 민원을 내는 수밖에."

그래서 대사관에 민원을 냈다. 초조한 시간이 흘렀다. 그리고……

드디어 기적이 벌어졌다. 대사관에서 연락이 왔다.

"서울대학교 규장각 이태진 관장님이 출판해주시겠다고 말했습니다."

이태진(李泰鎭, 1943~) 서울대 국사학과 교수는 박병선 박사의 은인이 되었다. 그런데 출간과정도 쉽지 않았다. 지금처럼 컴퓨터로 편집하지 않고 활판인쇄를 했기 때문에 식자공이 프랑스어를 잘 몰라서 틀린 글자가 많았다. 박병선 박사가 열 번이나 고쳤지만 그래도 틀린 글자가 있었다. 1991년 프랑스어본은 그렇게 나왔다.

박병선 박사는 이태진 교수에게 이 이야기도 했다.

"외규장각에 있었던 〈의궤〉는 총 340권이었습니다. 그러나 지금 프랑스 국립도서관에 297권이 있습니다. 나머지는 옛날에 프랑스가 영국에게 팔아넘겼습니다. 이것이 그 영수증 사본입니다."

프랑스 정부가 이 책들을 중요하게 취급하지 않았다는 결정적인 증거였다. 모든 기록이 있기 때문에 이것은 누가 봐도 약탈문화재다. 당연히 우리가 돌려받아야 한다. 이태진 관장이 서울대학교 총장을 설득했다. 서울대 총장은 문화관광부 장관을 설득했다. 문화관광부 장관이 노태우 대통령에게 건의하고 외무부장관과 상의했다.

1991년, 대한민국 정부는 정식으로 프랑스 정부에게 외규장각 도서 반환을 요청했다.

이제 모든 상황이 옛날과 달랐다. 한국은 더 이상 이름 없는 가난한 나라가 아니다. 프랑스는 한국에 고속철도(TGV)를 파는 것이 국가적인 사업이었다. 1993년 9월 프랑스 미테랑(François Maurice Marie Mitterrand) 대통령이 한국을 방문했다. 명분은 우호증진. 실제 목적은 한국에 TGV를 팔기 위한 정상외교였다. 그냥 말만 하면 안 된다. 선물을 줘야 한다. 미테랑 대통령은 외규장각 도서 중 한 권을 김영삼 대통령에게 선물했다. 한 권만 정식으로 반환한 것이다. 그러자 프랑스국립도서관 사람들이 격분했다.

"어떻게 대통령이 자기 마음대로 문화재를 남의 나라에 주느냐!"

소중히 간직하지도 않고 창고에 방치한 채 거들떠보지도 않았던 사람들이 이런 말을 하다니! 박병선 박사는 치가 떨렸다.

미테랑 대통령은 297권 완전 반환을 약속했다. 그래서 한국여론이 환영했다. 그러나 프랑스 여론이 나빠졌다. 아무도 겉으로 말하지 않았지만 속마음은 이랬다.

'후진국에게 함부로 문화재를 줄 수 없다.'

프랑스 정부 안에서도 미테랑 대통령에게 반대의견이 많이 나왔다. 영국과 프랑스는 남의 나라 문화재를 많이 약탈한 대표적인 나라다. 영국과 프랑스에 있는 그리스 문화재만 모두 돌려줘도 박물관이 텅 비어버린다는 농담이 있을 정도다. 한 번 돌려주면 다른 나라가 가만히 있지 않는다. 그리스, 이집트, 이라크, 이란, 인도, 중국…… 들불처럼 일어나 "왜 한국에게만 반환하고 우리 문화재를 반환하지 않느냐!"고 항의할 것이다. 이렇게 끔찍한 사태를 당신이 감당할 수 있는가?

결국 미테랑 대통령은 입을 다물어버렸다. 사실상 오리발이다.

한국은 외규장각 도서에 관한 언론보도가 계속 나왔다. 관련 연구서적과 대중서적도 나오기 시작했다.

2001년 한국정부는 프랑스정부와 맞교환으로 합의했다. 외규장각 도서를 모두 돌려받는 대신 한국도 프랑스에게 적당한 문화재를 준다는 뜻이다. 약탈당한 문화재를 돌려받는 것은 장사가 아니라 정의의 문제다. 맞교환이라니! 그것이 말이 되는가? 이것은 한국 여론이 받아들일 수 없었다. 가냘픈 아가씨의 신분으로 프랑스에 유학 간 그 꿈 많은 여자는 결혼도 못했고, 한국 한 대학이 교수로 초빙했을 때도 외규장각 도서를 연구하느라 거절해야 했다. 어느새 박병선 박사는 할머니가 되어 있었다.

도서관에서 청춘과 중년을 모두 보낸 그 할머니는 여전히 한국을 방문해서 여러 지인과 정부 인사를 만나 도와달라고 호소했다. 그리고 시민단체에게도 호소했다. 문화연대가 박병선 박사의 호소를 심각하게 받아들였고, 이들이 행동에 나서기로 약속했다.

2007년, 문화연대는 프랑스법원에 정식으로 제소했다.

"프랑스군이 약탈한 한국 국보급 문화재인 〈의궤〉 297권을 모두 돌려 달라."

2009년 1월, 프랑스 법원은 한국인 자존심에 상처를 냈다. 그 판결문을 쉽게 요약하면 다음과 같았다.

"약탈한 문화재도 우리 것이다."

박병선 박사는 또다시 좌절에 빠졌다. 그런데 이때부터 상황이 완전히 달라졌다. 먼저 프랑스 일부 양심적인 지식인들이 법원 판결에 의문을 표시했다. 한 마디로 심하다는 것이다. 이들이 박병선 박사와 이야기 나눈 뒤 도와줄 것을 약속했다. 이렇게 거의 1년이 흘렀다. 2009년 12월 박흥신 대사가 부임했고, 외규장각 도서 반환을 가장 중요한 임무로 다루었다.

누가 실제로 물밑협상을 벌일 것인가? 가장 적당한 인재가 유복렬 정무참사관이었다. 이화여대 불어교육학과를 거쳐 프랑스로 유학했고, 불문학 석 · 박사를 취득해 1997년 외교부에 들어와 프랑스 담당관으로 일한 사람. 프랑스 사람들도 놀랄 정도로 완벽한 프랑스어를 구사하고 프랑스 문화와 역사에 깊은 조예를 갖고 있는 사람. 유 참사관은 이렇게 밝혔다.

"등가등량 원칙을 깨는 것이 가장 힘들었어요. 프레데릭 라플랑슈 동북아과장과 하루에도 몇 차례씩 전화통화와 이메일을 주고받으며 허심탄회하면서도 주도면밀하게 해결책을 마련했지요. '한국으로부터 책 몇 권을 받는 것보다 한국민의 영원한 감사의 뜻을 받으라.'고 설득했어요. 대신 영구대여가 아닌 5년 단위 갱신 일반대여로 합의했습니다. 이것도 사르코지(Nicolas Sarkozy) 대통령의 결단이 있었기 때문에 가능했어요. 참 피 말리는 시간을 보냈네요."

2011년 2월 양국 정부는 외규장각 도서 일반대여 합의문에 서명했고, 4월부터 5월까지 세 번에 걸쳐 297권 모두 한국으로 돌아왔다.

두드려라! 열릴 때까지 두드려라! 박병선 박사는 평생을 바쳐 고독한 투쟁을 했다. 박사의 꿈은 이렇게 현실이 되었다.

그리고 반년이 지난 2011년 11월 22일, 박병선 박사는 파리에서 별세했다. 그의 유해는 11월 30일 한국으로 돌아왔다.

4. 지구는 학교 인생은 교실

오프라 윈프리(미국)

오프라 윈프리(Oprah Gail Winfrey)는 1954년 1월 29일 미시시피(Mississippi) 주 코시우스코(Kosciusko)라는 작은 마을에서 태어났다. 이 사람은 사생아 였다. 19살 흑인 군인과 18살 흑인 여자가 사랑도 없이 한 번 쾌락을 즐겨 서 임신했고, 어머니는 19살 때 오프라를 낳았다. 피임법도 모를 정도로 무 지한 사람들이었던 것이다. 어머니는 다른 동네에서 파출부로 일하며 돈을 벌었고, 오프라는 외조부 농장에서 외롭게 자랐다.

오프라는 미인이 아니다. 대신 똑똑하고 말을 잘했다. 외할머니도 배운 것이 없는 사람이었는데, 오프라에게 글을 가르쳐줬다. 그런데 그 농장은 어린이에게 알맞은 책이 없었다. 그래서 3살짜리에게 성서를 읽어주고 따 라 읽게 했다. 이 어린이는 성서를 따라 읽으며 저절로 글을 깨우치고 중요 한 구절을 줄줄 외웠다. 훌륭한 교육법이다.

오프라는 6살 때 어머니집으로 갔고, 2년 뒤 아버지집으로 갔다. 아버지 는 제대한 뒤 대학교 수위와 이발사를 거쳐 식료품가게를 운영했고, 다른 여자와 정식으로 결혼했다. 이 부부는 오프라를 따뜻하게 길렀다.

그러나 어머니가 문제였다. 9살 때 어머니가 다른 남자와 결혼해 자식 둘을 낳은 상태였고, 오프라를 데려왔는데, 어머니는 조용한 것을 싫어하는 사람이었다. 언제나 사람들이 아파트를 북적거렸고, 오프라는 어머니의 사랑을 받지 못했다. 뿐만 아니라 오프라는 9살 때 지울 수 없는 상처를 받았다.

잠시 친척집에 맡겨졌을 때 사촌오빠에게 성폭행을 당했다.

사촌오빠는 심한 충격과 공포에 떠는 오프라에게 아이스크림을 사줬다.

"그걸 다른 사람에게 말하면 크게 혼날 거야."

9살짜리에게 어떻게 그런 짓을 할 수 있을까! 그런데 차마 입에 담을 수 없는 일이 벌어졌다.

다른 사촌의 남자친구와 그 아파트를 드나드는 다른 남자들, 심지어 어머니의 남자친구도 오프라를 성폭행했다.

어린이 오프라는 잔인한 현실을 잊기 위해 책에 빠져 살았다. 그 짐승들의 성적 학대는 오프라가 중학생이었을 때까지 이어졌다. 어떻게 자살하지 않았는지 신기할 정도다. 오프라는 장학금 혜택을 받아 명문 사립고등학교를 다녔는데, 흑인이 오프라 한 명 밖에 없었고, 모두 부자집 자식이었다. 1960년대 미국은 인종차별이 심했지만, 그들은 오프라를 귀여워하고 친하게 지냈다. 오프라는 버스를 세 번 갈아타며 등하교를 했는데, 그들은 부모님 자가용으로 등교했으며, 으리으리한 자기 집으로 초대하면 하인이 대부분 흑인이었다. 그 학교에서 오프라는 희소성 때문에 데이트 신청을 많이 받았는데, 오프라는 그때마다 괴로웠다. 돈이 없었기 때문이다. 어머니는 오프라에게 관심도 없었다.

오프라는 어머니 지갑에서 돈을 훔치고, 서슴없이 거짓말을 했으며, 야한 옷을 입고 밤늦게까지 새로 사귄 친구와 데이트했다.

"오늘밤 나와 놀아보지 않을래? 집에 들어가기 싫은데."

중학생 오프라는 섹스에 탐닉했다. 이제 어머니가 거칠고 무례한 딸에게 두 손 들었고, 1968년 다시 아버지집으로 보냈다.

14살 중학생 오프라는 아들을 낳았고, 아기는 2주일 만에 죽었다. 이 충격이 성폭행보다 더 컸다. 그래도 아버지가 따뜻하게 안아주었다.

오프라는 아버지집에 살며 이스트 내슈빌 고등학교(East Nashville High School)에서 공부했는데, 이곳은 흑인 중산층 학생이 많았고, 오프라의 과거를 아는 사람도 없었다. 오프라는 이때부터 마음의 평안을 얻었다. 아버지는 이렇게 말했다.

"세상에 세 종류의 사람이 있다. 일을 일으키는 사람, 일이 일어나는 것을 멍하니 바라보기만 하는 사람, 지금 무슨 일이 일어나는지 전혀 모르는 사람. 아빠는 너가 일을 일으키는 사람이 되길 바란다. 그러려면 실력을 쌓아야 해."

오프라는 열심히 공부했고, 미스흑인아메리카대회에 참가할 정도로 적극적인 인생을 보냈으며, 1971년 가을 테네시주립대학(Tennessee State University)에서 드라마를 전공했다. 그녀의 꿈은 방송인. 재치 있는 말솜씨를 타고난 사람이었다.

이제 승승가도를 달렸다. 대학교 2학년 때 WLAC방송국 오디션에 합격해서 저녁뉴스를 진행하는 앵커가 되었고, 1976년 4학년 때 WJZ방송국에서 스카우트 제의가 왔다. 당시 상황에서 이 제안을 받아들이면 대학을 졸업할 수 없었다. 그녀는 대학을 포기하고 스카우트를 받아들였다. 이것은 현명한 선택이다. 대학은 자신이 성공하는 수단이자 중간과정이었지, 대학 자체가 목적은 아니었다. 게다가 WJZ는 ABC의 계열사. 이곳의 앵커가 되는 것이다. 그것도 1970년대 미국에서 22살 흑인여성이. 연봉은 무려 2만 2000달러.

그러나 이곳에서 두 번째 시련을 겪었다. 오프라는 감성이 풍부했다. 냉철하게 사건의 핵심을 파악할 줄 알아야 하는데, 이 사람은 냉정함이 부족했다. 앵커도 사건현장에 자주 취재를 나갔는데, 이 사람은 쉽게 웃고 쉽게 울었다.

방송국 간부들은 오프라에게 실망했고, 화가 쌓였다. 급기야 8달 뒤 사건이 터졌다.

오프라가 화재현장에 갔다. 화재로 자식을 잃은 부모에게 "지금 심정이 어떠십니까?", "이 화재의 책임이 누구에게 있다고 생각하십니까?" 이런 말을 해야 하는데, 오프라는 이렇게 말했다.

"지금 당신 심정을 알아요. 저도 이렇게 슬프고 비통한데…… 아무 말씀 안 하셔도 됩니다."

드디어 간부들은 분노가 폭발했다. 보도본부장이 소리를 질렀다.

"아무 말 안 해도 됩니다? 취재원에게 그런 말을 하는 기자가 세상에 어디 있어!"

지금 당장 해고하고 싶었지만 2년 근무 계약이어서 마지막으로 참기로 했다. 그래서 좌천시켰다. 아침 토크쇼 진행자.

방송국 직원끼리 수군거렸다. 오프라는 앵커 하러 여기 왔지, 토크쇼를 맡으러 오지 않았다. 곧 그만 두겠구나. 오프라도 심각하게 그만둘 것을 고민했다. 그래도 더 참기로 하고 1978년 4월 14일부터 시사 토크쇼 〈사람들이야기(People Are Talking)〉 공동진행자를 맡았다. 이 불행이 오히려 행복으로 변할 줄이야!

막상 해보니 자신에게 너무나 잘 맞았다. 특히 오프라는 개인 상처와 감정을 잘 끌어냈다. 쉽게 상대와 공감하는 성격이 뉴스에 안 맞고 이야기프로그램에 맞았던 것이다.

오프라는 이 프로그램을 5년 동안 진행했고, 1983년 시카고에 있는 WLS의 제의를 받아들여 〈AM시카고〉를 진행했으며, 1985년 이 프로그램 이름을 바꿨다.

〈오프라 윈프리 쇼〉.

1985년 스티븐 스필버그(Steven Allan Spielberg)의 명작 〈컬러 퍼플(The Color Purple)〉에서 우피 골드버그(Whoopi Goldberg)와 공동주연을 하는 행운도 누렸다.

2011년 5월 17일, 그는 고별방송을 했다.

오프라 윈프리는 세계에서 유일한 흑인 억만장자다. 각종 사회활동과 자선사업도 활발히 벌이고 있다. 미국에서 방송인으로 성공하기를 꿈꾸는 청소년들은 오프라 윈프리의 말투와 몸짓과 눈빛을 공부한다.

2008년 6월 15일, 오프라 윈프리는 스탠포드대학교 졸업식에서 이렇게 말했다.

"저는 지구가 학교이며 인생은 교실이라고 생각합니다. 이 지구라는 학교에서 교훈은 가끔 우회로나 걸림돌의 모습으로 나타납니다. 절대 절명의 위기로 나타나기도 하죠. 저는 그 교훈을 기꺼이 수용해야 한다는 점을 배웠습니다. 자기개발의 기회를 갖고, 여러분이 발전하는데 도움이 되는 일을 하도록 간절히 소망하고, 그걸 실천하며 인생을 살아야 합니다. 언제나 이해와 동정심을 갖고, 더 나은 모습으로 성장해야 합니다."

5. 신세타령 그만하고
일어나서 돌진하라

오히라 미쓰요(일본)

일본 효고(兵庫)현에 니시무라 미쓰요(西村光代)라는 소녀가 있었다. 1965년 10월 18일에 태어난 이 어린이는 부모님이 늦게 얻은 외동딸이었기 때문에 사랑을 듬뿍 받으며 자랐다. 그러나 1978년 7월 이 가족이 이사해서 중학교를 전학 간 뒤부터 이 귀여운 소녀의 인생이 망가졌다.

이 여중생은 따돌림을 당했다. 갑자기 학우들이 아는 척을 안 하자 점심 시간이 지옥으로 변했다. 아침에 등교하니 자기 책상에 연필로 이런 낙서가 있었다.

'전 바보입니다. 미움을 많이 받고 있지요. 괜찮으시다면 절 불러주세요. 값도 아주 쌉니다. ㅇ학년 ㅇ반 미쓰요.'

지우개로 지웠더니 칼로 이 낙서를 새겼다. 이보다 더 비참한 것은 학우들의 음흉한 비웃음.

"저년 머리를 빡빡 밀어버릴까?"

"스트립쇼를 하라고 해보는 것도 재밌겠는걸."

"옥상 난간에 매달아버리는 건 어떨까?"

소중한 필통을 쓰레기통에 몰래 버리기. 책상에 쓰레기더미를 쌓아놓기. 일부러 발 걸어 넘어뜨리기. 화장실에서 용변 보고 있는 미쓰요에게 양동이로 물을 퍼붓기.

고통 받고 있는 사람에게 따뜻한 위로를 하는 것이 인간의 본능이다. 그러나 일본의 이지메문화는 반대로 실천한다. 이것은 정신병이다. 정신과 치료를 받아야 하는 중증 환자다. 하지만 일본은 이 정신병이 정상이다.

미쓰요는 등교를 거부했다. 결국 다시 학교에 갔더니 담임선생님이 미쓰요를 보호해주지 않았다. 2학년이 되자 친구 세 명이 생겼는데, 시간이 조금 지나자 이 세 명이 미쓰요를 배신했다. 그들은 "바보, 멍청이 같은 것. 빨리 뒈져라." "옳소."라고 소리치며 깔깔 웃었다.

소녀가 받은 충격은 말로 표현할 수 없었고, 강변 풀숲에서 칼로 배를 갈랐다. 온 몸이 피로 흥건해졌을 때 두 사람이 발견해서 공중전화로 구급차를 불렀다. 이 사건이 신문에 '소녀의 할복자살' 기사로 나왔고, 대수술을 거친 끝에 구사일생으로 살아났다.

그러자 더욱 충격적인 일이 벌어졌다. 담임선생님이 문병 와서 웃기만 했다. 같은 병동에 있는 다른 환자가 이 소녀를 비웃었다. 아빠는 학교에 가라고 명령했다. 심지어 어머니도 자기 딸을 배신했다.

"길에서 걸어가고 있으면 사람들이 수군거려. 엄마는 길에 나다니지도 못하겠어. 정말 창피해 죽겠으니까."

세상에, 이럴 수가! 지금 소녀가 의지할 사람은 가족 밖에 없다. 남들이 뭐라 하든 말든 강인한 의지로 자기 자식을 위로하고 보호하는 것이 인간의 본능이다. 그러나 죽기 직전까지 간 딸을 보호해주기는커녕 자기 걱정만 하다니!

1980년 4월, 3개월 만에 학교에 갔다. 칼로 자살까지 한 사람이다. 그렇다면 최소한 아무 말도 안 하고 편안히 내버려두는 것이 인간에 대한 예의다. 그럼에도 전교생이 정신병자가 되어 일제히 비웃었다.

"제정신이라면 여길 어떻게 와?"

"쟤 취미는 배를 칼로 푹푹 쑤시는 거래요."

"제대로 죽지도 못한 년."

미쓰요는 가출했다. 그래서 비행청소년들과 같이 살았다. 중학생이 매일 술·담배를 하고, 무면허로 운전도 했다. 그런데 이 비행청소년들도 미쓰요를 친구로 여기지 않았다.

"더 이상 아무도 안 믿어……두 번 다시 아무도 안 믿어."

그런데 돈이 없었다. 그래서 이런 행동을 했다.

가끔씩 집에 들어가서 엄마가 착실하게 모은 돈을 빼앗았다. 그리고 이유 없이 아무 저항도 하지 않는 엄마를 마구 때렸다.

"어째서, 어째서 넌 이런 못된 짓을 하니?"

"시끄러! 전부 다 너 책임이야!"

"부탁이야, 제발 그만해."

"전부 너가 잘못한 거야! 애초에 나 같은 걸 왜 낳았어?"

엄마는 그저 울고만 있었다.

물론 돈은 유흥비로 다 날렸다. 그러다가 조직폭력단에 드나들었다. 아직 혈기왕성한 시기여서 외톨이 생활을 참을 수 없었다. 그리하여 16살에 야쿠자의 아내가 되었다. 조직원들이 큰형님의 아내로 깍듯이 모셨으면 그 권력의 맛에서 빠져나올 수 없었을 것이다. 하지만 참으로 다행스러운 일이 벌어졌다. 모두 마흔 내지 쉰 살이어서 미쓰요를 어린이로 취급했다. 나이는 어리지만 내가 너희와 동등하다는 것을 증명해야 한다. 조직원은 다 문신이 있다. 문신사에게 갔더니 성인이 아니어서 부모허락을 받아야 한다고 대답했다. 미쓰요는 부모님 집으로 갔다. 야쿠자의 아내이기 때문에 아버지도 꼼짝 못한다.

퇴근하신 아빠는 엄마와 식사를 하고 계셨다. 엄마는 날 보자마자 겁에 질린 표정을 했다. 나는 앉아 있는 두 사람을 향해 종이를 내밀었다.

"문신할 거니까 여기다 도장 찍어."

아빠는 고개를 떨군 채 말이 없었다. 엄마는 이제 눈물도 말라버렸는지 혼이 나간 사람처럼 그저 멍하니 초점을 잃은 눈을 하고 앉아 있을 뿐이었다. 나는 말없이 앉아 있는 아버지를 발로 차버렸다. 인간이 어쩌면 이렇게까지 할 수 있을까 싶을 정도로 마구 걷어찼다.

"제발 그만둬……부탁이야……."

엄마가 울면서 말렸다.

미친 듯 아빠를 발로 걷어찬 다음, 2층에 있는 안방으로 올라가 장롱 서랍에서 도장을 꺼내 내 손으로 찍었다.

1층으로 내려와 보니 웅크리고 앉아 있는 아빠를 엄마가 돌봐 주고 있었다. 그걸 보자 갑자기 또 울화가 치밀어 엄마의 등을 발길로 차버렸다.

"이걸 보라고! 이렇게 도장 찍었으니까. 그래도 부모라고 너희 도장이 없으면 난 호되게 당한단 말이야."

그리하여 등 전체에 문신을 새겼다. 이 사람은 지금도 이 문신을 갖고 있다.

미쓰요는 5년 동안 야쿠자의 아내로 살았다. 그러나 1986년 1월 6일 외할머니가 돌아가셨을 때 충격 받았다. 더 이상 삶의 즐거움이 없어서 21살에 이혼했다. 그리고 완전히 술과 담배에 절어서 살았다. 하지만 먹고 살아야 했다. 사실상 중학교 공부도 제대로 못한 사람이어서 마땅한 직장이 없었다. 미쓰요는 할 수 없이 고급 클럽에서 호스티스로 일했다.

1988년 봄, 운명적인 만남이 벌어졌다. 아버지의 옛날 친구인 오히라 히로사부로(大平浩三郞)가 설비공사 거래처 사람들에게 접대하기 위해 이 룸살롱에 왔다가 미쓰요를 발견했다. 15년 전 천진난만하고 귀엽기만 했던 꼬마가 지금 짙은 화장과 섹시한 치장을 하고 술집에서 일하고 있다니! 이때 미쓰요는 관상이 많이 변했기 때문에 15년 전 그 꼬마라는 것을 알기 힘들었다. 그럼에도 오히라 아저씨는 한 눈에 알아봤다.

"아니, 넌 밋짱이 아니냐?"

"네?"

"아저씨 기억 못 하겠니?"

"……"

할 수 없이 "오랜만이에요." 한 마디 하고 고개를 숙였다. 그러자 오히라 아저씨가 자기 명함 뒷면에 언제든지 연결할 수 있는 전화번호를 적어서 줬다. 바로 이 인연으로 호스티스 미쓰요는 가끔 찻집에서 오히라 아저씨를 만났다. 아저씨는 열심히 설교했다.

'아저씨는 아무 것도 모르는 주제에……갑자기 불쑥 내 앞에 나타나서 구구절절 웬 설교야?……한가하면 잠이나 잘 것이지, 나한테 이 정도 설교가 씨나 먹힐 줄 알아?……'

그러던 어느 날, 미쓰요가 더 이상 참지 못했다.

"이제 와서 새 삶을 살라고요? 무슨 잠꼬대 같은 소리를 하는 거죠? 내가 왜 이렇게 돼버렸는지 뭘 잘 알지도 못하면서, 결국 내가 어찌되든 책임도 안 질 거면서, 입바른 소리로 설교하는 건 그만뒀으면 좋겠어요. 그렇게도 내가 새로운 삶을 살길 원한다면, 아저씨가 날 중학교 시절로 돌려보내달란 말이에요!"

그러자 오히라 아저씨가 처음으로 호통을 쳤다.

"물론 너가 잘못된 길로 들어선 건 너 혼자만의 책임은 아니지. 부모님한테도 주위 사람들한테도 책임이 있어. 하지만, 언제까지 정신을 못 차리고 제대로 된 삶을 살지 못하는 건 모두 너 책임이야. 자기가 잘못해놓고 언제까지나 뻔뻔스럽게 남 탓으로 돌리는 것도 작작 해라! 그런다고 누가 알아줄 줄 알아? 누가 너 인생을 책임져준대? 세상이 그렇게 만만한 줄 알아?"

미쓰요는 벼락을 맞은 듯 온 몸에 전류가 흘렀다. 처음으로 나를 인간으로 대해주는 사람을 만났다. 그렇다! 내 인생이 망가진 것은 여러 사람의 책임이다. 하지만 계속 신세타령만 하며 살 수도 없지 않은가! 내가 처음으로 사람대접을 받았다. 이렇게 기쁠 수가!

미쓰요는 자기 인생 마지막 기회를 열심히 살리기로 결심했다. 1988년 7월, 오사카(大坂) 시내 한 원룸에서 공인중개사 시험공부를 했다. '억제(抑制)'가 무슨 말인지 몰라서 한자사전을 뒤졌더니, 한자사전 보는 방법을 몰라서 헤매야 했다. 한참이 지난 뒤 한자사전 보는 방법을 터득하자 읽어도 무슨 뜻인지 알 수 없는 법률용어가 계속 나왔다. 그래서 학원에 다니며 공부했는데, 어릴 때부터 술·담배가 벗이었기 때문에 머리가 잘 돌아가지 않았다. 스스로 모의고사를 봤더니 똑같은 문제를 계속 틀렸다. 미쓰요는 울화통이 터졌고, 오히라 아저씨 회사로 돌진해서 교과서를 사무실 바닥에 내동댕이쳤다.

"모의시험에서 합격점을 따지 못했어요. 이런 상태로는 합격할 리가 없어요. 몇 번이나 해봐도 똑같아요. 이젠 지겨워요.……이제 그만둘래요."

아저씨는 책을 한 권 한 권 주워서 미쓰요에게 줬다.

"그 책이 너한테 뭐 잘못한 거 있니? 지식을 전달했으면 했지, 너한테 뭐 잘못한 거 있냐? 언제까지 그런 돼먹지 못한 버릇을 가지고 있을 거냐?"

미쓰요는 반성하고 공부에 매진했다. 그리하여 공인중개사 시험을 한 번에 합격했다. 이것이 큰 자신감을 줬다. 1989년 법무사 시험에 도전했는데, 이것은 한 번 떨어지고 1990년 재수해서 합격했다. 이렇게 두 해가 흐르자 사람 관상이 달라졌다. 성품이 변한 것이다. 1991년 1월부터 법무사로 일했고, 부모님과 화해했다. 그러자 오히라 아저씨가 사법고시를 권했다.

"사법고시는 어떠냐?"

"그게 뭔데요?"

"판사나 검사나 변호사가 되는 시험이야."

사법고시가 무슨 뜻인지도 모르는 것이 다행이었다. 일본에서 가장 어려운 시험이다. 대학교 3학년 학생부터 제1차 시험을 면제해준다. 그래서 긴키대학(近畿大學) 법학부 통신교육과정 입학시험 공부를 했다. 하지만 영어를 몰랐다. 'a man who looked sad'가 무슨 뜻인지 몰라서 사경을 헤맸으니 더 이상 무슨 설명이 필요하랴!

그래도 영어는 열심히 발버둥 쳐서 실력이 올라갔는데, 고등학교 수학이 너무 어려웠다. 또 울화통이 터져서 공책을 쓰레기통에 던져버리고 백화점으로 갔다. 이번에는 아저씨에게 화풀이하기 전에 반성했고, 다시 착실히 공부했다. 그리하여 입학시험에 합격했고, 1994년 제2차 시험(객관식), 제3차 시험(논술), 제4차 시험(구두면접)을 거쳐 합격하고야 말았다.

세상에, 이런 사람도 있구나! 이 사람 인생은 그야말로 드라마다. 1997년 3월, 죽음을 앞둔 아버지는 오히라와 미쓰요를 불러서 눈물을 흘리며 친구에게 부탁했다.

"마지막으로 부탁하고 싶은 게 있어요. 미쓰요를, 딸로 삼아주시면 안 될까요?"

그래서 이 사람 이름은 오히라 미쓰요가 되었다.

1997년 오히라 미쓰요는 변호사가 되었고, 아버지는 1998년 2월 숨을 거두었다. 오히라 미쓰요는 오사카에서 비행청소년 전문 변호사로 일했다. TV방송에 출연하자 인간승리의 모범으로 널리 알려졌다. 출판사가 자서전을 쓸 것을 적극 권했고, 글재주가 없는 사람이 열심히 썼다.

〈그러니까 당신도 살아(だから、あなたも生きぬいて)〉.

2000년 2월에 출간한 이 책은 일본에서 260만 부가 나갔다. 이 책 마지막 한 마디는 불멸의 명문이다.

포기해서는, 절대로 안 돼요! 한 번 밖에 없는 소중한 인생이니까.

제2장

거대한 세력에
맞서 싸운 사람들

1. 용기와 지략으로 나라를 구한 위대한 영웅

진흥도(베트남)

베트남은 빛나는 투쟁역사를 가진 나라다. 오랫동안 중국과 처절한 항쟁을 벌였고, 프랑스 식민지배에 맞서 기적적인 승리를 거두었으며, 세계 최고 군사강국 몽골과 미국도 베트남을 굴복시키지 못했다. 베트남 사람들은 고난과 역경을 불굴의 의지로 극복한 역사를 자랑스럽게 생각한다. 그리고 베트남 역사상 최대 위기를 용기와 지략으로 이겨낸 진흥도(陳興道, ?~1300)를 민족의 성웅으로 추앙한다.

진흥도의 출생연도는 확실하지 않다. 다만 후대 연구결과에 의하면 1228년으로 추정하고 있다. 본명은 진국준(陳國峻). 베트남 진(陳)왕조의 초대 황제 태종(太宗)의 형인 진류(陳柳)의 아들이며, 어릴 때부터 똑똑하고 용맹했다.

1206년 테무진이 몽골 부족들을 통합하고 예케 몽골 울루스(YEKE

MONGGOL ULUS)의 칭기즈칸이 되었다. 몽골제국은 번개 같은 속도로 전 세계 정복에 나섰으며, 1234년 금나라를 멸망시켰고, 1235년 송나라 정복을 결정했다. 그리하여 1234년부터 1279년까지 몽골과 중국의 45년전쟁이 벌어졌다. 몽골은 1231년부터 1259년까지 고려를 일곱 번 침략했고, 고려는 국력이 바닥났으며, 고려왕실은 쿠빌라이 칸에게 항복했다. 하지만 베트남은 다르다.

1252년부터 쿠빌라이(Qubilai)와 우량카다이(Uriyangadai)는 송나라 정복에 힘을 쏟고 있었다. 그러나 장강(長江)을 건너기가 쉽지 않았기 때문에 서쪽으로 우회해서 진격했다. 북부전선은 장강, 서부전선은 운남(雲南)과 사천(四川), 남부전선은 광서(廣西)다. 1257년 말, 우량카다이가 지휘하는 몽골군이 중국 광서로 진격하는 도중에 북부 베트남을 침략했다. 이때 진 왕조 왕족이자 장군인 진국준이 베트남군을 이끌고 강과 습지를 이용해서 치고 빠지는 작전으로 몽골군을 괴롭혔다. 그리하여 몽골군은 베트남정복을 잠시 미뤄두고 광서로 철수했다.

1259년부터 1264년까지 몽골은 내전이 벌어졌다. 최후의 승리자가 쿠빌라이다. 쿠빌라이 칸의 부장 바얀(Bayan; 伯顔)과 아주(Aju)는 1268년부터 1273년까지 장강을 지키는 송나라의 보루 번성(樊城)을 공격해서 함락시켰고, 1276년 수도 항주(杭州)를 함락시켰으며, 1279년 송나라의 마지막 애국자들을 섬멸했다. 쿠빌라이 칸은 고려군과 연합하여 일본 원정을 단행했고, 1282년 베트남정복을 결정했다.

1284년 베트남을 침략한 몽골군은 무려 50만 명이었다. 진 인종(仁宗)은 진국준을 20만 베트남군 총사령관으로 임명했다. 베트남군은 북부에서 치열하게 싸웠지만 패배했고, 진국준은 군사들을 수습해서 남쪽으로 철수했으며, 주민들을 최대한 대피시켰다. 베트남 북부는 강과 습지와 밀림이 많아서 몽골 기마가 질퍽한 땅에 빠져 빨리 진격할 수 없는 것이 다행이었다. 베트남 왕실은 공황에 빠졌고, 수도를 비워 피난길에 올랐다. 이때 태상황(太上皇) 진 성종(聖宗)이 진국준을 만나서 말했다.

"전세가 이러하니 항복해야겠다."

그러자 진국준이 태상황에게 강력하게 반발했다.

"내 목을 벤 뒤 항복하시오!"

그리고 남쪽에서 모집한 군사와 장군들을 소집시켰다. 그런데 이때 베트남 장군들도 모두 겁을 먹고 있었다. 그래서 이들에게 훈시하는 글을 써서 직접 발표했다. 장군과 병사들을 꾸짖는 글. 이것이 베트남 역사에 길이 남은 명문 〈격장사문(檄將士文)〉이다.

〈격장사문(檄將士文)〉
예로부터 충신과 의사(義士)는 나라에 목숨을 바쳤다. 그들이
무슨 대가를 바랐겠는가!
너희는 장군의 씨앗을 받았으나 문의(文義)를 모르고 있다!
……
나는 밥상에 앉아도 식욕이 나지 않는다.
한밤중에 베개를 어루만지니 눈물이 쏟아지고 가슴이 찢어진다.
식음을 전폐한 지 오래되었고, 간에 피멍이 들어 한이 맺혔다.
나는 몸이 백 개 천 개가 있어도 차라리 모두 시체가 되어 들판

에 쌓이고 적들의 말발굽에 짓밟히기를 원한다.

……

우리 국토가 유린당하고 종묘사직이 무너지면,

너희 재산은 적들의 소유가 될 것이며,

아내와 식구는 노예가 될 것이고,

너희 부모 무덤은 모두 파헤쳐질 것이며,

우리가 당하는 치욕이 더러운 이름으로 백세에 길이 전해질 것이다.

너희 집에 아무 일이 없더라도 패장이라는 불명예는 절대 지울수 없다.

그럼에도 너희는 어찌 즐겁게 살 궁리를 하고 있는가!

……

내가 너희에게 명령한다.

지금은 풍전등화의 위기다!

병사를 모으고 활쏘기를 훈련시켜라.

……

어찌 몽골과 같은 하늘 아래 살 수 있으리오!

너희는 조금도 겁먹지 말고 분노하며 떨쳐 일어나라!

벌써 일부 왕족과 신하는 몽골군에게 항복하고 있었다. 그러나 진 인종과 진 성종이 진국준의 강경한 의지를 확인하며 생각을 고쳤다. 진국준은 청야(淸野)작전을 명령했다. 식량을 절대 남기지 않고 모든 주민을 숲 속으로 피난시키는 작전이다. 그리고 끈질긴 게릴라전과 매복작전을 감행했다. 1285년 6월, 몽골군은 베트남 열대기후에 적응하지 못해서 탈진했고, 전염병까지 돌아서 싸울 기력을 잃었다. 할 수 없이 다시 북부로 철수하자 진국준이 총공격을 명했다. 그리하여 몽골군은 최소 절반 이상 병력을 잃고 돌아갔다.

쿠빌라이 칸은 세계 최강 기마부대가 베트남에서 패한 것을 받아들일 수 없었다. 그래서 1287년 봄 30만 대군에게 다시 베트남 원정을 명령했다. 이것이 제3차 침략이다. 베트남군은 북부에서 치열한 공방전을 벌였지만 이번에도 서서히 밀렸다. 하지만 몽골군은 베트남 지형과 기후에 쉽게 적응하지 못하는 단점이 있다. 진국준은 이번에도 청야작전을 명령했다. 몽골군은 서서히 지쳤고, 군량도 바닥났다. 쿠빌라이 칸이 베트남에 있는 몽골군에게 바다를 통해 배로 군량을 지원할 것을 명령했다. 그러나 1288년 1월 베트남군이 녹구만(綠口灣)에서 매복기습을 감행해서 이들을 섬멸했다. 몽골군에게 가야 하는 군량이 모두 베트남군 차지가 되었고, 진국준은 포로들을 죽이지 않고 몽골군 진영으로 보냈다. 심리전을 벌인 것이다. 이들이 몽골군에게 사실을 말했고, 베트남에 있는 몽골군은 절망에 빠졌다.

진국준은 일부 병력을 교묘하게 우회시켜 북부를 탈환했다. 이렇게 몽골군은 퇴로를 차단당했고, 이번에도 할 수 없이 철수해야 했다. 그러나 베트남 인민들이 일치단결하여 몽골군의 움직임을 시시각각 보고하고 있었다. 베트남군은 다시 치열한 게릴라전을 벌였고, 몽골군을 백등강(白藤江)으로 유인하는데 성공했다.

1288년 4월, 몽골군이 탄 배가 백등강으로 들어섰다. 진국준은 미리 강 하구에 철주를 박을 것을 명령했다. 모든 시기가 제대로 맞아 떨어졌다. 그

철주는 밀물 때 눈에 보이지 않는다. 썰물이 되자 철주가 물 밖으로 조금 모습을 나타냈고, 몽골군이 탄 배들은 그 철주에 걸려 꼼짝도 할 수 없었다. 덫에 걸린 것이다. 베트남군이 강 양쪽에서 포위했다.

드디어 진국준이 총공격을 명령했다. 베트남군은 일제히 불화살을 쐈다. 세계 최고 기마군대가 베트남에서 공포에 질려 전멸 당했다. 백등강대첩! 진국준은 국가멸망의 위기 앞에서 조금도 용기를 잃지 않고 온 인민을 단결시켰으며, 천재적인 지략으로 세계 최강 군대를 무찔렀다.

1289년, 베트남 조정은 이 성웅에게 흥도왕(興道王)이라는 작위를 하사했다. 그리하여 이 사람 이름은 진흥도가 되었다. 1290년 쿠빌라이 칸이 죽었고, 몽골은 영원히 베트남 정복을 포기했다. 진흥도는 10년 뒤인 1300년 음력 8월 20일에 눈을 감았다.

진흥도의 고향은 베트남 수도 하노이(河內)에서 동남쪽 90㎞ 떨어진 남띤(南定)이라는 도시다. 이곳에 진흥도 동상이 있다. 지금도 베트남인들은 국가에 위기가 올 때마다 진흥도를 추억하며 최후의 1인까지 단결하여 이겨낼 것을 다짐하고 있다.

2. 매춘부를 보호하는 마음으로

자와할랄 네루(인도)

영국이 인도를 식민지로 삼은 과정은 이렇다. 인도에서 처음으로 식민수
탈을 한 주체는 영국정부가 아니라 1600년에 설립한 반관반민무역회사인
동인도회사(East India Company)였다. 동인도회사 용병대장 클라이브(Robert
Clive)가 1757년 플라시전투(Battle of Plassey)에서 프랑스군을 격파해서 벵
갈(Bengal)을 정복했고, 이때부터 190년 동안 영국이 인도를 착취하는 시대
가 벌어졌으며, 영국정부는 1773년 캘커타(Calcutta; Kolkata)에 총독부와 최
고법원을 설치했다. 그 뒤로도 영국인 총독이 다스리는 벵갈정부는 인도의
복잡한 지역 및 종교갈등을 교묘히 이용하며 군사력까지 동원해서 세력을
넓혔고, 1857년에 폭발한 인도독립전쟁인 세포이(sepoy)항쟁을 1년에 걸쳐
진압한 뒤 1877년 동인도회사를 해체하고 영국령 인도제국(British Raj Indian
Empire)을 선포했다. 그리고 1911년 수도를 캘커타에서 델리(Delhi)로 이전
했다.

사실 영국이 처음 인도를 식민통치할 때는 합리적인 정책도 많았다. 영국인들은 자신들 세력권에서 사티(Sati)를 금지했다. 남편이 죽으면 살아 있는 미망인을 같이 화장하는 악습이다. 그리고 과부의 재혼을 합법화했다. 평민과 천민을 보호하는 정책을 시행했고, 이들에게 영어와 서양 의학 그리고 수학을 가르쳤다. 특히 여자에게 근대교육을 실시했다. 인도는 워낙 다양한 민족과 언어가 모여 있는 곳이기 때문에, 인도인은 한 민족이라는 의식이 없고, 한 국가라는 의식도 희박했다. 세포이항쟁이 실패한 원인도 인도가 단결하지 못하고 영국군에게 협조한 지방세력이 많았기 때문이다.

현대 인도는 간디와 네루가 만든 나라다. 간디는 비폭력의 성웅으로 우리나라에 널리 알려져 있다. 그러나 네루는 뜻밖에 잘 알려져 있지 않다.

자와할랄 네루(Jawaharlal Nehru, 1889~1964)의 아버지는 모틸랄 네루(Motilal Nehru, 1861~1931)이고, 어머니는 스와루프 라니 카울(Swarup Rani Kaul). 모틸랄은 변호사로 크게 성공한 갑부였고, 자와할랄이 태어났을 때 이 집안은 귀족이었다. 영국인들이 모여 사는 부자동네에 살았고, 집 안에 테니스장과 수영장이 있었으며, 전기와 수도가 들어왔고, 아들 자와할랄에게 세발자전거를 장난감으로 사줬다. 아버지 모틸랄은 1904년에 수입한 자가용을 소유했다. 모틸랄은 훗날 딸 둘을 더 낳았는데, 그것도 자와할랄이 태어난 지 11년 뒤였다. 훗날 자와할랄 네루는 자서전에서 솔직히 인정했다.

"잘 사는 부모의 외아들은 버릇이 나빠지기 마련이다. 특히 인도에서는 그렇다. 더욱이 그 아이가 태어나서 11년간이나 외아들인 경우에는 버릇이 나빠지지 않을래야 않을 도리가 없다."

네루는 축복받은 어린 시절을 보냈다. 15살 때 영국으로 유학 가서 명문

사립학교 해로(Harrow)에서 공부한 뒤 캠브리지에서 학창시절을 보냈기 때문에 겉만 인도인이고 머리는 영국인으로 변했다. 그런데 네루는 천재가 아니었다. 공부와 운동을 열심히 하는 학생이었지만 성적이 좋지는 않았다. 그냥 보통 수준이었을 뿐이다.

게다가 이 혈기왕성한 인도청년은 영국에서 돈을 헤프게 썼다. 고전음악 콘서트에 빠져서 빚을 졌기 때문에 금시계를 전당포에 맡겼고, 아버지에게 보낸 편지에서 송금해주지 않으면 학업을 중단하고 집으로 돌아가겠다고 썼다. 아버지는 아들의 협박을 순순히 받아줬다. 아버지가 변호사이기 때문에 자와할랄 네루도 법학공부를 했고, 가까스로 변호사 시험에 합격했는데, 아버지가 "프랑스로 가서 프랑스어를 공부해보라."며 졸업선물로 100파운드를 송금해주자 아들 네루는 그 돈으로 영국인 친구들과 노르웨이로 여행가서 산악트레킹을 했다.

어린 시절과 영국에서 보낸 7년, 이 시기의 자와할랄 네루는 이런 인간이었다.

1912년 자와할랄은 인도로 돌아왔고, 아버지의 변호사 사무실에서 일하기 시작했다. 그런데 자와할랄은 아버지와 달라서 특별히 뛰어난 변호사가 아니었다. 특히 변론할 때 얼굴에 자신감이 없었고, 지금 자신의 직업이 '무의미하고 부질없으며 시시하고 따분하다.'고 생각했다. 그래서 매일 밤 성대한 파티를 열거나 다른 영국인 집에서 벌이는 파티에 참석했다. 향락으로 스트레스를 푼 것이다. 이렇게 3년이 흘렀다.

1916년 자와할랄 네루는 아버지가 정해준 짝 카말라 카울(Kamala Kaul, 1899~1936)과 결혼했는데, 둘은 궁합이 잘 맞았다. 그래서 자와할랄은 더 이상 영국식 향락으로 시간을 허비하지 않았고, 같은 해에 인도 최대 정치단체인 국민회의(Indian National Congress)에 들어갔다. 30살 이전까지 네루는 연설도 잘하지 못하는 정치인이었다.

그럼에도 다행히 네루는 제2의 아버지를 만났는데, 이 사람이 남아프리카공화국에서 인도인의 권익향상을 위해 오랫동안 일하다 1915년 인도로 돌아온 변호사 마하트마 간디(Mahatma Mohandas Karamchand Gandhi, 1869~1948)였다. 네루는 간디와 여러 번 의견충돌이 벌어져 심각한 상황까지 갔었지만 언제나 결국은 간디와 화해했다.

네루는 영국에서 공부한 것을 죽을 때까지 자랑스럽게 생각했고, 영국의 뛰어난 인물들을 존경했다. 특히 힌두교와 이슬람교를 비롯한 여러 종교갈등을 인도의 가장 큰 병폐로 간주하며 버트란드 러셀의 무신론적 합리주의에 공감했다.

"인도에서 가장 필요한 것은 버트란드 러셀의 책들을 읽는 교과과정이다."

영국의 인도통치는 교묘했다. 영국이 제국주의국가의 교과서인데, 인도통치의 핵심노선은 다음과 같았다.

"인도의 복잡한 여러 지역갈등과 종교갈등을 조장해서 최대한 분열시키며, 각종 상층인사들을 우대하고, 경제이익을 최대한 영국으로 가져가지만, 영국의 인도수탈에 영향만 주지 않는다면 인도 지자체의 각종 사안에 간섭하지 않는다."

그래서 식민지 인도에 언론·출판·집회·결사의 자유가 있었다. 이것이 오늘날 인도인이 영국에 대해 강한 거부감을 갖지 않는 근본원인이다.

그러나 인도 상층인사들이 영국제국주의의 야만성에 경악하는 사건이 벌어진다.

1919년 4월 9일, 암리차르(Amritsar)라는 도시에서 한 영국인 여교사가 어느 골목길을 지나가다 군중에게 공격받았다. 경찰이 수사해서 영국인 여교사를 공격한 인도인들을 체포했다면 인도인들도 그냥 넘어갔을 것이다. 그러나 영국의 대응이 과도했다. 4월 13일, 군중 1만 명이 벽으로 둘러싸인 잘리안왈라 바그(Jallianwalla Bagh)라는 공터에서 영국지배자들의 불의에 항의하는 평화집회를 하고 있었다. 영국의 식민지 인도는 일본의 식민지 한국과 달라서 이것도 합법이었다. 그런데 지역 군사령관으로 새로 부임한 다이어(Edward Harry Dyer) 준장이 병사들을 동원해서 130m 거리를 두고 평화집회군중을 포위했다. 군중의 뒤는 벽이었고, 빠져나갈 수 있는 길이 벽 사이에 있는 좁은 골목 하나 밖에 없었다. 만약 "해산하라."는 경고를 했다면 평화롭게 떠났을 것이다. 하지만 경고도 하지 않고 발포명령을 내렸다. 10분 동안 총탄 1600발을 발사했는데, 379명이 죽고 1137명이 평생 불구로 살아야 하는 중상을 입었다. 1600발 중에서 84발만 목표물을 맞히지 못했다는 얘기다. 이것은 병사들이 평화시위를 벌이는 인도인을 사람으로 안 보고 냉정하게 한 명씩 조준사격을 했다는 뜻이다. 뿐만 아니라 4월 19일부터 25일까지, 매일 오전 6시부터 오후 8시까지, 다이어 준장이 이곳을 지나가는 인도인은 이 좁은 골목길 140m를 모두 기어서 지나가게 했다.

암리차르 대학살이 너무 충격적인 사건이었기 때문에 이때 영국에 우호적인 상층인사들이 모두 인도인으로 다시 태어났다. 노벨상을 받은 시인 타고르(Rabindranath Tagore)는 기사 작위를 반납했고, 영국령 인도제국 고위

관리로 일하는 많은 인도인이 관직을 버렸다. 이때 자와할랄 네루가 현장 조사를 했는데, 델리로 돌아올 때 우연히 다이어 준장 및 다른 영국군 장교들과 같은 열차 같은 칸을 탔다. 다이어는 이렇게 말했다.

"도시 전체가 내 손아귀에 있었지. 반란의 기운이 넘치는 그 도시를 잿더미로 만들고 싶었지만 연민을 느껴서 자제한 것이야."

네루가 이 말을 듣고 충격 받았다. 그런데 인도인 전체가 충격 받는 사건이 또 벌어졌다. 인도에 사는 영국인들이 다이어 준장을 칭찬하면서 모금운동을 벌였고, 2만6000파운드라는 거금을 전달한 것이다. 그래서 네루도 인도인으로 다시 태어났다.

"그 소행을 승인한 냉혹함은 내게 큰 충격을 주었다. 그것은 절대적으로 부도덕하고 천박스러워 보였다. 영국 사립학교 용어로 말하자면 그것은 버릇없음(bad forms)의 극치였다. 그때 나는 예전 그 어느 때보다 제국주의가 얼마나 야만적이고 부도덕하며, 그것이 얼마나 영국 상류층의 정신을 병들게 했는지 생생하게 깨달았다."

그가 1921년에 쓴 글은 이미 평범한 귀족청년이 아님을 보여준다.

그들(인도 빈민들)의 모습과 비참한 처지를 보면서 나는 부끄러움과 슬픔에 휩싸였다. 나 자신의 태평하고 안락한 삶과, 이렇게 무수한 인도의 아들딸들이 거의 헐벗고 사는데도 이를 무시하는 우리의 하찮은 도시 정치가 부끄러웠고, 인도의 황폐와 나라를 뒤덮은 빈곤이 슬펐다.

네루는 간디의 비폭력·불복종운동을 적극 지지했으며, 1922년부터 1945년까지 감옥을 여덟 번이나 들어갔다. 날짜를 다 합하면 3262일, 거의 9년에 해당한다. 1922년 그가 처음으로 감옥에 들어갈 때 법정에서 한 진술은 인도 민중의 심금을 울렸다.

"인도는 자유롭게 될 것입니다. 그것은 의심의 여지가 없습니다. 저는 즐겁게 감옥으로 가겠습니다. 우리의 성스럽고 사랑받는 지도자가 형을 선고 받은 이래, 감옥은 실로 우리에게 천국이 되고 거룩한 순례지가 되었습니다. 저는 자신의 행운에 놀라고 있습니다. 자유를 위한 투쟁에서 인도에 봉사하는 것은 명예롭기 그지없는 일입니다. 마하트마 간디와 같은 지도자 밑에서 인도에 봉사하는 것은 두 배로 행운입니다. 사랑하는 조국을 위해 고초를 겪는 것입니다! 대의를 위한 죽음이나 우리 영광스러운 꿈의 실현이 아니라면, 인도인에게 그보다 더 큰 행운이 어디 있겠습니까?"

아버지 모틸랄 네루는 아들의 이 법정진술을 읽고 이런 편지를 써 보냈다.

"너의 성명을 읽고, 내가 세상에서 가장 자랑스러운 아버지임을 느꼈다."

자와할랄 네루는 종교를 좋아하지 않는 세속주의자이며 합리주의자였다. 네루의 합리정신을 잘 보여주는 일화가 있다. 자와할랄은 1923년 4월부터 2년 동안 알라하바드(Allahabad) 시위원회 위원장으로 일했다. 알라하바드 시장으로 이해하면 된다. 하루는 한 하급관료가 이런 행정조치를 취한 것을 알았다.

"매춘부가 도심에서 집을 한 채 사는 것을 허가할 수 없다."

자와할랄 네루는 그 조치를 취소시키고 매춘부가 자기 돈으로 집을 한 채 마련하는 것을 허가하라고 명령했다. 정치인이 매춘부를 보호한 것이다. 당시 인도에서 이것은 깜짝 놀랄 명령이었다. 네루는 이렇게 명령한 뒤 그 하급관료의 결정이 왜 잘못되었는지 지적했다.

"매춘부들은 거래의 한 당사자일 뿐이다. 만약 그들이 도시의 외진 곳에서만 살아야 한다면, 여성들을 착취하고 매춘을 번성하게 하는 남자들도 모두 알라하바드 외곽에서 살아야 한다."

1929년, 40살 밖에 안 된 네루는 간디의 적극적인 후원으로 국민회의 의장이 되었다. 이때부터 인도인들은 네루를 간디의 후계자로 인식했다. 간디는 금욕주의자였지만 네루는 쾌락주의자였다. 금슬 좋았던 아내가 1936년에 죽었고, 네루는 자주 감옥으로 들어가는 세월을 보냈다. 그런데 감옥에서 풀려나온 뒤 대중연설을 하거나 공적인 만남이 있을 때 네루가 예전과 달리 성격이 다혈질로 변했다. 쉽게 화를 내고 쉽게 화를 가라앉혔다. 네루가 다혈질로 변한 원인은 욕구불만이었고, 쉽게 화를 가라앉힌 것은 다양한 여인이 준 사랑의 힘이었다. 그 가운데 당시 사람들 누구나 다 아는 네루의 여인이 있었다. 그 사람은 놀랍게도 영국인 인도총독의 아내였다.

식민지세월 마지막 10년 동안 인도는 간디를 중심으로 뭉쳐서 "인도를 떠나라(Quit INDIA)"운동을 펼쳤다. 폭력을 행사하는 자들에게 폭력으로 되갚지 않았다. 때리면 맞고, 체포하면 기꺼이 감옥으로 갔다. 네루는 1940년 10월 30일부터 1945년 6월 15일까지 마지막 감옥생활을 했다. 1942년, 영국문화와 학술을 애호하는 자와할랄 네루는 올리버 크롬웰(Oliver Cromwell, 1599~1658)의 발언을 인용했다.

"너희가 지금까지 잘한 일이 무엇이든 여기 너무 오랫동안 앉아 있었다. 이제 나가라. 그리고 우리가 너희와 결별하게 해 달라. 신의 이름으로, 떠나라!"

제2차 세계대전이 끝나자 영국은 더 이상 인도를 통치할 능력이 없었다.

인도를 통치하려면 최소 영국군 6만 명을 파병해야 했는데, 영국정부는 이를 감당할 돈이 없었다. 그래서 의지도 없었고, 마지막 몸부림으로 무슬림과 힌두교를 갈라놓기 위해 무슬림 정치세력을 열심히 키워주는 정책을 펼쳤다. 이것이 성공적이었고, 대부분 감옥에 있었던 국민회의 지도자들은 현실을 인정해야 했다.

1947년 2월부터 1948년 6월까지 인도를 통치한 마지막 영국인 총독이 마운트배튼 경(Lord Louis Mountbatten)이었다. 이 사람의 임무는 인도와 파키스탄을 평화롭게 분리시키고 안정적인 독립국 인도로 권력을 이양하는 것. 이 사람의 부인은 에드위나(Edwina Cynthia Annette Mountbatten). 마운트배튼은 대인배였다. 자기 아내가 다른 남자들과 자유롭게 사랑을 나누는 것을 이해해줬다. 그런데 아내 에드위나의 마지막 사랑이 자와할랄 네루였다. 에드위나는 감옥에서 나온 뒤 다시 다혈질로 변한 네루에게 한 눈에 반했고, 뜨거운 사랑을 나누었다. 마운트배튼은 이 사실을 알고 웃어넘겼다. 마운트배튼이 인도를 떠난 뒤에도 두 사람은 연인관계를 유지했고, 1960년 에드위나가 죽을 때까지 둘은 해마다 서로 방문했다. 에드위나는 현대 인도를 열심히 창조하고 있는 네루의 활력소였고, 네루는 1947년 8월 15일부터 1964년 5월 27일 죽을 때까지 인도 수상으로 재임하면서 여러 여성에게 수많은 연애편지를 썼다.

네루의 인생을 간단하게 정리하면 사랑과 정의다. 그가 수상으로 재임하며 벌인 각종 정책은 오늘날 많은 비판을 받고 있다. 특히 경제정책과 외교정책은 한 마디로 실패했다. 그럼에도 네루가 많은 사랑을 받는 이유가 있다. 그는 이상주의자였지만 정의를 지키기 위해 자신을 희생할 줄 아는 사람이었다. 그래서 1958년 4월 29일 의회에 사임을 요청했다. 이때 인도는 네루 없는 정부를 상상할 수 없었기 때문에 국회의원들이 적극적으로 사임을 만류했다. 그럼에도 사임을 요청했다는 사실이 매우 중요하다. 제2차 세계대전이 끝나고 1970년대까지 개발도상국의 초대 독립지도자 중 자발적으로 사임요청을 한 사람은 네루가 유일하기 때문이다. 네루는 인구대국 인도에 민주주의를 확립했다. 그의 투철한 정의 관념이 없으면 불가능한 일이다.

그리고 네루는 단순히 여자를 좋아하고 쾌락에 빠지는 사람이 아니었다. 네루는 진정한 박애주의자였기 때문에 인도라는 나라와 국민을 사랑했다. 사후 공개한 유언장이 너무나 감동적이었고, 인도인들은 네루를 비판하면서도 존경했다.

"내 유골의 대부분은 비행기로 하늘 높이 올라가 거기서 인도의 농부들이 힘들게 일하는 들판 위에 뿌려 주었으면 한다. 그리하여 그것이 먼지와 흙에 섞여 인도의 불가분한 일부가 되도록."

3. 따뜻함이 강함을 이긴다

빌리 브란트(독일)

1988년 한 TV인터뷰.

"당신은 자신의 최대 성공이 무엇이라고 평가합니까?"

칠십대 중반의 그 노인은 이렇게 대답했다.

"우리가 살고 있는 이 세상에서 독일이라는 이름과 평화라는 개념이 다시 조화를 이루도록 기여한 것입니다."

이 독일인의 이름은 빌리 브란트(Willy Brandt, 1913~1992). 1969년부터 1974년까지 독일 수상으로 재임하며 동방정책(Ostpolitik)을 이끈 사람. 동서독은 1990년에 통일했다. 빌리 브란트는 통일 독일의 아버지이며, 독일인들이 가장 좋아하는 정치가다. 1999년 독일은 수도를 본(Bonn)에서 베를린(Berlin)으로 옮겼다. 이때 연방수상 관저와 연방의회가 있는 베를린 정치의 중심지를 '빌리 브란트 거리'로 이름지었다. 그리고 베를린 사민당 중앙당사의 정식 이름은 '빌리 브란트 하우스'다. 2002년 7월, 한 평범한 시민이 죽은 뒤 유언장을 공개하자 그 내용이 재미있었다.

빌리 브란트 옆에 묻히기를 원한다. 이런 까닭으로 사민당에 정
치후원금을 기탁한다.

한국 돈으로 약 30억 원. 독일 역사상 최대 규모의 개인 정치후원금이었
다. 그래서 이 남자는 지금 빌리 브란트 옆에 묻혀 있다. 빌리 브란트가 존
경받는 가장 큰 이유는 국민들에게 희망을 주었기 때문이다. 그런데 한국
인들이 반드시 알아야 하는 사실이 있다.

빌리 브란트는 빨갱이였다.

1913년 12월 18일 독일 북부 항구도시 뤼벡(Lübeck)에서 한 사내아기가
태어났다. 이름은 헤르베르트 에른스트 칼 프람(Herbert Ernst Karl Frahm).
이 사내아기는 사생아로 태어났다. 그래서 자기 아버지 이름을 몰랐다. 제2
차 세계대전이 끝난 뒤에야 어머니에게 편지로 물었다. 어머니가 가르쳐준
아버지 이름은 욘 묄러(John Möller). 프람은 어머니의 성이다.

프람은 아버지의 사랑이 무엇인지 알 수 없었기 때문에 다른 기댈 곳을
찾아야 했다. 이 사내가 찾아낸 것은 네 가지였다.

여행, 여자, 글쓰기, 정치.

제1차 세계대전이 끝나자 루드비히 프람(Ludwig Frahm)이라는 군인이 제
대해서 집으로 돌아와 같이 살았다. 이 사람이 외할아버지이며, 한 공장에
서 노동자로 일했다.

1921년, 세계경제사에서 빠질 수 없는 그 유명한 독일인플레이션이 벌어
졌다. 뤼벡의 노동자들은 파업을 벌였고, 공장주는 직장폐쇄로 맞섰다. 8살
짜리 프람은 빵집 진열대를 애절하게 쳐다봤다. 한 공장 감독관이 이 어린
이를 봤고, 빵집 안으로 데려가서 빵 두 덩어리를 사줬다. 어린이는 집으로

돌아와 그 귀중한 선물을 자랑스럽게 보여줬다. 그러자 루드비히 프람이 도로 가져다주라고 말하는 것이 아닌가!

"이것은 선물이야! 파업노동자는 고용주로부터 어떤 선물도 받을 수 없다. 우리는 적들에게 매수당하면 안 돼! 우리 노동자는 사람들이 적선으로 달래는 거지가 아니다. 우리는 우리의 권리를 원하지, 선물을 원하는 것이 아니야. 그 빵은 다시 갖다 줘라. 당장!"

프람은 이 외할아버지의 가르침을 평생 잊지 못했다. 그가 앞으로 나가야 하는 사상노선은 8살 때 정해진 것이다.

프람은 책을 좋아했다. 엄청난 책벌레였고, 글쓰기도 좋아했다. 그리고 고등학교 졸업시험 허가신청서에 자신을 이렇게 소개했다.

여가시간을 대부분 사회주의 청년운동 활동에 쏟아 붓고 있음.

그는 이미 청소년 시절에 사회주의노동청년(SAJ) 단원이었고, 17살이었던 1929년 8월 27일 〈뤼벡 인민의 소식〉에 이런 글을 발표했다.

우리는 젊은 사회주의자다. 우리는 정치투쟁을 준비해야 한다.

프람은 고등학교를 졸업한 뒤 1931년 독일사회민주당(약칭 사민당; SPD)에 가입했는데, 반 년 만에 탈퇴하고 독일사회주의노동자당(약칭 노동당; SAP)에 가입했다. 사민당이 중도좌파라면, 노동당은 통합좌파였다. 그래서 독일공산당 출신들도 당원으로 받아들였는데, 1932년 7월 31일 제국의회선거에서 득표율 0.2%라는 참패를 했다. 이 선거에서 득표율 37%와 제국의회 230석 확보라는 놀라운 승리를 거둔 정당이 민족사회주의독일노동자당(NSDAP). 바로 히틀러의 나치(NAZI)다. 극단적인 극우정당이 사회주의와 노동자라는 이름을 내걸어야 일반 민중에게 거부감을 안 줄 수 있었던 것이다.

1933년 1월 30일, 아돌프 히틀러(Adolf Hitler)가 독일제국 수상이 되었다. 히틀러 수상이 처음으로 한 일은 빨갱이를 청소하는 것이었다. 이 일을 주도적으로 벌인 조직이 나치친위대. 2월 27일 제국의회가 불탔다. 곧이어 히틀러는 노동당을 반국가단체로 규정했다. 나치는 주요 당직자들을 체포했다. 당시 독일 좌파 중에서 가장 약한 세력이 노동당이었고, 히틀러는 가장 약한 상대부터 공격한 것이다. 당은 해체되었다. 3월 11일, 탄압을 피한 당원 60명이 드레스덴(Dresden) 근교 한 술집에서 비밀모임을 가졌다. 이 60명 중 한 명이 프람이었다. 이들은 노르웨이 수도 오슬로에 망명정당을 세우기로 결의했다. 이때 프람이 자기 신분을 감추기 위해 흔한 이름 하나를 가명으로 사용했다. 그 가명이 빌리 브란트였다.

1933년 4월 1일 밤, 프람은 고기잡이배를 타고 덴마크로 탈출했다. 이때 그의 전 재산은 100마르크와 셔츠 몇 벌, 그리고 〈자본론〉 제1권이었다. 곧이어 노르웨이에 도착해서 각종 비밀활동에 종사했다. 20살에 망명한 사람! 그가 정식으로 독일에 돌아온 것은 15년 뒤였다.

결국 독일 사회주의자와 공산주의자들은 나치에게 체포당해서 죽거나 외국으로 탈출해서 반국가활동에 종사했다. 독일인이 독일과 맞서 싸운 셈인데, 나치가 패망한 뒤 이들이 독일로 돌아왔고, 능수능란한 처세술로 끝까지 살아남은 우익인사들이 민주주의국가 서독을 건설했다. 물론 공산주의자들은 소련이 점령한 독일 영토, 즉 동독에서 고위 정치인이 되었다.

프람이 망명기간동안 한 일은 각종 기고와 정보수집이었다. 한 마디로 간첩이다. 다른 유럽 여러 나라로 잠입해서 활동했고, 덕분에 프람은 영어 · 프랑스어 · 스페인어 · 네덜란드어 · 덴마크어 · 스웨덴어 · 노르웨이어를 익혔다. 특히 노르웨이어와 영어는 모국어 수준이었다. 프람은 소련에게도 군사기밀을 넘겨준 사람이다. 그래서 훗날 정적들에게 시달리며 살았다. 그러나 소련을 신봉하지는 않았다. 1939년 8월 23일 벌어진 독소불가침조약이 유럽 사회주의자들에게 충격적인 사건이었다. 노동자의 국가를 이끄는 스탈린이 좌파의 숙적 히틀러와 동맹을 맺다니! 이때 프람은 이념만능주의를 완전히 버렸다. 국제외교무대에서 영원한 적도 동지도 있을 수 없다. 부드러운 사고방식이 필요하다. 진정한 사회주의는 민주주의 기반에서 이룩해야 한다. 프람은 망명세월동안 고정관념을 타파했다. 이것이 정치인으로 성장할 수 있는 소중한 자산이었다.

사실 프람은 평생 여러 여자와 사랑을 나누었다. 노르웨이 망명기간에 동거한 여자가 독일에서 쫓아온 첫사랑이었고, 첫사랑과 헤어진 뒤 노르웨이와 스웨덴에서 결혼을 두 번 했다. 나중에는 60대 후반이었을 때 또 결혼했는데, 이밖에도 많은 로맨스가 있었다. 훗날 정적들은 그의 여자문제를 거론하며 많이 공격했다. 그래도 첫 번째 부인과 두 번째 부인은 서로 사이가 좋았다.

1944년 10월 9일, 스웨덴의 수도 스톡홀름에 있었던 독일사회주의노동자당 당원들은 망명 사민당에 가입할 것을 선언했다. 나치는 1945년 5월 8일에 패망했고, 프람은 1947년 1월 17일 베를린 주재 노르웨이 군사위원회 언론참사관으로 취임했다. 프람은 국적을 노르웨이로 바꿨던 것이다. 노르웨이인 신분으로 노르웨이 군복을 입고 조국으로 돌아온 사람. 훗날 이것도 비난거리가 되었다.

1947년 11월초, 프람은 군사위원직을 사직했다. 본격적으로 독일정치에 가담하고 싶었기 때문이다. 1948년 7월 1일 노르웨이인 프람은 귀화증서를 취득해서 다시 독일인이 되었고, 1949년 5월말 성명변경신청서를 제출했다. 그리하여 석 달 뒤 헤르베르트 에른스트 칼 프람은 빌리 브란트가 되었다.

정치인 빌리 브란트가 1948년 2월 1일 처음으로 맡은 직책은 사민당 베를린의장단 보좌역. 동부 독일은 소련 점령지역이었고, 서부 독일은 미국·영국·프랑스 점령지역이었으며, 동부 독일에 있는 베를린도 동베를린은 소련 점령지역, 서베를린은 미국·영국·프랑스 점령지역이었다. 서베를린은 공산권 안에 있는 민주주의 섬이었다. 1948년 6월 16일 소련대표부는 베를린 연합군사령부를 떠났고, 8일 뒤인 24일 서베를린 교통로를 봉쇄했다. 뚫린 것은 하늘뿐이다. 서베를린 시민들이 일치단결하여 2주일 만에 서베를린공항을 만들었다. 세상에 이렇게 재빨리 만든 활주로는 앞으로도 없을 것이다. 목적이 생존이었기 때문에 벌어진 일이다. 미국은 1949년 5월 12일까지 1년 동안 서베를린 공수작전을 펼쳤다. 미국과 영국 군용기들이 조금도 쉬지 않고 서베를린공항에 착륙해서 각종 생활물자를 전달한 뒤 곧바로 날아갔다.

1950년 12월 빌리 브란트는 서베를린의회 의원이 되었고, 서베를린의회 의장을 거쳐, 1957년 10월 서베를린 시장이 되었다. 이것이 빌리 브란트가 도약하는 계기였다. 냉전시대 서베를린 시장은 별명이 '서독 제2의 외무부 장관'이었다.

독일은 나치가 패망하고 9년 뒤인 1954년 독일조약(Deutschlandvertrag)으로 주권국이 되었다. 1954년 스위스월드컵에서 서독이 기적적으로 우승

한 것은 패전국 독일인들에게 자신감을 심어줬다. 1949년부터 1963년까지 독일연방공화국 초대 수상이 된 사람은 콘라트 아데나워(Konrad Adenauer, 1876~1967). 아데나워는 1917년부터 1933년까지 쾰른(Köln) 시장이었고, 나치 치하에서 탄압받아 숨거나 도망다니며 살았던 사람이다. 기독민주주의 연합(약칭 기민련; CDU) 당수였던 아데나워는 친미국정책이라는 실용주의 노선으로 미국의 원조를 받아 독일 기계공업과 자동차공업을 부흥시켜 서독을 부자나라로 만든 건전한 우익인사다. 사민당과 대립하는 당수였지만, 빌리 브란트는 이 쾰른의 노인에게 적절한 존경을 표현했다. 아데나워의 친미정책이 없었다면 서베를린이 살아남지 못했다는 사실을 몸으로 느꼈기 때문이다.

빌리 브란트는 정치인이다. 언론에 노출되기를 즐겼다. 나아가 언론인들과 적극적으로 사귀었다. 기고도 많이 하고 책도 많이 썼다. 브란트 부부는 사교모임에 열심히 참석해서 우아하게 연출한 자신들을 보여줬다. 서베를린은 세계 외교무대에서 중요한 전선이었기 때문에 빌리 브란트는 전 세계를 돌아다니는 외교여행을 했다. 특히 1959년 1월초 프랑스 파리에 있는 나토(NATO)위원회에서 유창한 영어로 행한 베를린 상황보고는 국제적으로 큰 명성과 지위를 가져다주었다.

1964년 2월, 빌리 브란트는 사민당 총재가 되었다. 그러나 1965년 9월 연방의회선거에서 패배했다. 1966년 10월 23일 심장마비로 쓰러지기도 했다. 그러나 다시 일어섰다. 독일은 내각책임제이므로 정치세력들이 합종연횡으로 정권을 빼앗는 것이 가능하다. 정권을 빼앗기지 않기 위해 여당 당수가 야당 정치인에게 중요한 관직을 맡기는 것도 가능하다. 1966년 11월부터 3년 동안 빌리 브란트는 외무부장관이 되었다. 그리하여 빌리 브란트 가족은 서베를린에서 본으로 이사했다.

1954년부터 1966년까지 서독의 외교정책은 이분법적 사고방식이었다. 동독의 친구는 우리의 적이며, 동독의 적은 우리의 친구다. 참으로 유치한 냉전적 사고방식이다. 빌리 브란트는 자신이 민주주의를 신봉하는 빨갱이였기 때문에 이런 고정관념이 없었다. 독일 외무부장관 빌리 브란트는 열심히 전 세계를 돌아다녔다. 특히 제3세계 비동맹국가 정치수반들과 열심히 친교했다. 유럽인들은 여전히 독일을 싫어했지만, 아프리카와 남미는 독일을 우호적으로 대하기 시작했다. 동시에 그는 소련에게 우호적인 메시지를 보냈고, 미국·영국·프랑스와 변함없는 동맹관계를 유지했다. 브란트가 외무부장관이었을 때 프랑스 대통령이 드골이었다. 나치에게 끝까지 대항한 프랑스 장군. 프랑스인들은 독일인을 싫어하는 정도가 아니라 증오했다. 그래서 브란트는 드골과 우호관계를 유지할 수 있는 이상적인 독일인이었다. 브란트도 나치에 맞서 싸운 사람이기 때문이다.

1969년 10월 21일, 독일연방공화국은 네 번째 수상을 선출했다. 사민당당수 빌리 브란트. 이것은 천운이었다. 1964년에 창당한 독일민족민주당(약칭 민족당; NPD)이 4년 만에 영향력 있는 정당으로 성장했다. 그러자 중립 성향 독일 유권자들이 경악했다. 기민련은 중도우파다. 하지만 민족당은 극우다. 민족당이 정권을 잡으면 전쟁을 일으킬 것이고, 다시 미국과 소련이 독일을 쑥대밭으로 만들 것이다. 그래서 반작용심리가 급속히 퍼졌다. 차라리 중도좌파인 사민당을 지지하자. 1969년 9월 28일 총선에서 사민·자민당(자유민주당; FDP) 연정이 기민·기사련(기독사회주의연합;

CSU) 연정을 근소한 차이로 이겼다. 연방의회 의원투표에서 불과 3표 차이로 브란트가 수상이 되었다. 무효표가 하나 있었는데 그 투표용지에 이런 글귀가 있었다.

NO 프람.

빌리 브란트? 웃기고 있네. 너는 프람이잖아. 너는 조국을 외국에 팔아넘긴 매국노야. 국적도 노르웨이로 바꾼 놈이야. 너가 수상이 되면 독일을 외국에 팔아넘길 거야. 프람, 물러가라!

그 무효표에 쓴 두 낱말은 바로 이 뜻이었다.

빌리 브란트의 업적은 내치와 외치로 나눌 수 있다. 실업자를 줄이기 위해 모든 성인의 직업교육을 정부가 지원하는 직업교육법, 건전한 투자활동을 많이 할수록 재산세를 감면하는 재산형성법, 동성애를 처벌하지 않는 성범죄법 개정, 그리고 각종 환경보전정책이 그의 업적이다.

빌리 브란트의 외치가 동방정책이다. 노태우 대통령의 북방외교정책이 공산권국가와 친교하고 국교를 수립하는 것과 마찬가지로, 동방정책은 동독을 사실상 독립국으로 인정하며 동유럽 및 소련과 친교하는 정책이었다. 이것은 미국의 눈치를 봐야 했다. 그래서 빌리 브란트가 이끄는 독일은 미국의 중동정책과 베트남전에 경제지원을 했다. 독일의 통일은 유럽의 평화라는 전제조건이 있어야 한다는 것이 브란트의 확고한 입장이었다. 따라서 유럽의 중앙에 위치한 독일이 서유럽과 동유럽, 미국과 소련을 같이 우호적으로 대해야 다른 유럽 모든 나라에게 이익이다.

제2차 세계대전이 끝나고 20년이 지나자 프랑스인의 독일에 대한 증오는 많이 사라졌다. 문제는 폴란드였다. 제2차 세계대전에서 폴란드 희생자가 무려 600만 명이었다. 자기 가족 중에 독일군에게 살해당한 사람이 최소 1명은 있다는 이야기다. 1970년 12월 7일, 빌리 브란트는 폴란드 바르샤바에 도착하자 게토의 유태인 희생자 기념비로 갔다. 그는 천천히 걸어갔다. 놀랍게도, 그는 무릎을 꿇었다. 이렇게 진심으로 반성하고 사죄했다. 이때부터 폴란드인의 독일에 대한 증오가 풀렸다.

바로 그 현장에 있었던 수행원들은 속으로 당황했다. 예정에 없었던 연극이었기 때문이다. 빌리 브란트는 나치에게 맞서 싸운 사람이다. 폴란드인과 유태인에게 사죄할 필요가 없는 사람이었다. 그럼에도 무릎 꿇고 사죄했다. "빌리 브란트가 어떤 사람인가?"라는 질문에 한 마디로 대답해야 한다면 "1970년 12월 7일 바르샤바에서 무릎 꿇고 있는 모습을 보라."라고 답할 수 있다.

동방정책의 가장 큰 수혜자는 베를린 시민이었다. 동서독 서신왕래가 가능해졌고, 허가만 받으면 동서독 시민이 서로 방문할 수 있었다. 서독에 사는 사람이 비행기를 탈 필요 없이 자동차를 몰고 서베를린에 갈 수 있었다. 이것이 1989년 베를린장벽붕괴의 근본배경이 되었다.

지독한 골초이며 매일 맥주를 즐겼고 쉽게 우울증에 걸렸던 빌리 브란트는 1974년 5월 6일 수상직을 사임했고, 1987년 6월 사민당 총재직도 사임했다.

빌리 브란트의 동방정책을 의역하면 햇볕정책이다. 브란트 자신이 사회주의자였기 때문에 동유럽 공산주의자들과 허물없이 친교할 수 있었고, 소련 공산당 서기장 브레즈네프와 다정하게 대화할 수 있었다. 1989년 11월 10일, 동서 베를린 시민들이 같이 베를린장벽을 부수었다. 동유럽 공산주의는 급격하게 무너졌다. 1년이 지난 1990년 6월 21일 독일은 통일했다. 독일인들은 그제야 깨달았다. 수많은 여자와 사랑을 즐겼던 저 할아버지 우울증환자가 통일 독일의 아버지라는 것을.

1992년 10월 8일, 빌리 브란트는 별세했다. 빌리 브란트가 한국인들에게 남긴 가르침은 이렇게 정리할 수 있다.

헤어진 남녀가 다시 결합하려면 절대 싸우지 말아야 한다. 오히려 따뜻하게 감싸 안고 최대한 사심 없이 도와주며 "나는 당신을 좋아해요."라는 뜻을 행동으로 증명해야 한다.

4. 공장노동자가 대통령이 되다

루이스 룰라(브라질)

1965년 어느 날 밤 파브리카 인지펜덴시아(Fábrica Independência) 공장. 한 20살 먹은 청년이 선반에서 열심히 일하고 있었다. 그는 일에 열중하느라 작은 문제 하나를 발견하지 못했다. 나사 하나가 느슨했다. 계속 느슨해지더니 점점 풀어졌고, 급기야 그 나사 하나가 빠졌다. 그것은 프레스를 고정시키는 나사였다. 프레스가 떨어졌다.

"으악!"

그 청년이 비명을 질렀다. 프레스가 왼손 새끼손가락을 완전히 짓뭉갰다. 그 부위의 신경이 죽었고, 썩기 시작했다. 그 청년은 병원에서 왼손 새끼손가락을 잘랐다.

이 사람 이름은 루이스 이나시우 룰라 다 시우바(Luiz Inácio Lula da Silva). 가난하고 무식하며 술과 담배를 좋아하고 신문을 펼치면 스포츠면부터 살피며 주말마다 데리고 나오는 여자친구가 다른 애칭 "룰라"라는 이 평범한 브라질 젊은이가 나중에 대통령이 되어 "세계에서 최고로 행복한 정치인"

이라는 찬사를 받을 줄 누가 알았으랴! 현대브라질을 이해하려면 룰라를 알아야 하고, 룰라가 대통령이 되는 과정을 이해하려면 브라질역사를 알아야 한다.

중세 유럽 지중해 해상강국이 베네치아공화국이었다. 스페인과 포르투갈은 변방이었고, 변방에서 벗어나기 위해 새로운 항로를 탐험했다. 그래서 콜럼버스(Christopher Columbus, 1451~1506)와 바스코 다 가마(Vasco da Gama, 1469~1524)라는 인물이 등장한다. 멕시코에서 아르헨티나까지 중남미는 스페인의 식민지가 되었고, 아마존 유역을 가장 많이 포함하는 남미 중부의 동쪽 지역이 포르투갈 식민지였다. 이 포르투갈 식민지를 오늘날 브라질이라 부른다. 브라질은 중남미에서 유일하게 스페인어가 아닌 포르투갈어를 사용하는 나라다. 그러나 스페인어와 포르투갈어는 비슷하기 때문에 의사소통에 큰 문제가 없다.

16 · 17 · 18세기 브라질은 포르투갈인들이 대농장주로 군림하며 인디오들을 학살하고, 아프리카에서 노예들을 끌고 와 막대한 부를 창출하는 곳이었다. 너무나 비참한 이야기다. 그래도 한 가지 긍정적인 측면이 있었으니, 포르투갈인은 인디오 · 흑인과 피를 섞는 것에 큰 거부감이 없었다. 성욕이 너무 왕성해서 벌어진 일인데, 지금도 일반적인 브라질 사람은 성욕이 왕성하고, 흑 · 백 · 황 혼혈이 대부분이어서 인종차별이 별로 없다.

1807년 프랑스 나폴레옹 군대가 리스본에 다가오자 포르투갈 국왕 주앙 6세(João VI)가 피난을 결정했다. 그래서 왕실 · 귀족 · 사제 · 장군 등 1만 5000명이 배 타고 브라질로 갔다. 브라질에서 가장 큰 항구도시 리우데자네이루(Rio de Janeiro) 사람들이 "브라질황제 만세!"를 외치며 열렬히 환영했다. 1807년부터 1822년까지 브라질은 포르투갈의 분국(分國)이었다. 포르투갈이 본사라면 브라질은 자회사였던 것이다.

이들은 브라질 자연환경에 매혹되었다. 정열적인 브라질 사람들도 마음에 들었다. 그래서 포르투갈로 돌아가고 싶지 않았다. 하지만 나폴레옹이 파멸하자 포르투갈에서 귀환요청이 빗발쳤다. 주앙 6세는 계속 시간만 끌었다. 이곳이 더 살기 좋은데 왜 포르투갈로 돌아간단 말인가? 그러나 안 돌아갈 수도 없었다. 1820년, 주앙 6세는 황태자 동 페드루(Don Pedro)를 대리인으로 임명하고 귀국했다.

그런데 황제가 돌아가자 브라질 사람들 심리가 변했다. 좋게 말하면 허탈감이고, 나쁘게 말하면 자식을 버린 부모에 대한 분노다. 부모가 자식을 버렸으니 자식도 부모와 관계를 유지할 이유가 없다. 그래서 브라질독립운동이 벌어졌다. 그 황태자는 어찌 해야 하는가? 독립운동을 탄압해야 한다. 이것이 한국인의 상식이다. 동 페드루는 한국인의 상식을 벗어나는 일을 했다. 독립운동을 부추긴 것이다.

1822년, 브라질은 독립선언을 했다. 이렇게 무혈독립운동이 성공했다. 새로 탄생한 나라 브라질의 정치체제는 절대군주제가 아닌 입헌군주제. 동 페드루는 브라질 황제 '페드루 1세'가 되었다. 1830년 주앙 6세가 죽자 브라질 국민들이 긴장했다. 동 페드루가 포르투갈 왕위를 받아들이면 브라질은 다시 식민지가 된다. 그러면 전쟁이 벌어질 것이다. 이때 동 페드루가 현명한 결단을 내렸다. 그는 포르투갈 제위 상속을 거부했다.

그런데 또 위기가 찾아왔다. 이제 브라질에서 입헌군주제를 공화제로 바꾸는 운동이 벌어졌다. 어찌 할 것인가? 동 페드루는 또다시 현명한 결단을 내렸다. 왕위를 자기 5살짜리 아들 페드루 2세에게 물려주고 자신은 유럽행 배를 탔다. 왕이 5살 밖에 안 되었기 때문에 왕이 입헌군주제를 절대군주제로 바꾸는 친위쿠데타를 벌일 위험이 없었다. 이런 까닭으로 공화제로 바꿔야 하는 명분이 사라졌고, 브라질은 유혈참극이 벌어지지 않았다.

페드루 2세는 1831년부터 1889년까지 58년 동안 재위했는데, 이 사람은 평생 정치에 관심이 없었다. 그는 착하고 정직했으며, 고매한 인품의 소유자였고, 학문과 예술을 좋아했다. 브라질 국민은 페드루 2세를 사랑했다. 왕정을 싫어하는 극단적인 공화주의자도 페드루 2세를 존경했다. 하지만 이렇게 훌륭한 인물이 말년에 위기를 맞았으니, 원인은 경제문제였다.

브라질은 노예제국가였다. 노예가 없으면 농장이 돌아가지 않았다. 농장을 소유하지 않은 지식인들이 농장주들을 비판했다. 1831년 브라질의회는 노예수입을 금지하는 법안을 통과시켰다. 그러자 농장주들이 편법을 동원했다. 노예들의 결혼을 장려한 것이다. 노예의 자식도 노예다. 이제 노예를 수입할 필요가 없다.

인간은 이기적인 동물이다. 세상에서 가장 소중한 것이 '나'이기 때문이다. 노예소유주에게 노예는 재산이다. "너 재산을 내놓아라."라는 말은 "너 목숨을 내놓아라."와 같은 공포다. 그래서 목숨을 걸고 반항한다. 이런 까닭으로 한 나라에서 노예를 없애려면 전쟁이 벌어진다. 전쟁만 안 벌어지면 그것이 다행이다.

브라질은 다행스러웠다. 1888년, 브라질의회가 노예폐지법을 통과시켰다. 피를 흘리지 않고 노예를 해방시킨 나라. 우리는 이를 높이 평가해야 한다. 그런데 노예가 없으니 농장이 안 돌아갔다. 임금을 주고 노동자를 고용하니 농산품 가격이 올라갔다. 경제위기가 닥친 것이다. 사회가 혼란하면 "안정!"이라는 핑계로 권력을 탐하는 무리가 생긴다. 1년 뒤 군사쿠데타가 벌어졌다. 그 규모가 작아서 얼마든지 진압할 수 있었다. 그러나 아들도 없이 늙고 병든 왕은 반란군인들에게 대항하지 않았다. 그들은 1889년 10월 연방제공화국을 선포했다. 그리고 페드루 2세에게 제안했다.

"유럽으로 가서 말년을 보내시오."

11월 17일, 페드루 2세와 모든 왕실 사람들이 배 타고 브라질을 떠났다. 참으로 싱거운 쿠데타였다. 피를 흘리지 않고 재빨리 벌어진 쿠데타였으며, 쿠데타의 주역들조차 국왕을 존경했다. 브라질을 떠나는 페드루 2세는 조용하고 위엄이 넘쳤다. 브라질에서 노예가 사라지고 왕도 사라졌다. 1890년부터 지금까지를 브라질현대사로 간주한다.

브라질은 세계에서 다섯 번째로 큰 나라다. 한반도의 38배. 인구 1억9000만 명. 남미 전체 인구의 절반이다. 브라질에 이렇게 인구가 많은 것은 왕성한 성욕과 가톨릭 때문이다. 가톨릭이 피임을 부정적으로 본다. 종교의 자유가 있지만 대부분 가톨릭을 믿고, 대부분 신을 믿는다.

"예수님은 브라질 사람이에요."

그래서 리우데자네이루의 거대한 예수상이 브라질의 상징이다. 심지어 하느님이 브라질 사람이라 말하기도 한다. 이것은 이유가 있다. 브라질은 축복받은 나라다. 세계 최대 열대 우림 아마존이 있고, 남부에 거대한 이구아수폭포가 있으며, 전 국토의 40%가 경작 가능한 땅인데, 지금 실제로 경작하고 있는 땅은 전 국토의 18.6%에 불과하다. 더욱 놀라운 것은 이것만 경작하는데 세계적인 농업대국이다. 콩 · 옥수수 · 사탕수수 · 커피를 전 세계에 수출하며, 자동차연료도 사탕수수에서 추출한 에탄올로 움직인다.

브라질은 자원도 풍부하다. 니오브와 탄탈석이 세계 1위, 철광석과 알루미늄과 흑연이 세계 2위, 석유는 세계 8위. 금도 많이 나오고 고무나무도 많다. 뿐만 아니라 동부 해안은 진주 같은 해변이 끝없이 펼쳐지고 1년 내내 '천상에나 있을 법한 날씨'를 유지한다. 브라질은 미인도 많은데, 단순히 예쁜 것이 아니라 육감적인 글래머들이 해변을 가득 메우고 있다.

음침하거나 추운 기후에서 사는 부자가 브라질에 한 번 오면 떠나고 싶어 하지 않는다. 평소 사람들 생활태도는 여유가 있다. '우리가 좀 어려워지면 신이 다른 먹을 것을 왕창 내려주신다.'고 생각하기 때문이다. 온 국민이 즐기는 놀이는 축구. 브라질은 온 국민이 축구에 미쳐 있는 나라다.

원래 수도가 리우데자네이루였고, 두 번째 도시가 상파울루(São Paulo)였다. 지금도 규모는 변함없지만, 1960년부터 수도는 내륙에 비행기 모양으로 구획한 신도시 브라질리아(Brasilia)이며, 지금은 쿠리치바(Curitiba)가 생태도시로 유명하다.

20세기 들어 상파울루는 산업화가 벌어졌다. 브라질 산업화를 주도한 사람이 제툴리우 바르가스(Getúlio Dornelles Vargas). 이 사람은 1930년부터 1945년까지 대통령을 지냈는데 전형적인 독재자였다. 원래 독재정권은 부패가 심할 수밖에 없다. 그럼에도 서민들의 지지를 받았으니, 농업국가 브라질을 공업국가로 만들기 위해 노력했고, 파업을 금지하는 대신 노동조합을 허용했으며, 최저임금제와 연금제도를 도입하며 여성참정권도 인정했고, 국영 철강회사도 만들었다. 특히 흑인을 우대했다. 브라질 축구대표팀에 흑인을 넣도록 명령한 사람이며, 포르투갈 사육제에 빈민가 흑인들 거리행진을 추가한 것도 바르가스 대통령이었다.

1945년 군부가 쿠데타를 일으켰다. 독재자 바르가스를 몰아내는 것이 명분이었다. 바르가스가 물러났고 6년 뒤 민주선거가 벌어졌다. 그런데 민중이 또 바르가스를 선택했다. 그는 1951년부터 1954년까지 또 대통령을 지냈다. 그는 외자도입을 막았고, 국영 석유회사 페트로브라스(Petrobrás)를 설립했다. 문제는 물가상승과 부정부패였다. 다시 군부가 그를 몰아내려 하자 1954년 8월 24일 바르가스는 권총을 입에 물고 방아쇠를 당겼다.

1956년부터 1961년까지 대통령을 지낸 사람이 주셀리누 쿠비체크(Juscelino Kubitschek de Oliveira). 이 사람은 더 강력한 산업화정책을 밀어붙였다. 도로와 발전소를 건설하고, 폭스바겐과 메르세데스벤츠 공장을 유치했으며, 1957년 착공해서 겨우 3년 만에 브라질리아라는 수도를 완성했다. 전형적인 경기부양예찬론자. 브라질경제는 고속성장을 했지만 외채를 너무 많이 도입했다. 또 인위적인 경기부양을 위해 시중에 돈을 너무 많이 풀었다. 그리하여 통화팽창이 벌어졌다. 영어로 인플레이션이다.

정부가 외국에 너무 많은 빚을 졌고, 브라질 내부에서 돈의 가치는 떨어지고 있었다. 사회는 계속 혼란해졌다. 그러자 1964년 4월 브랑쿠(Castelo Branco) 장군이 "안정!"이라는 핑계로 쿠데타를 일으켰다. 1964년부터 1985년까지 브라질은 여러 장군들이 대통령으로 재임하는 군사독재시대를 겪었다. 공무원이 썩고, 사회에 정의가 사라졌으며, 민주주의자들은 "빨갱이"라는 누명을 받아 잔인하게 탄압 당했다.

사회에 정의가 없으면 경제발전도 한계에 도달한다. 그러자 무능한 정권은 돈을 마구 찍었다. 부족한 재원은 외국에서 빌렸다. 외채와 인플레이션이 수습할 수 없는 단계에 이르렀다. 그러자 새로운 외채로 급한 불을 끄기 시작했다. 국가가 돌려막기를 한 것이다. 인플레이션은 통화개혁으로 대처했다. 그러나 재정균형을 맞추지 않으면 화폐를 바꿔도 인플레이션을 막을 수 없다. 돈은 허구의 산물이기 때문이다.

룰라는 1945년 10월 27일 북동부 페르남부쿠(Pernambuco)주 가라늉스(Garanhuns)에서 아버지 아리즈치지스(Aristides Inácio da Silva)와 어머니 에우리지시(Eurídice Ferreira de Melo) 사이 12자식 가운데 일곱 째로 태어났다. 아버지는 빈농이며 문맹이었고, 어머니도 문맹이었다. 지금도 브라질 문맹률이 20%다. 그 집은 전기도 라디오도 없었다. 아버지는 상파울루의 외항 산투스(Santos)에서 부두노동자로 일하며 자기 아내의 사촌 여동생과 같이 살았고, 자식을 둘이나 낳았다. 아버지는 힘이 셌고, 이기적인 냉혈한이었으며, 술에 취해 있는 시간이 많았다. 그래도 최소한의 생계비는 보내주었다.

룰라가 7살이 된 1952년, 어머니가 잡동사니를 모두 처분해서 돈을 모은 뒤 온 식구를 트럭에 태우고 13일을 달려 산투스에 도착했다. 남편과 합치기 위해 이렇게 왔는데, 남편은 환영하지 않았다. 아내의 친척과 몸을 섞고 있었기 때문이다.

아버지는 자식들이 공부하는 것을 결사반대 했다. 주말에 노는 것도 금했다. 언제나 자식들에게 일을 시켰다. 3살짜리 딸이 배고프다고 말하면 외면했고, 자기가 기르는 강아지에게 카스테라를 줬다. 아내와 자식들은 딱딱한 빵만 먹게 했으며, 자기가 좋아하는 카스테라를 아무도 못 먹도록 옷장 위에 올려놓고 출근했다. 그리고 화나면 자식들과 아내를 두들겨 팼다. 한 마디로 짐승만도 못한 인간이었다.

1955년, 어머니는 남편과 결별을 선언했다. 그들은 이사했다. 커피 원두를 고르는 일과 세탁 일을 해서 돈을 벌었고, 자식들도 잡일을 했다. 어린이 룰라는 구두를 닦았다. 1956년 룰라는 학교를 그만두었다. 초등학교 4학년. 이것이 룰라의 학력이다.

1960년, 룰라는 상파울루 외곽에 있는 볼트 만드는 공장에 취업했다. 동시에 열심히 공부해서 1963년에 선반기술자 자격증을 취득했다. 그리고 1965년 어렵게 취업한 곳이 파브리카 인지펜덴시아 공장이었다. 바로 이곳에서 20살 청년 룰라가 왼손 새끼손가락을 잃었다. 그래도 룰라는 낙천적으로 생각했다. 여전히 정력적으로 여자친구들을 사귀었고, 보상금 35만 크루제이루를 받아 어머니에게 땅을 조금 사드리고 새 가구도 들여놓았다. 그리고 1967년 바로 윗 형 프레이 시쿠(Frei Chico; José Ferreira da Silva)가 다니는 금속공장 빌라레스(Aços Villares)에 선반공으로 들어갔다. 이곳에서 인생전환점을 맞이했다.

상파울루ABC라는 말이 있다. 상파울루의 세 위성도시 산투안드레(Santo André)의 A, 상베르나르두두캄푸(São Bernardo do Campo)의 B, 상카에타누(São Caetano)의 C를 말한다. 상파울루ABC 노동자는 브라질 노동자 가운데 급여를 제일 많이 받는 사람들이었고, 상파울루ABC의 노조가 브라질 노동운동을 주도했다.

빌라레스는 상베르나르두두캄푸에 있었다. 1968년 가을, 형 프레이 시쿠가 동생 룰라에게 노조 가입을 권했다. 룰라는 형의 권유이기 때문에 아무 생각 없이 가입했는데, 이때 룰라는 노조를 잘 알지도 못했다. 룰라의 관심은 축구와 여자였다.

1969년 2월, 상베르나르두 금속노조 위원장 선거가 있었다. 비달(Paulo Vidal)이 득표율 75%로 당선되었는데, 형 프레이 시쿠가 비달의 노조이사회 24명 중 한 명이었다. 그런데 선거 얼마 전 프레이 시쿠는 직장을 옮겼고, 그 직장의 한 명이 비달의 노조이사회 24명 중 한 명으로 들어가 있었다. 빌라레스 대표가 빠진 것이다. 프레이 시쿠는 동생 룰라를 추천했다. 비달이 물었다.

"너 동생이 어떤 사람이야?"

프레이 시쿠는 솔직하게 대답했다.

"걔는 아직 어리고, 노조를 좋아하지도 않아요. 아는 것도 없어요. 하지만 누가 압니까? 걔는 리더십이 있습니다."

룰라는 연애할 시간이 줄어드는 것이 싫어서 형의 제안을 거절했다. 그래도 형이 끈질기게 설득했다. 프레이 시쿠는 아버지와 달리, 동생에게 폭력을 휘두르는 사람이 아니라 언제나 자상하게 대하는 사람이었다. 그래서 결국 룰라가 받아들였다.

축구와 여자를 낙으로 사는 이 평범한 브라질 청년이 훗날 브라질 노동운동을 이끌 것을 아무도 상상하지 못했다.

1969년부터 1972년까지, 룰라는 지도자라기보다 학생이었다. 사회주의·공산주의 공부도 했고, 법률상식도 조금씩 알기 시작했으며, 노동조합 주요 업무를 열심히 익혔다. 그런데 형의 판단이 옳았다. 룰라는 리더십이 있었다. 초등학교 4학년 학력인 이 무식한 젊은이가 리더십을 발휘하는 비결은 "대화를 좋아하는 사람"이라는 것이다. 그것도 자기가 말을 많이 하는 것이 아니라 남의 하소연을 잘 들어주었다. 뿐만 아니라 동료의 고충을 해결해주었고, 자기가 해결할 수 없는 일은 금속노조를 찾아가 자문을 구했다.

그리고 룰라가 무식하지만 바보는 아니었다. 특히 그는 한 가지 비상한 재주가 있었으니, 그는 사람 얼굴과 이름을 잘 외웠다. 룰라의 리더십은 이름을 잘 외우고 소통을 잘하는 것이었다.

"룰라는 우리가 하는 말을 잘 들어주고, 믿을 수 있는 사람이다."

덕분에 빌라레스 노동자 300명이 노조에 가입했다.

그러나 룰라가 처음부터 연설을 잘하지는 않았다. 심지어 마이크 잡기도 싫어했다. 이런 사람이 나중에 마이크 잡기를 좋아하는 인간이 된 것은 후천적인 노력이다.

또 재미있는 사실이 있다. 룰라는 평범한 브라질 사내답게 활발한 색욕을 즐겼는데, 10년 동안 알고 지낸 마리아(Maria de Lurdes)에게 청혼할 용기가 안 나서 쩔쩔 맸다. 진정으로 사랑하는 여자와 육체만 즐기는 여자는 다른 것이다. 그는 댄스파티장에서 독한 코냑 석 잔을 연거푸 마신 뒤에야 겨우 청혼할 수 있었다.

그 둘은 1969년 5월에 결혼했다. 그런데 1971년 임신 9개월이었던 마리아가 병원에서 간염으로 사망했다. 손가락 잘린 것은 쉽게 극복했는데, 사랑하는 여자가 죽은 것은 쉽게 극복하지 못했다. 처음 6달 동안 거의 집 밖을 나가지 않았다. 이 정도로 마음이 아팠다. 이 상처를 회복하는데 3년이 걸렸다.

결국 기운을 찾았고, 3년 중 마지막 6달 동안 주말마다 데리고 나오는 여자친구 얼굴이 달랐다. 그중 한 명이 미리앙 코르데이루(Miriam Cordeiro)라는 간호사였으며, 이 간호사가 루리앙(Lurian)이라는 딸을 낳았다. 하지만 룰라는 이 간호사에게 씨만 주고 정을 안 줬다.

1972년 그는 ABC지역 금속노조 집행간부가 되었다. 직함은 노조 복지위원회 위원. 조합원과 그 가족들에게 퇴직금과 연금에 관한 업무를 수행하는 직책인데, 실제 하는 일은 찾아온 사람들과 하루 종일 이야기 나누는 것이었다. 이 일을 하는 집행간부가 여러 명이었는데, 룰라가 미리 이렇게 부탁했다.

"예쁘게 생긴 과부가 오면 내게 넘겨줘."

1974년, 정말 예쁘게 생긴 과부가 왔다. 마리자 레치시아(Marisa Letícia)라는 고등학교 교직원. 룰라가 한 눈에 반했다. 그 과부는 다른 남자친구가 있었는데, 룰라는 평범한 브라질 청년이기 때문에 포기하지 않았다. 어느 날 오후, 룰라가 그녀 집을 찾아갔다.

"곧 남자친구가 올 시간입니다. 미안하지만 돌아가 주세요."

"저는 당신과 사귀기 위해 왔어요."

둘 사이 말싸움이 벌어졌다.

"그를 돌려보내기 전에는 한 발짝도 떠나지 않겠어요."

마리자가 두 손 들었다. 그녀는 남자친구에게 전화했다.

"우리 끝내야겠어."

그리하여 둘은 재혼했다. 둘은 자녀 3명을 낳았고, 평생 믿음직한 동지가 되었다.

비달은 뛰어난 노동운동가였으며 이해관계 조정에 능했다. 그러나 권력욕이 강했고, 이간질도 능했다. 이간질을 좋아하는 사람은 말과 행동이 다르다. 그는 천천히 노조에서 신임을 잃었다. 게다가 그의 소속 사업장이 상베르나르두를 떠났다. 따라서 차기 상베르나르두 금속노조 위원장 선거에 출마할 수 없었다. 그럼에도 권력욕을 억누르지 못해 잔대가리를 굴렸다. 룰라에게 차기 위원장 선거 출마를 간곡히 권한 것이다. 자신은 사무총장.

'룰라는 연설도 못하고 아는 것도 부족하다. 내가 룰라를 뒤에서 조종하며 실세로 군림하면 된다.'

이것이 비달의 속셈이었다. 바로 이 비달의 속셈 때문에 1975년 4월 룰라가 상베르나르두 금속노조 위원장이 되었다.

브라질 군사독재정권의 대통령은 다음과 같다.

①1964~1967: 브랑쿠(Humberto de Alencar Castelo Branco).

②1967~1969: 코스타 이 시우바(Artur da Costa e Silva).

③1969~1974: 메지시(Emílio Garrastazu Médici).

④1974~1979: 게이셀(Ernesto Beckmann Geisel).

⑤1979~1985: 피게이레두(João Baptista de Oliveira Figueiredo).

이중에서 코스타 이 시우바 장군과 메지시 장군 시절의 브라질이 가장 암울했다. 이들은 반공을 국시로 삼았고, 군사독재정권에 대항하는 민주화인사들을 "빨갱이"로 몰아 불법으로 체포하고 고문했다. 언론자유는 당연히 없었으며, 모든 시위를 불법으로 간주하고 탄압했다. 서민들은 축구로 스트레스를 풀었고, 게릴라들이 독재정권에 항거하는 무장투쟁을 벌였다. 무장투쟁을 지지하지 않는 민주화인사들은 가톨릭 성당이 보호했다. 해방신학이 나온 나라가 브라질이다.

'인간착취를 철폐시키는 것이 크리스트교도의 의무다.'

이것이 해방신학의 핵심이다. 군사독재정권을 타도하기 위해 성서와 공산당선언을 적당히 섞은 이념인데, 브라질 독재정권은 해방신학의 아버지 까마라(Helder Camara) 대주교를 '공산당 비밀당원'으로 간주했다.

그런데 게이셀 장군이 재미있는 사람이다. 이 사람 신념은 이랬다.

"군대가 정치에 간섭하면 안 된다."

사회가 너무 혼란해서 군대가 질서를 잡은 것은 어찌 할 수 없는 일이었고, 이제 군부는 권력을 민간에게 넘겨줘야 한다는 것이 이 사람 생각이었다. 다만 갑자기 권력을 넘겨주면 우리가 보복당할 수 있기 때문에 서서히 넘겨줘야 한다는 것이다. 그래서 언론검열을 완화했고, 민주화인사들과 대화를 나누었으며, 생존권투쟁을 인정했다. 바로 게이셀 대통령 시기에 룰라가 노동운동을 이끌었다.

브라질 군부는 온건파와 강경파가 있었다. 게이셀 장군은 온건파였다. 그리고 군사독재시절에도 야당이 있었다. MDB(브라질민주화운동: Movimento Democrático Brasileiro)라는 당이었는데, 이것은 군사독재정권이 만든 야당이다. 한국정치속어로 사쿠라당이라 부른다. 가짜야당으로 이해하기 바란다. 그런데 사쿠라당도 야당이기 때문에 여당과 똑같을 수가 없다. 독재자가 부드러운 정책을 펼치면 외부인사들이 침투해서 진짜 야당으로 느리게 변할 수 있다.

1974년 선거에서 MDB가 선전했다. 게이셀 대통령이 이를 환영했다. 그러자 군부 강경파가 위기를 느꼈다. 그래서 1975년 9월 상파울루 보안부대가 공산주의자 소탕작전을 벌여 64명을 체포했다. 그런데 그 64명은 대부분 공산주의자가 아니라 민주화인사였다. 자기들 마음에 안 들면 무조건 다 빨갱이다. 이 64명 중 한 명이 상파울루ABC의 하나인 산투안드레 금속노조 부위원장이며 룰라의 윗 형인 프레이 시쿠였다.

프레이 시쿠는 고문을 받았다.

이때 룰라는 도요타 초청으로 도쿄를 방문하고 있었다. 노조변호사가 국제전화로 이 사실을 알렸다.

"당분간 귀국하지 마세요."

룰라는 분노했다.

"10살 때부터 가족을 먹여 살리기 위해 온갖 고생을 다 한 사람을 불의에 항거했다고 구속하다니, 이것이 무슨 세상이고 이것이 무슨 법이냐!"

이때부터 룰라가 완전히 변했다. 바람기가 사라졌고, 겁이 없어졌으며, 신문을 펼치면 정치와 경제부터 봤고, 대중에게 연설하기를 좋아하는 사람이 되었다. 그는 변호사 말을 듣지 않고 귀국했다. 어렵게 형을 면회했고, 그 64명은 78일 만에 풀려났다.

이때 룰라가 체포당하지 않고 다른 억울한 사람들도 풀려난 것은 게이셀 대통령의 의지였다. 강경파가 이런 일을 벌이자 온건파가 위기의식을 느꼈고, 결국 군부 내 파벌싸움 끝에 더 이상 민주화운동 탄압을 막은 것이다. 그런데 반 년 뒤 노동자 한 명이 상파울루 보안부대에서 고문 받아 사망한 사건이 벌어졌다. 게이셀 대통령이 이를 강경파가 자신의 정책과 의지를 우롱하는 행위로 간주했다. 그래서 상파울루 보안부대장과 육군참모총장 및 총리까지 해임했다. 이때부터 군부 강경파 힘이 약해지기 시작했다.

룰라는 노조활동에 인생을 걸었으며, 언제나 동료 집행간부들 의견을 널리 물었다. 먼저 〈금속노동자의 벗(Tribúna Metalúrgica)〉이라는 노조소식지를 창간했는데, 페하도르(João Ferrador)가 그린 연재만화가 인기를 끌었다.

노조 집행간부들이 직접 공장 정문에서 나누어주었는데, 노동자들은 기계공인 주인공 '주앙'이 공장장의 횡포와 세상 부조리에 심술궂게 대처하는 모습을 보며 웃었다.

룰라도 이 소식지를 직접 돌리며 노동자들과 이야기 나누었다. 그리고 다른 노조 지도자들과 적극적으로 사귀었다. 이것이 훗날 정치활동을 하는 데 큰 자산이 되었다. 동시에 간첩을 소탕했다. 지금은 상상할 수 없는 일이지만, 당시 브라질 노조에 노동부에 포섭당한 노동자간첩들이 있었다. 이들을 색출해서 사직하게 만들었다.

1976년 말, 포드자동차가 사무직원 의료혜택 축소방침을 발표했다. 이를 어떻게 대처할지 노조 집행간부 전체회의도 하지 않았는데 비달이 언론에 이렇게 말했다.

"즉각 투쟁에 나설 것입니다."

'내부회의를 거쳐 빠른 시일 안에 방침을 정할 것입니다.'라고 말하는 것이 상식이다. 그러나 비달은 자신이 노조위원장인 것처럼 행동했다. 룰라는 언론에 이렇게 말했다.

"경영진이 종업원들에게 회사방침을 설명하는 동안 공장 내부집회는 없을 것입니다."

이것이 화제가 되었다. 브라질 노동운동이 분열하고 있다! 여러 언론이 재미있게 다루었고, 룰라가 전체회의를 소집해서 새로운 노조규칙을 통과시켰다.

위원장 외에는 노조의 공식입장을 표명할 수 없다.

잔대가리 굴리기 좋아하는 사람은 자기 꾀에 자기가 넘어간다. 이때부터 비달의 힘이 약해졌고, 룰라는 강력한 지도자가 되었다.

드디어 행동에 나섰다. 첫 번째는 법률투쟁. 1976년 상파울루 금속기업인들이 합의해서 발표한 노동조건준칙이 법률에 어긋난다는 소송을 노동법원에 제기했다. 법원이 노조의 주장에 손을 들어줬다.

그 합의는 상파울루 이외 지역에 적용할 수 없다. 노조가 없는 사업장도 적용할 수 없다. 군 입대자는 제대하면 원래 회사로 복귀할 권리가 있다. 임신한 여성노동자는 법률에 따라 더 큰 배려를 해야 한다.

이것이 법원의 판결요지다. 노조의 승리였다.

1977년, 룰라는 임금개혁투쟁을 이끌었다. 이것이 브라질역사를 바꾸는 중요한 사건이었다. 총구를 입에 물고 자살한 바르가스 대통령이 세운 바르가스재단(FGV)은 반관영 경제연구기관이다. 바르가스재단이 해마다 물가상승률을 발표했다. 이 수치에 따라 해마다 최저임금을 계산한다. 군사독재정권도 이 법률을 어길 수는 없었다. 그런데 민중의 지지를 받지 못하는 정권은 자신들 지지세력을 갑부로 삼을 수밖에 없다. 그래서 노동자를 탄압하고 재벌을 우대하는 경제정책을 실시한다. 인간의 욕심은 끝이 없기 때문에 계속 정부에 "우리가 힘들다."고 하소연한다. 심지어 "우리가 망하면 국가가 망한다."는 협박도 한다. 독재정권은 재벌의 요구를 들어줄 수밖에 없고, 부익부빈익빈이 끝도 없이 심해진다. 이것이 브라질 사람 4명 중 1명이 하루 1달러 미만으로 사는 희망 없는 계층, 즉 거지가 된 근본원인이다. 브라질군사정권은 바르가스재단을 협박해서 물가상승률 숫자를 언제나 절반으로 낮춰서 발표하게 했다. 이것이 공공연한 비밀이었다. 시장에서 과일만 사도 정부발표가 거짓이라는 것을 알 수 있기 때문이다.

룰라가 공신력 있는 민간연구기관에 조사를 의뢰했다. 결과는 놀라웠다. 최근 3년간 실질물가상승률만 계산했는데도 누적 임금손실이 34.1%였다. 월급 200만 원을 받고 있는 사람이 사실 300만 원을 받아야 정상이라는 뜻이다.

룰라는 정확한 근거를 확보한 뒤 "빼앗긴 임금을 돌려달라."탄원서를 작성하고 서명운동을 벌였다. 4만 명이 서명에 동참했고, 대중집회가 벌어졌다. 그리고 다른 노조와 연대를 호소했다. 상파울루 대형노조 13개가 단결했고, 룰라가 총사령관이 되었다.

룰라는 게이셀 대통령에게 면담을 요청했다. 이것은 게이셀이 받아들일 수 없었다. 단순한 임금이 아니라 최저임금이다. 노조의 주장이 옳기 때문에 면담하면 받아들일 수밖에 없고, 그러면 재벌들이 군부 강경파와 손을 잡아 자신을 타도할 것이다. 그래서 면담을 거부했다. 대신 장관 4명이 노조 지도자들과 3시간 반 동안 면담했다. 뚜렷한 성과는 없었다. 하지만 포기할 수 없는 생존권투쟁이다. 계속 대중집회와 언론활동을 벌였으며, 룰라는 1978년 2월 무려 97% 지지로 노조위원장 재선에 성공했다.

1978년 5월, 드디어 파업을 일으켰다. 그것은 도미노물결이었다. 12월까지 매일 새 파업이 새 공장에서 일어났다. 1978년 브라질노동자대투쟁. 룰라가 중심에 있었다.

룰라는 강경파가 아니라 온건파였다. 그래서 파업을 이렇게 이끌었다.

첫째, 기계를 부수고 경찰에 맞서는 강한 전술을 못하게 했다. 대신 태업을 권했다. 노동자들이 정상출근 한 뒤 기계 앞에서 노는 것이다.

둘째, 회사가 대체인력을 투입할 수 있다. 이들과 몸싸움이 벌어질 수 있고, 경찰이 이를 핑계로 파업을 진압할 수 있다. 따라서 경찰이 간섭하기 애매한 상황을 만들어야 한다. 룰라는 피켓시위를 권했다. 파업노동자들이 피켓을 들고 공장을 빙빙 돌며 대체인력이 공장 안에 들어가지 못하게 한다. 동시에 이 파업은 우리만의 이기적인 행위가 아니라 우리 모두의 생존권을 위한 투쟁이라는 것을 따뜻하게 강조해서 설득한다. 부드러움이 강함을 이긴다.

셋째, 신임 상파울루 보안부대장 고메스(Dilermando Gomes Monteiro)에게 매일 전화해서 파업진행상황을 설명하며 친근하게 대화했다. "원수를 사랑하라." 전술이라 말할 수 있겠다. 고메스는 기자들에게 이렇게 말했다.

"파업은 평화롭게 진행되고 있습니다. 외부 불순세력이 개입했다는 증거가 없어요."

1978년 8월, 한 노조 지부장이 공장 정문에서 총격을 받고 사망한 사건이 발생했다. 그러자 사제들이 분노했다. 이제 가톨릭이 노동자대투쟁을 전폭적으로 지지하며 정부를 비난했다. 신도들 헌금으로 파업노동자들에게 물과 음식을 지원했고, 아픈 사람은 성당 안에 숨겨주며 치료해줬다. 브라질에서 가톨릭은 민주주의 병참기지였다. 장기전이 가능한 것이다.

1979년이 되었다. 3월 1일 마지막 군 출신 대통령 피게이레두 취임식이 있었다. 이 사람이 취임하기 직전인 2월 26일, 상파울루기업인연합회(FIESP)와 협상을 타결했다. 룰라는 기쁜 마음으로 상베르나르두 축구장으로 갔다. 이곳에 조합원 8000명이 모여 있었고, 무장헬기가 상공을 빙빙 맴돌고 있었다.

"동지 여러분!……받아냈습니다.……임금인상 50%……타결되었습니다.……그러니……이 안을 수용하여……파업을 종료합시다!"

룰라가 당황했다. 환호성이 없었다.

"파업을 끝내겠습니다."

노동자들이 외쳤다.

"파업!파업!!파업!!!"

룰라 얼굴이 창백해졌다. 그는 정신이 멍해졌다. 찜통을 가열시켜 맛있는 만두를 만들었는데 찜통 열기가 쉽게 가라앉지 않은 것이다.

"좋소.……그러면……파업입니다."

룰라는 온 몸에 힘이 빠져 천천히 연단을 내려왔다.

다시 파업이 벌어졌다. 이제 경찰과 군이 강력 대응할 명분이 생겼다. 전경부대와 장갑차 100대가 최루가스와 물대포로 시내를 뒤덮었다. 노동자들도 물러서지 않았고 가톨릭이 적극 도왔다. 이렇게 두 달이 흘렀다. 다시 상파울루기업인연합회가 양보해서 임금인상 63%, 파업기간 임금 50% 지급으로 타협했다. 5월 12일, 룰라는 다시 그 축구장에 갔다. 무려 15만 명이 모여 있었다. 룰라가 파업종료를 선언했다. 그래도 그들은 "파업!"만 외쳤다. 룰라는 결단을 내렸다.

"노조 지도부에 대한 신임투표를 요청합니다."

그는 이 말을 하고 연단을 내려갔다.

찜통이 여전히 뜨거웠다. 어떻게 열을 식힐 것인가? 다행히, 브라질은 마지막 방법이 있었다. 바로 가톨릭이다. 며칠 뒤, 클라우지우 움메스(Cláudio Hummes) 주교가 축구장에서 기도회를 열었다. 움메스 주교는 군중과 같이

기도하고, 군중을 위로했다. 그리고 먼저 경찰과 군이 철수할 것을 명령했다. 노동자들은 더 이상 소요를 일으키지 않을 것이다. 노동자들이 소요를 일으킨다면 우리 브라질가톨릭이 모든 책임을 질 것이다. 경찰과 군이 철수했다. 그러자 파업노동자들이 집으로 돌아가기 시작했다.

브라질노동자대투쟁은 이렇게 끝났다.

룰라는 노동자대투쟁을 이끌며 새로운 사실을 깨달았다.

'노동자가 반정부투쟁을 하는 것이 아니라 적극적으로 정치에 참여하고 정부를 이끌어야 한다.'

1980년 2월 상파울루 시내 한 학교에서 대표자 300명이 모여 노동자당(빼떼; PT: Partido dos Trabalhadores)을 창당했다. 당수는 룰라.

피게이레두 대통령은 정권의 민간이양을 거부할 수 없는 물결로 인정했고, 군부가 새로 들어설 민간정권에게 보복당하지 않기 위해 고심하며 살았다.

1978년부터 1994년까지 브라질경제는 나빴다. 특히 1980년부터 벌어진 인플레이션이 심각한 사회문제였다. 1982년 인플레이션은 100%, 1985년은 235%, 1987년은 416%, 1988년부터 1994년까지 단 한 해(1991년 480%)만 제외하고 모두 1000%를 넘었다. 1993년은 무려 2700%였다. 바로 이 시절에 "벽에 도배지를 붙이는 것보다 돈을 붙이는 것이 더 쌉니다."현상이 벌어졌고, 과자 하나를 사는데 너무 많은 돈이 필요해서 지폐뭉치를 저울에 올려서 금액을 계산했으며, 통화개혁을 자주 해서 세 가지 다른 돈이 시중에서 돌았다.

브라질 민주정부 대통령은 다음과 같다.

①1985.4~1990.2: 브라질민주화운동당(PMDB) 사르네이(José Sarney).

②1990.3~1992.8: 국가혁신당(PRN) 콜로르(Fernando Collor de Mello).

③1992.10~1994.12: 브라질민주화운동당(PMDB) 프랑쿠(Itamar Franco).

④1995.1~2002.12: 브라질민주사회당(PSDB) 카르도주(Fernando Henrique Cardoso).

⑤2003.1~2010.12: 노동자당(PT) 룰라.

사르네이는 인플레이션을 해결하지 못해 비난받았고, 룰라가 다음 대통령으로 확실했다. 그런데 콜로르라는 40살 꽃미남이 "개혁!"을 부르짖으며 혜성처럼 등장했다. 콜로르는 룰라를 이렇게 공격했다.

"룰라가 집권하면 중산층 가옥을 몰수해서 빈민들에게 나누어줄 것이다. 시민들이 은행에 맡겨 놓은 돈도 모두 몰수해서 빈민들에게 나누어 줄 것이다."

룰라는 재혼하기 전에 간호사 미리앙 코르네이루와 관계를 가져 딸을 낳았다. 콜로르가 이것을 이용했다. 콜로르는 미리앙에게 20만 크루자두를 건넸고, 미리앙은 〈조르날 두 브라질(Jornal do BRASIL)〉과 인터뷰했다.

"저는 룰라의 숨겨진 여자입니다. 제가 룰라의 딸을 임신하자 룰라가 저에게 낙태를 강요했어요. 하지만 저는 가톨릭 신자이기 때문에 낙태하지 않고 낳았습니다. 룰라는 저를 버렸어요."

이것은 사실과 다르다. 룰라는 낙태를 강요하지 않았다. 그리고 둘은 이심전심으로 육체적인 관계였다. 그래서 미리앙도 룰라가 다른 여자와 결혼하는 것을 원망하지 않았다. 미리앙은 돈의 유혹에 넘어가 거짓말을 했고, 룰라는 파렴치한 사내가 되었다. 룰라가 너무 큰 충격을 받아 선거운동을 하기 힘들었고, 당시 15살이었던 딸 루리앙(Lurian)이 자살을 기도했다.

콜로르는 대통령에 취임하자마자 인플레이션을 잡는 독한 처방을 내렸다. 정부가 한국돈 150만 원 이상이 있는 모든 은행계좌를 18개월 동안 가압류했다. 서민들이 자기 돈을 은행에서 빼내지 못하는 것이다. 동시에 물가와 임금을 동결하고 통화개혁을 단행했다.

수학적으로 따지면 인플레이션을 잡는 확실한 방법으로 보이는데, 인간세상은 그렇지 않다. 암시장과 암달러상이 활약하고, 정부는 외채를 갚아야 하며, 물물교환을 해서라도 물가는 다시 오른다. 그러면 서민이 고통 받고, 임금인상을 요구하며, 통화개혁은 실패한다.

콜로르는 이미지정치인이었다. 갑부의 자식이며 꽃미남이었기 때문에 여자들이 열광했고, 그는 언론을 적극적으로 이용했다. 그가 룰라를 공격한 전술도 대부분 꼼수였다. 그는 브라질을 개혁하고 부패를 없애겠다고 큰소리쳤다. 그러나 그는 위법만 아니라면, 즉 탈법이라면 큰돈을 버는 것이 아무 문제없다고 생각하는 사람이었다. 이런 까닭으로 브라질역사에서 매우 중요한 사건이 벌어진다.

콜로르의 오른팔이 파리아스(Paulo César de Cavalcanti de Farias)이며, 이 사람은 기업경영자 출신이고, 사기 · 위조 · 탈세 전과도 있는 사람이었다. 사람은 자신과 들어맞는 사람을 사귄다. 사기꾼은 사기꾼과 친하다. 파리아스가 콜로르의 선거 참모장이었다. 1989년 대선 때 선거법 개정으로 문맹자도 투표권이 생겼다. 그래서 이미지정치가 더욱 중요했다. 글이 아니라 그림을 보여줘야 한다. 포스터는 기본이었고, TV광고비용이 엄청났다. 정치에 관심 없는 빈민과 중산층을 끌어들이기 위해 유명 가수들도 많이 초청해야 했다. 이 엄청난 돈을 어떻게 만들 것인가? 사람은 자기가 배운 것을 써먹는다. 파리아스가 기업가들을 부드럽게 협박했다.

"룰라가 집권하면 당신들이 안전할까요?"

기업인들은 돈을 안 줄 수 없었다. 탐욕은 끝이 없고, 파리아스는 선거를 빙자하여 떼돈을 벌었다. 파리아스는 콜로르에게 막대한 선거자금을 제공했고, 나머지는 자기 해외계좌로 옮겼다. 심지어 해외계좌에 있는 돈의 일부로 제트기회사를 설립했다! 지금도 정확한 사취액수를 모르는데, 최소 3억 달러 최대 10억 달러로 추정한다. 국가 전체를 자기 노름판으로 간주한 것이다.

그런데 콜로르는 바보가 아니다. 선거비용만 마련해주면 콜로르가 자신을 미워한다. 한탕 크게 벌인 것을 모를 수 없기 때문이다. 그래서 콜로르에게 준 선거비용은 콜로르 호주머니로 들어가는 돈까지 포함하고 있었다. 두 사기꾼이 이심전심으로 브라질을 난도질했다고 말할 수 있다.

이렇게 크게 사기 치면 비밀을 지킬 수 없다. 언론이 꼬리를 잡았고, 조금씩 진실이 드러났다. 급기야 대통령의 남동생이 진실을 폭로했다. 콜로르가 미리앙에게 돈을 줘서 거짓폭로를 시킨 것도 드러났다. 1992년 6·7월 브라질의회가 국정조사를 벌였다. 인플레이션만 해결했으면 국민들이 용서했을 것이다. 그러나 인플레이션은 진정 기미가 없었다. 부패하고 무능한 탐욕정권! 국민들이 분노했다.

1992년 8월 26일, 브라질의회는 콜로르 대통령을 탄핵했다.

탄핵안 통과가 확정되자 의원들이 모두 환호를 지르며 자리에서 일어나 브라질국가를 불렀다. 이 역사적인 순간이 전 세계에 퍼졌다. 해외언론이 깜짝 놀랐고, 전 세계 지식인들이 브라질을 다시 봤다.

1988년 한국은 서울올림픽을 성공적으로 개최했고, 한강의 기적을 자랑스럽게 생각했다. 1988년 KBS가 브라질을 다큐멘터리로 만들었는데, 리우데자네이루 해변에서 브라질 젊은이가 "예수님은 브라질 사람이에요."라고 말했으며 카메라맨과 PD가 비웃는 것을 느낄 수 있었다. 아무리 통화개혁을 해도 해결할 수 없는 인플레이션. 더럽고 음침한 빈민가. 게으르고 한심한 인간들. 축구만 빼면 너희가 자랑할 수 있는 것이 무엇이냐? 이것이 한국인의 고정관념이었다. 그런데 KBS취재팀이 한 산을 취재한 뒤 생각이 조금 달라졌다.

그것은 민둥산이었다. 색깔도 조금 특이했다. 그 산 책임자가 말했다.

"주민들이 민원을 제기했어요. 이 산은 아무리 나무를 심어도 금방 죽어버린다는 거에요. 그래서 토양조사를 했습니다. 놀랍게도 주성분이 철(Fe)이었어요. 이 산 전체가 철광석입니다. 그냥 실어 나르면 됩니다."

KBS취재팀은 입을 다물지 못했다. 그제야 왜 브라질 사람들이 "예수님은 브라질 사람이에요."라고 말하는지 이해할 수 있었다. 아무리 외채가 많아도 이 산 하나만 팔면 순식간에 다 갚을 수 있다. 복 받은 나라 사람들은 우리처럼 치열하게 살 필요가 없는 것이다.

"그래! 너희는 한심하게 살아도 괜찮아."

한국인의 생각이 이렇게 달라졌다. 그러나 1992년 브라질국회의 대통령탄핵사건은 놀라웠다. 그것은 뭔가 이상했다. 브라질은 한심한 나라 아닌가? 어떻게 대통령탄핵을 성공할 수 있지? 한국 지식인들의 생각이 달라졌다.

'브라질은 한심한 나라가 아닌 것 같다.'

1992년 10월 2일, 부통령이었던 이타마르 프랑쿠가 대통령이 되었다. 콜로르는 '내가 인플레이션을 해결할 수 있다.'고 착각했다. 프랑쿠는 '나는 경제를 잘 몰라.'라고 인정하는 사람이었다. 그는 콜로르와 달리 '나를 좋아하는 사람만 기용해야 한다.'는 생각도 전혀 없었다. 그래서 진보인사를 대거 영입했다. 그중 하나가 카르도주였다.

카르도주는 1931년생이며, 그의 증조부는 노예해방을 적극 찬성했고, 군주제를 공화제로 바꾸는데 관여했다. 집안 자체가 진보성향이었다. 카르도주는 대학교수였고, 뛰어난 사회학자였으며, 군사독재에 반대하는 투쟁을 했고, 1964년 탄압을 피해 망명했다. 카르도주는 룰라와 가까운 사이였다. 프랑쿠 대통령은 카르도주를 외무부장관으로 임명했고, 7개월 뒤인 1993년 5월 재무부장관으로 임명했다. 경제학자가 아닌 사회학자에게 "인플레이션을 해결해 달라."고 부탁한 것이다.

놀랍게도, 그 어떤 뛰어난 경제학자도 해결하지 못한 난제 중의 난제를 사회학자가 해결했다. 현대경제학자는 돈만 알고 인간을 모른다.

카르도주가 인플레이션을 해결한 비밀은 소통이었다. 아무리 정권이 달라져도 공무원은 그대로 있다. 카르도주는 오랫동안 인플레이션을 잡기 위해 열심히 노력했지만 실패만 맛본 그 공무원들과 허심탄회하게 대화했다. 그들도 인간이고, 시행착오를 겪으며 속으로 반성한다. 그러나 속마음을 함부로 말할 수 없다. '어? 그러면 안 되는데……'라고 생각하면서도 "내가 똑똑하다. 내가 잘 안다."고 주장하는 대통령과 장관의 명령을 어길 수 없다. 카르도주는 소통했고, 그들의 진심을 들었다. 그들이 이구동성으로 고백한 핵심은 이렇다.

"지금까지 정치인들은 자기 업적을 빨리 만들기 위해 모든 조치를 동시에 진행했습니다. 그러면 서민들은 충격 받고 겁먹어서 자기 혼자 살아남기 위해 사력을 다 합니다. 이런 상황에서는 백약이 무효입니다. 천천히 순서대로 시행해야 합니다."

카르도주는 이렇게 정책을 시행했다.

⑴외국에 사정해서 외채 상환날짜를 미룬다.

⑵정부지출을 줄인다.

⑶간접세를 줄이고 직접세를 올린다.

⑷지방정부가 중앙정부에 진 빚을 빨리 갚게 한다.

⑸달러와 1:1로 교환하는 URV라는 임시통화를 유통시킨다.

⑹URV를 진짜 돈 헤알(REAL)화로 바꾼다.

⑺이런 조치를 1993년 7월부터 1994년 7월까지 순서대로 시행한다.

외채갚기와 인플레이션 잡기를 동시에 성공할 수는 없다. 돌려막기는 응급처치에 불과하다. 먼저 국가재정이 튼튼해야 외국에 진 빚을 갚을 수 있다. 따라서 인플레이션 잡기가 급선무이며, 외채갚기를 미뤄야 한다. 이것은 별 수 없다. 외국정부에 싹싹 빌며 기다려달라고 부탁해야 한다.

다음에 정부지출을 줄여야 한다. 정부가 소비를 줄여야 하는 것이다. 동시에 가난한 사람에게 최대한 세금을 면제하고 부자에게 세금을 많이 거두어야 한다. 따라서 간접세를 줄여야 한다. 술·담배·커피……다 세금이 붙어 있다. 이 간접세는 개인 소득수준에 관계없이 똑같이 거둬들이는 세금이기 때문에 불공평하다. 대신 쉽게 세금을 거둘 수 있다는 장점이 있다. 정부가 아무리 힘들어도 간접세를 줄이고, 부자가 많이 내는 직접세를 많이 거둬야 한다. 부자는 최대한 세금을 안 내기 위해 노력하므로, 세무공무원에게 뇌물주기를 서슴지 않는다. 따라서 부패와 전쟁이 필요하다. 깨끗한 정부일수록 직접세를 좋아하고, 부패한 정부일수록 간접세를 좋아한다. 부자의 세금을 줄여주고 간접세를 올리는 것이다. 그러면 물가가 오르고, 서민이 고통받으며, 임금인상을 요구한다. 인플레이션이 벌어지는 것이다. 따라서 세무공무원 부패를 엄단하고, 간접세를 줄이고, 직접세를 올려야 한다.

지방정부가 중앙정부에 진 빚을 안 갚으면 지방정부를 파산시켜야 한다. "파산시키겠다."고 위협하면 지방정부 공무원들은 자신들이 실업자가 되지 않기 위해 지방세를 올려 빚을 갚는다. 이것은 시중의 돈을 거둬들여 물가를 낮추는 효능이 있다.

마지막으로 중요한 것이 임시통화라는 개념이다. 지금까지 모든 통화개혁이 실패한 가장 큰 원인은 브라질 돈을 브라질 돈으로 바꾸었기 때문이다. 부유층은 브라질 돈 자체를 안 믿기 때문에 달러예금을 했다. 따라서 먼저 달러와 똑같은 가치를 지니는 임시통화를 발행했다. 그러자 서민들이 안심하고 은행에서 돈을 바꿨다. 이 임시통화가 정착했을 때 진짜(REAL)돈과 바꿨다. 가치는 변함없기 때문에 서민들도 안심하고 은행에서 바꿨다. "헤알이 달러와 같다!" 이것이 브라질 국민들 불안심리를 해결했다.

바로 이런 조치를 1년 동안 순서대로 천천히 시행했다.

그리하여 1994년 12월이 되자 모든 브라질 사람들이 깨달았다.

"카르도주가 인플레이션을 해결했구나!"

카르도주는 8년 동안 대통령이 되었다.

1998년 대선은 현직 카르도주 대통령이 재선에 도전하는 선거였다. 그는 자신이 룰라와 오랜 친구사이라고 강조하며 이렇게 말했다.

"(이번에) 룰라가 나오지 않으면 좋겠다. 나는 그가 더 이상 상처받는 것을 원하지 않는다."

카르도주는 재선에 성공했고, 룰라는 대선에서 세 번 연속 떨어졌다. 1998년 대선 직후 룰라는 당내 주요 인사들에게 말했다.

"다음 대선은 내가 안 나가도 좋으니까, 각자 전국을 돌아다니며 가능성을 시험해 보세요."

그러나 마땅한 사람이 없었다. 결국 2002년 대선에 또 나갔고, 가능한 모든 정치세력과 연합했다. 룰라가 내세운 정책은 포미 제루(Fome Zero). 룰라는 말을 어렵게 할 줄 모른다. 그는 포미 제루를 이렇게 설명했다.

"내 임기가 끝날 때 브라질 국민 누구나 하루 세 끼를 먹을 수 있다면 나는 그것으로 만족할 것입니다."

2002년 10월, 룰라는 대통령에 당선되었다. TV가 룰라 가족과 친척들을 취재했는데, 둘째형이 여전히 공장에서 일하고 있었다. 그는 이렇게 말했다.

"내 직업은 노동자이고, 동생 직업은 브라질 대통령입니다. 각자 자기 임무가 있습니다. 내 임무는 노동자로 열심히 사는 것입니다."

카르도주는 인플레이션을 해결한 업적이 있다. 그런데 어찌 된 영문인지 자기가 대통령이 되니까 소통정신을 잃어버렸다. 그래서 경제성장이 없었고, 빈민이 늘어났으며, 외채가 늘어났다. 바로 이것을 룰라가 해결해야 했다. 수많은 보수언론과 경제전문가로 자임하는 사람들이 "재벌을 우대해야 한다."고 주장했다. 그래야 경제가 발전하고 빈민을 구제할 수 있으며 외채도 갚을 수 있다는 것이다. 카르도주가 이렇게 했기 때문에 실패했다. 룰라 는 반대로 했다.

(1)인플레이션 재발을 막고 물가를 안정시키기 위해 고금리정책을 유지 했다. 모든 사업가는 은행에서 빌린 돈으로 사업한다. 그 은행이자가 20% 였다. 엄청난 고금리다. 모든 재벌이 "그러면 사업을 할 수 없다."고 항의했 다. 보수언론은 "브라질경제가 망한다."고 떠들었다. 그런데 룰라는 노조활 동을 하면서 중요한 사실을 몸으로 깨달았다.

'금리가 높아서 사업을 안 하는 사업가는 없다. 금리와 사업의욕은 큰 관 계가 없다. 은행금리가 아무리 높아도 이윤만 나면 사업가는 계속 사업하 며, 은행금리가 아무리 낮아도 이윤이 안 나면 사업가는 사업을 안 한다.'

그래서 재벌들 아우성을 듣지 않았다. 브라질 재벌들 중에서 망한 사람 은 아무도 없었다.

(2)브라질은 아직 내륙도시와 항구를 연결하는 도로와 철도가 부족했고, 항만도 부족했다. 이를 건설하는 공공사업에 민간기업을 적극 끌어들였고, 이들에게 세금혜택을 줬다. 동시에 조세체계를 단순화시켜 기업들 세금부 담을 덜어주었다. 대신 탈세를 잡았다.

(3)브라질은 하루 1달러 미만으로 사는 절대빈곤층이 4분의 1이었다. 그 래서 '포미 제루'를 시행했다. 절대빈곤가정에 달마다 최대 250헤알 금액이 들어 있는 음식카드를 나눠주고 인민식당에서 먹게 했다. 인민식당의 식재 료는 농업개혁 프로그램에 따라 정착한 농가에서 공급받는다.

거지와 다를 바 없이 사는 국민들에게 밥을 주는 정책인데, 보수언론들이 "포퓰리즘!"이라며 맹비난했다. 그러면 국가경제가 망한다는 것이다. 그렇다면 근거자료를 제시해야 하는데, 근거를 제시하는 언론이 없었다.

진실은 이랬다. 당시 브라질정부 재정에서 포미 제루에 필요한 돈은 크지 않았다.

그럼에도 포미 제루는 실패했다. 원인은 관료들의 부패. 따라서 관료부패를 공격해야 한다. 그러나 보수언론들은 관료부패를 공격하지 않고 포미 제루를 비난했다.

(4)포미 제루가 실패했기 때문에 '보우사 파밀리아(Bolsa-Família)'를 시행했다. 빈곤가정의 어린이 1인당 15헤알을 지급하며, 한 가정에 지급하는 보조금은 120헤알을 넘을 수 없다. 빈곤가정은 혜택을 받는 대신 의무가 있다. 자녀를 반드시 학교에 보내야 하고 예방접종을 맞아야 한다.

이것도 보수언론들이 "포퓰리즘!"이라며 맹비난했다. 심지어 "공산주의"라고 욕하는 사람도 있었다. 룰라는 이렇게 반박했다.

"배부른 소리 말라! 배고프면 아무 것도 할 수 없다!"

바로 보우사 파밀리아가 성공했다. 그래서 절대빈곤률이 2003년 28.2%에서 2009년 15.6%로 줄었다. 중산층은 2003년 42%에서 2009년 53%가 되었다. 중산층이 늘어나자 브라질 내수시장이 튼튼해졌다. 브라질 지하자원을 필요로 하는 나라가 많아진 것은 천운이었다. 그래서 브라질정부 재정이 튼튼해졌다. 룰라는 이 튼튼해진 국가재정을 기반으로 외채를 갚았다. 이것이 룰라의 가장 큰 업적이다.

(5)연금을 개혁했다. 연금이 브라질을 외채의 늪에 빠지게 만든 한 원인이다. 군사독재정권은 공무원들의 지지를 얻기 위해 엄청난 퇴직연금을 제

정했다. 공무원·판사·검사·군인은 퇴직하면 평생 놀고 먹을 수 있었다. 군사독재정권이 물러난 뒤에도 공무원노조가 이 연금제도를 지켰다. 그러나 룰라가 칼을 댔다. 공무원 퇴직연령을 60세로 올리는 대신 사적 연금과 같은 액수로 낮췄다.

공무원노조가 한 달 동안 격렬한 파업을 벌이며 룰라를 "배신자!"라고 욕했다. 그럴 만도 했다. 룰라는 노조 위원장 출신이기 때문에 공무원노조를 배려해야 하고, 공무원연금을 개혁할 수 없다. 이것이 일반상식이었다. 노조 출신이 노조에게 칼을 휘둘렀으니 충격이 엄청났다.

이 싸움은 결국 공무원노조가 졌다. 왜냐하면 서민들이 공무원노조를 비난했기 때문이다.

⑹서민들이 공무원노조를 비난하려면 공무원연금 개혁이 자신들에게 이익이라는 사실을 몸으로 느끼게 해야 한다. 그래서 공무원연금을 줄이는 만큼 그 액수로 건강보험예산을 늘렸다. 유아와 산모 사망률이 낮아졌고, 치과진료를 받는 사람이 늘어났다.

⑺최저임금을 올렸다. 원래 공약은 2배 인상이었는데, 2004년부터 2006년까지 최저임금을 1.7배로 올렸다. 재계의 극심한 반대를 극복하며 이 정도까지 해낸 것만으로도 박수 받았다.

브라질이 튼튼해졌고, 브라질의 위상이 올라갔다. 더 이상 브라질을 한심한 나라로 생각하는 사람이 없다. 브라질은 중국·인도와 더불어 떠오르는 신흥 강국이 되었다. 그래서 2014년 월드컵과 2016년 하계올림픽을 유치할 수 있었다.

2010년 룰라에 대한 국민지지율이 무려 87%였다.

2010년 12월, 많은 브라질 사람이 대통령궁을 떠나기 직전인 룰라를 이렇게 평가했다.

"세계에서 최고로 행복한 정치인."

부패했지만 유능한 지도자는 있을 수 없다. 양심 있는 지도자가 국정을 운영해야 한다. 룰라는 2005년 4월 세네갈을 방문했을 때 와데(Wade) 대통령에게 과거 노예무역을 사죄했다.

"내가 하고 싶은 말이 있습니다.…… 16 · 17 · 18세기에 있었던 일에 내가 책임이 있는 것은 아니지만, 우리가 흑인에게 했던 짓에 대해 여러분에게 용서를 빌고 싶습니다."

분위기가 숙연해졌다. 지켜보는 사람들 눈에 눈물이 고였다.

5. 남에게 기쁨을 주는 사람이 되어라

조영래(한국)

2011년 12월 16일 손학규(孫鶴圭)는 민주당 대표직에서 물러나며 이렇게 말했다.

"제가 통합전당대회를 하는 날 오전에 제 친구 산소를 다녀왔습니다. 조영래 변호사. 12월 12일이 기일인데, 제가 특별한 일이 없으면 매년 성묘를 했습니다. 가족이 12월 11일에 성묘한다고 해서, 그 날 전당대회가 있어 마음이 부산함에도 불구하고, 생각을 해보니 친구 산소에 가서 '친구야 도와다오, 전당대회를 잘 진행할 수 있도록 도와다오.' 이렇게 부탁하고 기도하려고 갔습니다."

조영래(趙英來, 1947~1990) 변호사는 1990년 12월 12일 여의도 성모병원에서 폐암으로 숨졌다. 향년 43살. 장례식 날, 명동 여자기독청년회관 강당과 마당을 엄청난 인파가 메웠다. 이들 모두 눈물을 흘렸다. 하늘도 무심하시지! 어떻게 이런 분이 이렇게 일찍 우리 곁을 떠나신단 말인가!……

조영래는 대구에서 태어났다. 7남매의 넷째이자 장남이었는데, 부친은 대구에서 작은 비누공장을 운영하고 있었다. 하지만 초등학교 2학년 때부터 사업이 기울기 시작했고, 식구들이 개천가 판자집으로 이사했으며, 초등학교 5학년 때 온 가족이 서울로 이사했다. 그래도 생활형편은 나아지지 않아서 서울에서만 이사를 네 번 했다.

그래도 조영래는 다행스러운 점이 있었다. 머리가 워낙 좋아서 공부를 잘했던 것이다. 경기중학교에 들어갔는데, 당시 우리나라 최고 명문이었던 이 학교에서 전교 3등을 했다. 게다가 중학생 시절에 이미 가정교사를 하며 자기 학비를 스스로 벌었다. 조영래가 당시 최고 명문 경기고등학교로 들어간 것은 자연스러운 일이었다. 이 학교에서도 조영래는 보통 사람이 아니었다.

고등학생이었을 때 절을 자주 드나들며 불경을 빌려보고 다른 한문책도 많이 읽었다. 하루는 어느 겨울날 창밖에 눈이 오고 있었다. 수업 중 쉬는 시간이었고, 다른 학생들은 잡담하고 있었는데 조영래 학생이 하늘에서 떨어지는 눈을 보며 백지에 한시를 줄줄이 썼다.

"야! 이건 누구 시야?"

"그냥 내가 쓴 거야."

학우들 눈동자가 휘둥그레졌다.

"자작시란 말야?"

"그래."

다들 믿어지지 않아서 한문 선생님에게 물어봤다. 한문 선생님은 그 시를 읽더니 다른 학우들과 마찬가지로 눈동자가 커졌다.

"너는 앞으로 한문 시간에 안 들어와도 좋다."

그의 고등학교 같은 반 친구들은 조영래의 붓글씨도 수준급이었다고 증언했다.

1964년, 조영래는 고등학교 3학년이었다. 이때 박정희는 일본과 수교하기 위해 노력했고, 이를 반대하는 대학생들 시위가 전국을 뒤덮어 심각한 상황이었다. 조영래는 학생회 학술부장이었고, 한일회담 반대시위를 조직해서 경기고등학교 학생들을 이끌고 국회의사당 앞을 지나 시청 앞을 돌아나오는 최대 규모 고등학생시위를 주도했다. 덕분에 조영래는 정학을 당했다. 그래도 대입학력고사는 치를 수 있었다. 조영래는 서울대학교 법대를 수석으로 입학했다.

그러나 이때부터 본격적인 시련이 벌어졌다. 1965년 한일회담, 1966년 삼성 사카린 밀수사건, 1967년 6·8부정선거, 1969년 날치기 삼선개헌. 조영래는 모든 시위의 중심에 있었고, 많은 유인물과 서울대 총학생회 이름의 각종 선언문을 직접 썼다. 이렇게 학생운동만으로도 시간이 없었을 텐데, 조영래는 시간을 쪼개어 공부했고, 1969년 대학원에 들어가서 사법시험을 준비했다. 그러나 1970년 11월 13일 평화시장 노동자 전태일(全泰壹)이 분신자살을 하자 다른 학생운동 지도자들과 같이 장례를 떠맡고 나섰다.

1961년 5·16쿠데타로 민주주의를 압살하고 정권을 탈취한 박정희의 주도로 만든 새 헌법도 대통령 연임만 허용했지 세 번 연임은 허용하지 않았다. 대통령을 세 번 연임할 수 있도록 기습적으로 새 헌법을 날치기 통과한 것이 1969년 삼선개헌이며, 1971년 4월 대통령선거에서 박정희는 총 투표수 1242만 표 가운데 634만 표를 얻어 가까스로 김대중 후보를 이겼다. 지금은 이 선거가 부정선거였다는 것이 정설이다. 당시에도 부정선거 의혹이 매우 컸기 때문에 국민의 분노가 쉽게 사라지지 않았다. 따라서 분노를 강제로 억누르는 구실이 필요했다.

1971년 2월, 조영래는 사법시험에 합격하고 사법연수원에 입소했다. 그러나 그해 10월 경찰이 조영래를 체포했다. 서울대생 내란음모사건. 조영래만 체포한 것이 아니라 전국에서 대학생 1800명을 연행했다. 이 가운데 300명을 용산역에서 머리 깎고 강제로 입대시켰으며, 대학생 지도자 네 명을 재판에 넘겼다. 이 네 명 중 한 명이 조영래였다. 조영래는 남산 중앙정보부에서 모진 고문을 받았다. 중앙정보부 조사결과 발표.

"이 네 명은 서울시내 대학생 3~5만 명을 동원하여 격렬한 시위를 벌이고, 화염병 100개로 진압경찰을 공격하며, 정부를 전복시키고, 박정희 대통령을 하야시킨 뒤, 김대중 씨를 혁명위원회 위원장으로 추대할 것을 공모했다."

전형적인 날조사건이다. 대학생들이 화염병을 만들기 시작한 것은 1980년 이후였다.

조영래는 1년 6개월 동안 징역살이를 하고 1973년 4월 만기 출소했다. 그러나 출소한 지 1년 만에 민청학련사건이 터졌다. 민청학련사건도 중앙정보부가 조작한 사건이다. 대학생들이 민청학련이라는 조직을 만들어 정권을 뒤엎으려 했다는 것이다. 중앙정보부는 조영래에게 민청학련이라는 있지도 않은 조직의 주동자라는 누명을 씌웠다. 그리하여 6년 동안 도망자로 살았다. 조영래의 청춘은 이렇게 날아갔다.

그런데 조영래는 홍은동 집 옥상 뜨거운 양철지붕 아래 가건물방에 숨어 살면서도 전태일 열사의 어머니 이소선(李小仙) 여사와 연락을 취했다. 이

소선 여사가 매일 그 허름한 가건물방에 찾아와 구술했고, 그는 열심히 받아 적었다.

〈전태일평전〉. 3년 동안 각고의 노력 끝에 나온 명작이다. 이 책은 먼저 일본에서 출간했고, 1983년 '전태일기념사업회 지음'으로 국내에서 출간했다. 그는 자신이 필자임을 끝까지 밝히고 싶어 하지 않았고, 죽은 뒤인 1991년에야 출판사가 '조영래 지음'으로 고쳐서 출간했다.

1979년 10월 26일 박정희는 요정에서 향락을 즐기다가 김재규(金載圭)의 총에 맞아 죽었고, 12월 12일 전두환(全斗煥)·노태우(盧泰愚) 일당이 쿠데타를 일으켜 정권을 탈취했다. 조영래는 1980년 3월 사법연수원에 재입학했다. 1981년 12월 조영래는 사법연수원에서 이렇게 말했다.

"지금까지 충분히 실천은 못하였으나 4개월 동안 내가 수행하려고 하는 제일보는 피의자 또는 참고인, 가족들에게 친절히 대하는 자세를 견지하는 것이다. 어떤 경우에라도 친절한 자세를 흩뜨리지 않도록, 어떤 경우에도 조금이라도 권력을 가진 자의 우월감을 나타내거나 상대방을 위축시키거나 비굴하게 만드는 일이 없도록, 다른 것은 다 못하더라도 이것만 해낼 수 있다면 더 이상 좋은 수가 없겠다. 만약 친절히 해서 일이 안 된다는 것을 내가 마침내 승인하게 되는 일이 만의 일이라도 생긴다면, 그것은 나에게 더할 수 없는 심대한 패배가 될 것이다. 사람을 사람으로 대접하지 않아도 좋다고 한다면, 혹은 사람을 사람으로 대접해서는 안 된다고 한다면, 인간성에 거는 우리의 모든 신뢰와 희망은 대체 어떻게 될 것인가."

조영래는 1983년부터 변호사의 길을 걸었다. 오랫동안 고생하며 청춘을 바쳤으니 이제 편안하게 돈을 많이 벌며 살아야 했다. 실제로 여러 법률회사가 조영래에게 손을 내밀었다. 그러나 그는 힘없고 억울한 민초들을 무료로 변호해주는 인권변호사의 길을 걸었다.

연탄공장 옆에 사는 여인이 진폐증에 걸렸다. 연탄공장의 변호인은 이렇게 주장했다.

"석탄산업은 공익사업입니다. 뿐만 아니라 먼저 연탄공장이 들어선 뒤 그곳에 주택가가 생겼습니다. 따라서 그곳에 사는 주민은 수인의무가 있습니다."

수인의무는 참아야 하는 의무라는 뜻이다. 석탄가루가 아무리 폐에 들어가 몸을 망쳐도 주민들이 참고 살아야 한다는 뜻이다. 그러자 조영래 변호사는 그때까지 누구도 눈길을 주지 않았던 조항을 무기로 삼아 반격했다.

"헌법 제35조에 의하면 모든 국민은 쾌적한 환경에서 살 권리를 가집니다."

조영래는 허울뿐인 환경권을 처음으로 살려낸 사람이었다. 이것만으로도 역사에 이름을 남길 큰 업적이다.

1984년 10월부터 3년을 끌어온 서울 망원동 수재민 집단소송은 집요함의 승리였다. 물난리는 천재지변이므로 국가가 수재민들에게 보상할 필요도 없다는 것이 고정관념이었다. 조영래 변호사는 이 고정관념을 깼다. 3년 동안 토목학·수리역학·수문학·콘크리트기술 등에 관한 엄청난 양의 서적을 독파해서 그 물난리는 천재가 아닌 인재임을 입증한 것이다. 그리하여 수재민들이 이겼다. 조영래 변호사는 그들의 구세주가 되었다.

1985년 4월 전화교환원 이경숙(李慶淑) 씨가 교통사고를 당했다. 손해배상을 청구했고, 이것은 누가 봐도 이경숙 씨가 이기는 재판이었다. 그런데 판결이 황당했다.

"여자는 결혼하면 직장을 그만둔다. 따라서 회사는 이경숙 씨에게 결혼 적령기인 25살까지에 해당하는 월급과 그 이자를 보상하라."

당시 내부규정에 의하면 전화교환원의 정년은 55살이었다. 그런데 여자의 정년이 25살? 1987년 6월 민주항쟁 이전의 대한민국은 이 정도로 야만적인 사회였다. 조영래 변호사가 신문에서 이 사건을 읽고 분개했다. 자포자기 상태에 빠진 이경숙 씨를 찾아가 무료변론을 맡았고, 그는 한국여성운동사에 길이 남을 장문의 의견서를 재판부에 제출했다. 그리하여 이런 최종판결을 받아냈다.

"결혼했다고 직장을 그만두라는 법이 없으니, 원고의 정년도 55살로 봐야 한다."

조영래는 단순한 인권변호사가 아니라 권력에 맞서 싸우는 정의의 투사였다. 이를 증명하는 것이 부천서부경찰서 성고문사건이었다. 대학을 졸업한 권인숙(權仁淑)은 공장에서 일하고 있었다. 나쁘게 말하면 위장취업이다. 사실 권인숙은 순수하게 공장 노동자의 삶을 경험하고 싶어서 들어갔다. 그런데 경찰이 권인숙이라는 노동자가 대학을 졸업한 사실을 알아냈다. 그들이 연행한 뒤 문귀동(文貴童)이라는 형사가 권인숙을 성고문했다.

1986년 대한민국 사회분위기는 지금과 다르다. 지금에 비하면 너무나 보수적인 사회였다. 여성이 "나는 성희롱을 당했다."고 공개적으로 말하는 것 자체가 손가락질 받는 일이었다. 권인숙은 용기 있게 "나는 성고문을 당했다."고 밝혔다. 그러자 검찰이 이렇게 주장했다.

"권인숙과 운동권이 성(性)마저 혁명의 도구로 악용하고 있다."

문귀동은 권인숙을 명예훼손으로 맞고소했다. 아무도 권인숙을 도와주려 하지 않았다. 오직 한 명. 조영래 변호사가 권인숙을 무료로 도와줬다. 4년에 걸친 법정공방.

"변호인은 먼저 이 법정의 피고인석에 서 있는 사람이 누구인가에 대하여 이야기하고자 합니다. 권양……. 우리가 그 이름 부르기를 삼가지 않으면 안 되게 된 이 사람은 누구인가? 온 국민이 그 이름은 모르는 채 그 성만으로 알고 있는 이름 없는 유명 인사, 얼굴 없는 우상이 되어버린 이 처녀는 누구인가?"

이렇게 시작하는 변론요지서는 단순한 법정문서를 뛰어넘어 그 자체가 뛰어난 명문이 되었다. 그 말 한 마디, 모음과 자음 하나 하나 모두가 사람의 양심을 헤집는 갈퀴였고, 눈물샘의 마개를 빼 버리는 예민한 손길이었으며, 야만에 대한 돌팔매였고, 비인간의 벽을 들이받는 양심의 공성추였다. 권인숙은 훗날 이렇게 회고했다.

"조영래 변호사님은 눈물 때문에 자주 목이 메셨어요."

그런데 당시 언론들은 권인숙의 구술을 토대로 성고문의 실상을 공개한 고발장을 제대로 보도하지 않았다. 그러자 조영래 변호사는 자신이 직접 30만 부를 복사해서 배포했다.

당시 그 재판은 승소가능성이 희박했다. 과학적으로 성고문 흔적을 입증하는 것이 거의 불가능했기 때문이다. 1심에서 패소하자 조영래 변호사는 법정에서 이렇게 절규했다.

"우리는 오늘 우리 사법부의 몰락을 봅니다. 아무리 뼈아프더라도 이 말을 들어주십시오. 사법부는 그 사명을 스스로 포기한 것입니다. 한 그릇의 죽을 얻는 대가로 장자상속권을 팔아넘긴 것처럼, 사법부는 한갓 구구한 안일을 구하기 위하여 국민으로부터 위탁받은 막중한 사법권의 존엄을 스스로 저버린 것입니다."

결국 이 사건은 1987년 민주화운동 이후 다른 여러 증언이 나오면서 상황이 변했고, 문귀동은 징역 5년형을 선고받았다. 조영래 변호사는 불가능을 가능으로 뒤바꾼 사람이었다.

1990년 1월 18일, 조영래는 미국에서 당시 16살이었던 큰아들에게 앞면에 뉴욕 엠파이어스테이트빌딩 사진이 있는 엽서를 보냈다.

"아빠가 어렸을 때는 이 건물이 세계에서 제일 높은 건물이었다. 아빠는 너가 이 건물처럼 높아지기를 바라지 않는다. 세상에서 제일 돈 많은 사람이 되거나 제일 유명한 사람, 높은 사람이 되기를 원하지도 않는다. 작으면서도 아름답고, 평범하면서도 위대한 건물이 얼마든지 있듯이, 인생도 그런 것이다. 건강하게, 성실하게, 즐겁게, 하루하루 기쁨을 느끼고 또 남에게 기쁨을 주는, 그런 사람이 되기를 바랄 뿐이다."

6. 하늘은 영웅을 시련으로 단련시킨다

김근태(한국)

1985년 9월 4일 새벽 5시 30분, 밖은 컴컴하고 새벽비가 추적추적 내리고 있었다. 서부경찰서 유치장에서 불법구류를 당하고 있던 김근태(金槿泰, 1947~2011)는 아직 잠이 덜 깨서 정신이 몽롱했다.

"김근태, 일어나!"

한 의무경찰이 자신을 깨우는 소리였다.

'아! 나를 새벽에 풀어주는구나.'

김근태는 그 의경이 고마웠다. 옷을 주섬주섬 입고 유치장을 나왔다. 지긋지긋했던 유치장 신세 일곱 차례. 체포와 기나긴 도망 그리고 연금생활. 이제 이런 생활에서 벗어나야지! 김근태는 즐겁게 걸어갔다. 그러나……

수사과 사무실을 지나 복도로 나서자 갑자기 음산한 어둠이 온 몸을 덮쳤다. 자기 앞에 정복을 입은 경찰과 사복을 입은 형사 8명이 서 있었다. 아찔했다. 다리가 후들후들 떨렸다. 한 거구의 사나이가 경상도 억양으로 말했다.

"김근태 씨죠? 같이 가봐야겠소!"

이런 상황에서 저항해 봤자 자기 모습만 초라해진다. 김근태는 의연하게 대답했다.

"좋소. 어딘지 가봅시다!"

좁은 복도를 지나 마당으로 나왔다. 그곳에 포니 승용차가 시동을 건 채 대기하고 있었다. 주위는 컴컴한데 경찰 10명이 자신을 포위했다. 김근태는 뒷좌석에 탔다. 그러자 두 형사가 자기 옆에 탔다. 그 거구의 경상도 사나이가 자기 잠바를 벗더니 김근태의 머리를 감싸고 괴력으로 상체를 밑으로 깔아 눌렀다. 김근태는 저항할 수 없었다. 지금 자신이 어디로 가고 있는지도 알 수 없었다. 차는 빠른 길로 가지 않고 이리저리 뱅뱅 돌아서 가고 있었다.

'그래! 부딪치는 거다. 군부가 늘 벌여 오는 것이니까 온 몸으로 부딪치자. 절대로 굴복하지 않을 것이다.'

날이 밝았다. 그러나 김근태는 하늘을 볼 수 없었다. 오전 7시 30분, 차가 멈추더니 형사 두 명이 강제로 끌고 내렸다.

남영동 치안본부 대공분실. 남영동(南營洞)은 말 그대로 서울 시내에서 군대가 주둔하는 남쪽 영(營)이라는 뜻이다. 하지만 70년대와 80년대 남영동은 그 자체가 무시무시한 속어였다. 치안본부 대공분실이 있는 동네였고, 그 공공기관은 말 그대로 간첩을 수사해야 하는 곳이건만, 그들은 민주주의를 열망하며 군사독재정권에 비판적이거나 위협을 가하는 인물을 잔인하게 고문하며 간첩으로 조작해서 인권을 짓밟았다.

김근태는 바로 이 저승입구로 온 것이다. 김근태는 잠바를 덮어쓴 채 양

팔을 꼼짝 없이 잡혀 입구 계단을 올라갔다. 곧이어 엘리베이터를 탔고, 건물 왼쪽 가장 끝에 있는 방으로 끌려갔다. 5층 15호실. 형사가 잠바를 치웠다. 김근태는 상체를 들어 방 안을 살펴봤다. 낯설고 어색했다. 그 방은 생기가 없었다. 비현실적인 회색빛이 감돌았다. 그곳에 있는 사람들은 형체도 잘 보이지 않았다. 모두 그림자 같았다.

김근태 선생은 고난으로 가득 찬 파란만장한 삶을 사셨으며, 말이 아닌 모범으로 대한민국의 영원한 스승이 되신 분이다. 김근태 선생은 1985년 9월 4일부터 26일까지 23일 동안 남영동에서 가장 큰 고난을 당했다. 그는 훗날 자신이 23일 동안 남영동에서 받은 고통이 얼마나 컸는지에 대해 눈물을 참으며 이렇게 압축했다.

"차라리, 죽여달라고 말했습니다!"

김근태는 1947년 2월 14일 경기도 부천에서 태어났다. 평택과 양평에서 초등학교를 다녔고, 1959년 광신(光新)중학교에 입학했다. 그리고 중학교 3학년이었던 1961년 처음으로 우울한 경험을 했다. 아버지가 교장선생님이었는데, 쿠데타로 민주주의를 압살하고 정권을 탈취한 박정희 신군부는 자신들 마음에 들지 않는 선생님들을 강제로 퇴직시켰다. 이때 김근태의 아버지도 퇴직당한 것이다.

아버지는 충격에 빠졌고, 화병이 생겼다. 간이 쓰리고 심장이 약해졌기 때문에 몸이 급속히 약해졌다. 어머니도 몸이 약했는데 가족을 먹여 살리기 위해 동대문시장에서 스타킹과 양말을 받아 이 학교 저 학교를 돌아다니며 팔았다. 김근태 학생은 고생하시는 아버지와 어머니를 보며 가슴 아팠고, 왜 부모님이 이렇게 고생해야 하는가에 대해 많은 생각을 했다. 이것이 자연스럽게 사회문제와 정치에 관심을 가지게 했다.

　김근태는 열심히 공부해서 1962년 경기고등학교에 들어갔다. 조영래와 손학규가 김근태의 고등학교 친구다. 1965년 김근태는 서울대학교 상대(商大) 경제학과에 입학했고, 대학교 2학년 때인 1966년 아버지가 심장판막증으로 돌아가셨다. 대학교 3학년이 된 1967년 3월, 김근태는 서울대 상대 학생회장이 되었다. 1950년대부터 1990년대 초반까지 대학교 총학생회 간부로 선출되는 것은 독재정권에 맞서 싸우는 학생운동전선을 이끌어야 한다는 것을 뜻했다.

　김근태는 박정희 독재정권에 맞서 열심히 시위에 참가했다. 그러던 1967년 9월, 김근태는 '6월 8일 대통령 부정선거 규탄시위'를 하다가 체포당했다. 이것이 처음으로 겪은 체포였다. 그는 경찰서로 끌려가 무지막지하게 매를 맞았다. 그는 학교에서 제적당했고, 동시에 강제로 머리 깎고 군대에 끌려갔다.

　김근태는 군대에서 고생했다. 그러나 훗날 김근태는 자기 군대시절에 대해 별다른 말을 하지 않았다. 그에게 군대경험은 고통이라 말할 수도 없었기 때문일 것이다.

　1970년 8월, 육군 병장 김근태는 제대했다. 이제 복학해서 1년 반 동안 학업에 열중하며 조용히 대학시절을 마무리하고, 취직하고 결혼해서 단란한 가정을 꾸리면 된다. 하지만 현실이 김근태를 붙잡아두지 않았다. 1969년 날치기 삼선개헌이 있었고, 1971년 4월 박정희가 부정선거로 김대중 후보를 이기고 세 번째 대통령 연임에 성공했으며, 민주주의를 열망했던 민중들이 분노했고, 대학가는 매일 시위로 몸살을 앓았다. 김근태는 시위에 적극적으로 참여했다. 이런 상황에서 1971년 2월 중앙정보부는 서울대생 내란음모사건을 조작했다. 이때 본보기로 구속당해서 감옥살이를 한 서울대생 네 명 중 한 명이 조영래였다.

원래는 네 명이 아니라 다섯 명이었다. 나머지 한 명이 바로 김근태. 김근태는 수배령이 떨어지자 열심히 도망다녔다. 그래서 이때는 다행히 감옥에 들어가지 않았다.

대학도 졸업하지 못하고 하염없이 도망다녀야 하다니! 그의 은사들이 안타깝게 생각했다. 변형윤(邊衡尹) 교수가 다른 선생님들을 설득했다.

"우리 김근태 군을 졸업시켜줍시다."

그래서 1972년 김근태는 수배 중에 대학을 졸업했다. 참으로 특이한 이력이다.

이렇게 2년 동안 도망자로 살았고, 1972년 10월 박정희는 유신헌법을 반포했다. 자기가 죽을 때까지 대통령을 하겠다는 선언이다. 체육관에 자기 추종자들만 모아놓고 99% 득표율로 계속 연임하는 독재정치. 중고등학교 사회 과목 선생님들은 학생들에게 "이것이 한국식 민주주의"라고 가르쳤다. 북한이 언제 쳐들어올지 모르기 때문에 온 국민이 우리에게 밥 먹여주는 위대한 박정희에게 무조건 복종하며 충성하여 단결해야 한다는 것이다.

온 국민은 숨이 막히는 고통을 내색하지 않으며 침묵에 빠졌다. 이것이 평화로워보였다. 박정희 정권은 수배령을 일부 해제했고, 김근태는 1973년 일신산업 수출부에서 처음으로 직장생활을 했다. 그러나 민주주의를 갈망하는 불꽃은 꺼지지 않았고, 박정희는 1974년과 1975년 헌법을 초월하는 긴급조치를 남발했다. 산천초목이 벌벌 떠는 망나니의 칼이었다. 코에 걸면

코걸이 귀에 걸면 귀걸이. 국가권력이 언제든지 모든 국민을 체포해서 구속할 수 있다는 뜻이었다. 그 중에서도 가장 강력한 것이 마지막 긴급조치인 1975년 5월 13일에 반포한 제9호. 제9호의 핵심은 모든 국민의 언론ㆍ출판ㆍ집회ㆍ결사의 자유를 빼앗는다는 것이다. 동시에 수많은 민주인사를 체포하는 수배령을 내렸다. 그리하여 김근태는 5년 동안 다시 도망자로 살아야 했다.

조영래가 홍은동 집 옥상 뜨거운 양철지붕 아래 가건물방에 숨어 살면서 열심히 〈전태일평전〉을 쓰고 있을 때, 김근태는 먹고 살기 위해 인천에 있는 공장에서 일하기도 했고 기술학원에서 강사로 일하기도 했다. 언제든지 이웃집 신고로 경찰에 잡혀갈 수 있는 불안한 나날이었다. 이때 이화여대 사회학과 73학번 인재근(印在權)을 만났다. 둘은 같이 고생하며 사랑을 키웠고, 1978년 가족만 모시고 간소하게 결혼식을 했다.

그리고 1979년 인천도시산업선교회에서 노동상담자로 일했다. 이것이 김근태의 노동운동 시초였다.

조영래ㆍ김근태ㆍ손학규는 서울대 학생운동을 이끈 '서울대삼총사'였다. 손학규는 서울대 정치학과로 들어갔고, 한때 탄광에서 일하기도 했다. 유신시절, 노동운동과 빈민구제활동에 종사했으며, 2년 동안 도망자로 살았다. 1979년 10월 16일부터 20일까지 부산과 마산에서 "유신철폐, 독재타도"를 외치는 부마항쟁이 일어났을 때, 손학규는 부산으로 내려가 다른 민주인사들과 이후 투쟁계획을 의논하다가 수사당국에 체포당했다. 그리하여 손학규는 김해보안대에서 48시간 동안 두들겨 맞았다. 그런데 기적이 벌어졌다. 10월 26일 박정희가 김재규의 총에 맞아 죽은 것이다. 손학규는 이렇게 기적적으로 살아남았고, 1980년 봄 세계교회협의회(WCC) 장학금으로 영국 옥스퍼드대학교 유학을 떠났다.

1980년, 김근태와 인재근은 하객들을 모시고 정식으로 결혼식을 올렸다. 김근태는 수배에서 풀려나 자유의 몸이 된 기쁨을 이렇게 누렸다. 그러나 기쁨도 잠시……

1979년 12월 12일 쿠데타로 실권을 장악한 전두환 군부는 자신들이 정권을 완전히 탈취하기 위해 광주에서 고의로 사회불안을 조성했고, 학살을 저질렀다. 그리하여 1980년 5·18광주민중항쟁이 벌어졌고, 이를 무력으로 진압했으며, 새로운 군사독재자 전두환이 탄생했다. 바로 이 해에 김근태의 어머니가 돌아가셨다.

대한민국은 다시 군사독재정권의 암흑기를 거쳐야 했다. 3년 동안 민주인사들은 저항을 하지 못했고, 서민들은 새로 생긴 프로야구를 보면서 스트레스를 풀었다. 김근태는 인천도시산업선교회에서 일하며 새롭게 민주세력을 모을 방안을 고심했다. 그리하여 1983년 9월 30일 민주화운동청년연합(약칭 민청련)을 정식으로 결성했고, 김근태는 민청련 초대 의장과 제2대 의장을 맡았다.

민청련이 발행하는 기관지 〈민주화의 길〉은 한국 대학생들에게 매우 큰 영향력을 끼치는 잡지가 되었고, 김근태는 이 잡지에 논설과 성명서를 썼다. 이제 김근태는 한국 민주세력의 중심인물이며 지도자가 되었다. 이렇게 두 해가 흘렀다.

1985년 2월 12일 국회의원 총선거에서 민주세력을 대표하는 신민당이 집권당인 민정당을 이겼다. 국민여론이 군사독재를 반대한다는 것을 확인한 대사건이었다.

이때부터 김근태는 미행당했고, 집전화도 도청당했다. 1985년 5월 초순, 중부경찰서 정보과 형사 6명이 출근길 집 앞에서 김근태 의장을 영장도 없이 체포했다. 이 시절에는 불법체포가 다반사였다. 김근태는 조사받고 유치장생활을 한 뒤 풀려났으며, 6월에 또 이런 일을 당했다. 그리고 8월에 또 이런 일을 당했다.

1985년 9월 4일, 김근태는 "일어나."라는 소리를 듣고 안심했다. 옷을 입고 유치장을 나가는 줄 알았는데, 이번에는 그렇지 않았다. 김근태는 남영동으로 끌려 왔다. 그리고 5층 15호실로 들어왔다. 보이지 않는 인물이 명령했다.

"벗겨."

네 명이 벗기려 하자 김근태가 저항하며 팬티만 남기고 스스로 벗었다.

"진술거부를 잘 한다지? 여기서도 할 거야? 경찰과 달라."

"당신 몸이 좋지 않은 것 같은데 어디가 아픈가?"

"피로누적이다. 또 방금 구류 살고 나오는 길이어서 더욱 그렇다. 민청련 대표직을 그만두고 어디 휴양지로 가서 몇 달 쉬려고 했다."

"그렇다면 그 몸으로 견딜 수 있겠는가. 당신 많이 깨져야겠구먼."

"우리는 너를 깨부술 것이다."

그들은 김근태의 눈을 가렸다. 그리고 칠성대 위에 눕혔다.

칠성대! 한국어에 죽음을 뜻하는 표현이 매우 많다. 그중 하나가 '칠성판을 (짊어)지다'. 칠성판은 구멍 일곱 개를 뚫은 나무판이다. 일곱 구멍은 북두칠성을 뜻한다. 우리는 하늘에서 내려와 지구에서 살다가 죽으면 다시 하늘로 돌아간다는 천손(天孫)사상이 있는 민족이다. 우리 조상들은 저승이 북두칠성에 있다고 생각했다. 그래서 관 안에 칠성대를 깔고 그 위에 시체를 눕혔다. 그러면 죽은 사람이 칠성판을 짊어지는 형태가 된다. 이런 까닭으로 '칠성판을 지다'라는 표현이 생겼다.

칠성대는 나무로 만든 고문대를 뜻한다. 이 고문대 위에 누운 사람은 이미 죽은 목숨이라는 뜻이다. 그들은 칠성대에 미리 담요를 깔았다. 김근태를 눕힌 뒤 그 담요로 몸을 감싸고 발목, 무릎 위, 허벅지, 배, 가슴 다섯 군데를 군용 허리띠 같은 줄로 꽁꽁 묶었다. 몸을 움직이지 못하게 하면서 고문흔적을 남기지 않는 기술이다. 머리는 3분의 2 정도 칠성대 밖으로 나오도록 했다. 그들은 김근태 얼굴에 노란 세수수건을 덮었다.

드디어 물고문이 벌어졌다. 그들은 수도꼭지를 틀고 샤워기를 들었다. 그 샤워기로 얼굴에 물을 들이부었다. 동시에 주전자에 물을 담아 붓고 또 부었다. 숨이 막혀 죽을 것 같았다. 주위는 신 냄새 나는 짙은 깜깜함으로 뒤바뀌고 속은 메스꺼워지다가 완전히 뒤집히고 콧속으로 노린내가 치솟고 온 몸에서 불길이 치솟았다. 물이 떨어지는 소리 자체가 공포였다.

이렇게 5시간이 흘렀다.

김근태는 이것만으로 이미 만신창이가 되었다. 그들은 이런 요구를 했다.

"너가 폭력혁명주의자임을 자백하라. 너가 사회주의사상을 갖고 있음도 자백하라. 학생운동과 노동현장에서 움직이는 핵심인물과 하수인들 이름을 대라."

민주주의자에게 빨갱이 누명을 씌우는 전형적인 수법이다. 김근태는 오후 8시부터 또 5시간 동안 물고문을 당했다.

9월 5일 운동화를 신은 한 깡패가 들어왔다. 이 사람이 칠성대를 개발한 사람이며 최고 고문기술자인 악마 이근안(李根安)이었다. 그들은 김근태의 눈을 반창고로 가렸다. 그리고 팬티도 벗겨서 완전 알몸으로 만들었다. 김근태를 칠성대 위에 눕힌 뒤 발바닥과 발등에 붕대를 여러 겹 감고 새끼발가락과 다음 발가락 사이에 전기 접촉면을 고정시켰다. 이근안이 말했다.

"전기가 통하면 너 음부가 터져서 피가 흐를 것이다."

그들은 온 몸에 물을 부었다. 다음에 물고문을 했다. 온 몸이 땀으로 뒤범벅이 되었다. 이제 전기가 잘 통하는 상태가 되었다. 그리고 이근안이 전기고문을 했다.

김근태는 훗날 전기고문의 고통을 이렇게 증언했다.

"그것은 한 마디로 불고문이었습니다. 외상을 남기지 않으면서 치명적으로 내상을 입히고 극도의 고통과 공포를 수반하는 고문입니다. 전기고문은 핏줄을 뒤틀어 놓고 신경을 팽팽하게 잡아당겨 마침내 마디마디를 끊어 버리는 것 같았습니다. 머리가 빠개지는 통증이 오고, 죽음의 그림자가 독수리처럼 날아와 파고드는 것처럼 아른거리는 공포가 몰려왔습니다. 전기가 발을 통해서 머리끝까지 쑤셔 댈 때마다 어두운 비명을 토해낼 수밖에 없었습니다. 이것은 슬픔이라든지 외로움이라든지 그런 종류의 것이 아니었습니다. 잔인한 파괴, 그 자체였습니다."

김근태는 23일 동안 남영동에서 고문을 열 번 받았다. 대부분 물고문과 전기고문이었고, 이것은 심리고문과 병행해서 받았다. 그들은 고문할 때마다 라디오를 크게 틀었다. 지금 짐승만도 못한 자들이 한 인간의 존엄성을 짓밟고 있는데 라디오는 쾌활하고 즐거운 목소리와 음악을 내보냈다. 이

자체가 엄청난 충격이었다. 여기에 중간 중간 가하는 폭력도 있었다. 주먹으로 때리거나 발로 얼굴을 뭉개는 것도 다반사였고, 성희롱도 있었다.

"야! 이렇게 작은 것도 X이라고 달고 다니냐? 너희 민주화운동 하는 놈들은 다 그러냐?"

바로 이런 식이었다.

그런데 김근태는 전혀 예상 못한 충격도 받았다. 그들은 쉬는 시간에 자기들끼리 결혼한 딸의 생활 걱정, 딸의 사위가 학생운동 출신 전과자라는 걱정, 군대에 간 아들 걱정, 대학진학을 앞두고 시험공부를 하는 아들에 대한 걱정, 살림살이와 박봉에 대한 걱정 등등 바로 이런 이야기를 했다. 그것은 고문이 아니었는데도 충격이었다. 그들은 고통 받는 한 인간을 보고 낄낄거리며 웃었다. 바로 그런 자들이 놀랍게도 우리와 다를 바 없는 평범한 인간이었다. 김근태 선생은 훗날 이렇게 말했다.

"자기기만과 강제된 타인기만의 조작된 제도 위에 있었기에 가능한 것입니다. 제도화 되고 조직된 인간 파괴 행위, 자기기만과 강제된 타인기만의 사회제도화는 인류를 언제나 맹목적 충동에 사로잡히게 할 수 있으며, 그것은 나치나 파시스트국가의 지나간 옛날 얘기가 아니라 20세기 후반 서울 한복판에서 노골적으로 감행되던 것입니다."

김근태 선생은 죽지 않고 끝까지 살아남아 9월 26일 남영동에서 나왔으며, 1985년 12월 19일 서울지방법원 제118호 법정에서 자신이 받은 고문의 실상을 폭로했다. 그러나 1986년 7월 국가보안법과 집회및시위에관한법률 위반으로 징역 5년을 선고받아 감옥살이를 했다. 정의로운 사람을 "빨갱이!", "북한의 지령을 받은 간첩!"으로 조작하여 탄압하는 것. 대한민국 독재정권은 언제나 이 수법으로 인간의 존엄성을 깔아뭉갰다.

전두환은 체육관선거라는 형식으로 대통령이 된 사람이다. 자기 후임자 노태우에게 이 수법으로 권력을 넘겨주길 원하고 있었다. 민중은 울분이 끓어오르고 있었다. 그리고 이 분노가 폭발하는 사건이 발생했다.

1987년 1월 14일 남영동 치안본부 대공분실. 서울대생 박종철(朴鐘哲)이 물고문으로 사망했다. 경찰은 이렇게 발표했다.

"'탁!' 치니 '억!'하고 죽었다."

고문의 진상은 이미 알려졌다. 2월 7일 박종철군 추모대회와 3월 3일 고문추방 민주화대행진은 경찰의 원천봉쇄에도 불구하고 수많은 시민과 학생들이 참가했다. 4월 13일 전두환은 특별담화를 발표했다.

"현행 헌법에 따라 차기 정권을 이양하겠다."

체육관선거를 강행하겠다는 뜻이다. 이를 '호헌선언'이라 불렀다.

이제 온 국민이 들고 일어났다. 1987년 6월, 택시기사들도 시위에 동참했고, 드디어 넥타이부대가 등장했다.

"호헌철폐! 독재타도!"

경찰이 더 이상 막지 못했다. 민중혁명이 벌어지고 있었다. 전두환은 군대로 유혈진압을 할 생각을 했다. 그것은 자살행위다. 우여곡절 끝에 전두환이 물러섰다. 1987년 6월 29일 민정당 대통령후보 노태우가 기자회견을 했다.

"대통령직선제로 헌법을 바꿀 것을 대통령에게 건의한다."

다음날 전두환이 이를 받아들이는 담화를 발표했다. 1987년 6월 민주항쟁은 이렇게 성공했다.

1987년 하반기는 오래간만에 경험하는 대통령선거 열기로 온 국토가 달아올랐다. 그러나 김영삼·김대중이 후보단일화를 못했고, 12월 노태우가 당선되었다. 그럼에도 1988년부터 1992년까지 집권한 노태우정권은 기존 군사독재정권과 조금 달랐다. 사회가 조금 부드럽고 자유로워진 것이다.

1988년 6월, 김근태는 2년 3개월 만에 출소했다. 곧이어 서울올림픽을 성공적으로 개최했고, 청문회열풍이 불었다. 1988년 국회청문회에서 고졸 변호사 출신 국회의원이 스타로 부상했다. 이 사람이 노무현(盧武鉉)이었다.

조영래는 성고문을 폭로했다. 김근태는 물고문과 전기고문의 실상을 폭로했다. 이제 사회가 변했다. 반드시 고문 없는 세상을 만들어야 한다. 1988년 12월 15일 서울고법이 재정 신청을 받아들여 28일 악마 이근안 경감을 수배했다. 이근안이 도망자가 되었다. 그런데 경찰은 이근안을 추적해서 체포할 의지도 없었다. 1989년 1월 21일, 김근태는 전국민족민주운동연합(약칭 전민련) 창설에 참여해서 정책실장을 맡았다.

'노태우도 군인 출신이다. 진정한 문민정부를 만들어야 한다.'

이것이 전민련의 정신이었다. 노태우정권은 전민련을 이적단체로 규정했다. 1990년 5월, 경찰은 다시 김근태를 체포했고, 국가보안법 위반으로 징역 2년을 선고받았다. 조영래가 죽었을 때 김근태는 감옥에 있었다. 다시 고난의 길을 걸었고, 1992년 8월 출옥했다. 출옥하는 날은 비가 오고 있었다. 한 열혈청년이 뒤에서 김근태에게 우산을 받쳐주었다. 이 열혈청년이 정봉주(鄭鳳珠)였다.

손학규는 1988년 영국 옥스퍼드에서 정치학 박사학위를 받았고, 1988년부터 1993년까지 인하대학교와 서강대학교 정치외교학과에서 교수로 재직했다. 그리고 3당합당으로 여당 대통령후보가 된 김영삼이 손학규를 설득했다. 그리하여 손학규는 1993년부터 정치인의 길을 걸었고, 3선 국회의원과 보건복지부 장관 및 경기도지사를 역임했다.

김근태는 김대중이 설득했다. 1995년 2월 민주당에 입당해서 민주당 부총재로 올라섰고, 이 해에 사면·복권을 받았다. 그리고 1996년 4월 제15대 국회의원에 당선된 뒤 3선 국회의원이 되었다. 손학규와 김근태는 당이 달랐지만 개인적으로 만나면 둘도 없는 벗이었고, 서로 "근태야!" "학규야!"라고 불렀다.

김근태를 처음 본 사람은 이상한 점을 발견했다. 말투가 어눌했고 손모양도 부자연스러웠으며, 얼굴 표정이 바보 같았다.

'아, 지금도 고문후유증이 있으시구나!'

모두 이렇게 생각하면서 모두 말하지 않았다.

김근태는 죽을 때까지 고문후유증으로 고생했다. 고춧가루물고문 때문에 평생 만성비염으로 고생해서 언제나 손수건을 들고 다녔다. 심지어 치통 때문에 고생할 때도 치과에 가지 않았다. 치과 치료의자에 눕는 순간 칠성대에 눕는 기분이 들면서 고문의 악몽이 떠올랐기 때문에 그 공포가 싫어서 치과에 가지 않은 것이다. 고문의 후유증은 이 정도로 끔찍했다.

자신을 고문한 인간백정들은 1993년 8월 전원 실형을 선고받아 법정 구속을 당했다. 악마 이근안은 공소시효 1년을 남기고 경찰에 자수해서 6년 동안 감옥살이를 했다. 그럼에도 누구 하나 참회하지 않았다.

"그때는 우리도 가족을 먹여 살리기 위해 어쩔 수 없었다."

이것이 그 인간백정들의 공통심리였다. 심지어 이근안은 2011년 1월 주간지 〈일요서울〉과 인터뷰에서 이렇게 말했다.

"전기고문은 AA건전지 2개로 겁을 줬을 뿐이다. 나는 고문기술자가 아니라 심문기술자다. 당시 시대상황은 그것이 애국이었기 때문에 당장 그때로 돌아가면 똑같이 일할 것이다. 애국은 남에게 미룰 일이 아니다. 심문도 하나의 예술이다. 나는 고문을 예술로 승화시켰다. 다만 내 예술이 뛰어난 작품은 아니어서 아쉽다."

충격적이게도, 이 악마가 4년 동안 개신교 목사로 활동했다.

1993~1997년 김영삼정부, 1998~2002년 김대중정부를 거치며 대한민국은 자유민주국가가 되었다. 그리고 2002년 12월, 노무현이 기적적으로 대통령에 당선되었다. 김근태는 2001년 11월 새천년민주당 상임고문이 되었다. 1995년부터 2007년까지 12년 동안, 김근태는 한국정치를 이끄는 지도자였다. 그것도 단순한 정치꾼이 아니라 진정한 선비정신이 무엇인지 국민에게 행동으로 보여주는 스승이었다.

2002년 3월, 민주당 대선후보경선에 참여하고 있던 김근태 상임고문은 양심선언을 했다.

"2년 전 최고위원 경선 때 실세인 권노갑(權魯甲) 씨로부터 불법 정치자금을 받았습니다. 제가 이렇게 양심선언을 합니다. 우리 다시는 이런 일이 없도록 합시다."

정치인에게 많은 돈이 필요하다는 것은 공공연한 비밀이다. 그래서 정치인은 특이한 경우가 아니면 대부분 불법정치자금문제가 있다. 다만 서로가 말하지 않을 뿐이다. 바로 이 악순환의 고리를 끊어야 한다. 그래야 한국정치가 더욱 깨끗해진다. 김근태는 자신이 모범을 보였다. 그 결과는 참담했다. 다른 정치인들이 비웃었다.

"혼자 깨끗한 척 하네!"

"저거 바보 아냐?"

2002년 하반기는 대한민국이 대통령선거로 달아올랐다. 이때 김근태가 한 측근에게 말했다.

"나는 정치에 안 어울리는 사람인가 봐."

그 까닭이 이렇다.

"(2002년 새천년민주당 대통령후보 경선 때) 아홉 명이 한 줄로 앉아서 한 명씩 차례대로 나가서 연설했지. 모두 뒤에 앉아 있는 사람들을 신나게 조진 뒤 연설이 끝나면 뒤돌아서서 웃으며 악수하고 자리에 앉더라. 나는 신나게 조지지도, 웃으면서 악수하지도 못하겠더라."

김근태는 민주당 대선후보경선에서 사퇴했고, 민주당 대선후보는 노무현이 되었으며, 2002년 12월 노무현이 기적적으로 대통령에 당선되었다.

2003년 7월 21일 노무현 대통령이 이렇게 말했다.

"작년 3월 김근태 의원의 경선자금 양심고백은 웃음거리가 되었습니다."

김근태는 이 발언을 듣고 탄식하며 반박했다.

"(노 대통령이) 오버(over)했지. 웃음거리란 그 말이 웃음거리 아닌가."

2004년 3월 12일, 노무현 대통령은 한나라당에게 탄핵당했다. 그러자 국민들이 다시 독재정권시기로 돌아갈 수 있다는 위기를 느꼈고, 한 달 뒤인 4월 17일 총선에서 열린우리당이 압승했다. 헌법재판소는 탄핵이 부당하다고 판결했으며 노무현이 대통령으로 복귀했다. 당시 열린우리당은 총선공약으로 "아파트 분양 원가 공개!"를 내걸었다. 그런데 6월 9일 노무현 대통령이 믿을 수 없는 발언을 했다.

"아파트 분양원가 공개는 개혁이 아니라고 생각한다. 장사하는 것인데 10배 남는 장사도 있고 10배 밑지는 장사도 있다. 결국 벌고 못 버는 것이 균형을 맞추는 것이지, 시장을 인정한다면 원가공개는 인정할 수 없다."

개혁을 부르짖는 대통령이 보수인사들과 같은 의견을 내놓다니! 다른 열린우리당 당직자들이 반박의견을 내놓지 못하자 6월 19일 김근태 홀로 반박성명을 내놓았다.

"분양가 자율화 조치 이후 아파트 분양원가가 두 배 이상 뛰었고, 도시개발공사와 주택공사의 일부 분양원가 공개 당시 공기업인 이들조차 30~40% 이상의 이익을 남겼다는 주장은 분양원가 공개요구에 대한 정당성을 확인하는 것입니다. 공공주택 공급은 서민을 위한 공공재적 성격이 강한만큼 공공주택의 분양원가를 공개하는 것을 전향적으로 검토하는 것이 마땅합니다. 선거 당시 내건 공약, 특히 서민들의 삶과 직결된 민생 문제는 함부로 바꿀 수 없습니다. 대통령의 언급에 대해 일각에서 개혁의 후퇴라며 우리당과 대통령을 강하게 성토하고 있고, 일부에서 시장원리에 충실한 당연한 결정이라며 환영하고 있지만, 대다수 집 없는 서민들은 대단한 실망과 허탈감에 휩싸여 있다는 점을 부인할 수 없습니다. 공공주택 분양가 문제와 같은 중요한 문제들은 계급장 떼고 치열하게 논쟁합시다."

이것이 그 유명한 '계급장발언'이다. 그러나 노무현 대통령은 묵살하고 넘어갔다. 이렇게 부동산문제를 해결하지 못한 것. 이것이 2007년 12월 대통령선거에서 이명박(李明博) 한나라당 후보가 대통령으로 당선되는 근본원인이 되었다.

그래도 노무현 대통령은 균형감각이 있었기 때문에 2004년 7월 1일 김근태 의원을 보건복지부 장관으로 임명했다. 그런데 넉 달 만에 다시 충돌이 벌어졌다. 국민연금은 대한민국 서민의 노후보장자금이다. 이헌재(李憲宰) 경제부총리가 '한국판 뉴딜'이란 이름 아래 국민연금을 동원해 주가를 띄우고 사회간접자본(SOC) 및 부동산 등에 투자하는 경기부양책을 밀어붙이기 시작했다. 국민연금 관리책임자인 김근태 장관은 11월 19일 보건복지부 홈페이지에 〈국민 여러분께 드리는 글〉을 올렸다.

"국민연금은 5000만 국민 땀의 결정체입니다. 알토란처럼 적금을 넣은 국민연금을 어떻게 사용할 것인가에 대해 좀 더 면밀한 검토와 토론이 필요합니다. 연금 운용은 안정성이 가장 중요합니다. 대형 SOC투자나 주식투자 확대 등에 연금을 동원하는 행위는 용납할 수 없습니다. 국민연금이 어떻게 잘못되는 것 아닌가 하는 우려는 정말 기우에 지나지 않았다고 말할 수 있도록 해내겠습니다. 하늘이 두 쪽 나도 해내겠습니다."

김근태 장관의 국민연금 사수선언. 정권의 이익이 아니라 정의와 서민고통을 생각하는 국민지도자. 대다수 서민들이 김근태 장관을 존경했다. 동시에 김근태 장관은 노무현정부 안에서 미운오리새끼가 되었다.

2007년 3월 19일, 손학규는 한나라당과 결별하고 2008년 1월 대통합민주신당 대표가 되었다. 이때부터 손학규와 김근태는 같은 정당 정치인이 되었다. 손학규는 2011년 4월 27일 경기도의 강남인 성남시 분당 을(乙)선거구 국회의원보궐선거에서 당선했고, 12월 16일 당 대표에서 물러나며 해마다 조영래 산소에 다녀왔음을 고백했다. 이때 김근태는 서울대병원에서 투병하고 있었다.

"다시 이겨내시겠지."

이것이 일반적인 의견이었다. 그러나 김근태는 2011년 12월 30일 파킨슨병의 합병증인 뇌정맥혈전증으로 별세했다. 고문후유증으로 하직한 것이다.

나흘 동안 서울대병원 제1호 영안실은 하루 내내 눈물바다였다. 조문객만 무려 5만 명이었다. 2012년 1월 3일, 고 김근태 선생의 영결식이 명동성당에서 열렸다. 영결식이 끝난 뒤 관은 마석 모란공원 민주열사묘역에 안장했고, 손학규가 장례위원장을 맡아 벗의 마지막 길을 끝까지 지켰다. 그는 나흘 내내 눈물을 흘렸다. 하관한 뒤에도 술을 올리고 눈물을 흘리며 작별인사를 했다.

"이제 편히 쉬어."

이날 김근태 선생의 딸 김병민 씨는 〈손석희의 시선집중〉에서 전화통화로 이렇게 말했다.

"아버지는 참 자상하고 따뜻한 분이었어요. 집에서도 민주적인 소통방식을 중요하게 생각하셔서 항상 가족들과 대화하고 토론하길 원하셨어요. 그리고 저희 자식들에게 '젊은 사람들도 항상 사회 문제에 무관심하면 안 된다.'고 말씀하셨어요."

그리고 이렇게 말했다.

"김근태 딸로 태어난 것이 정말 자랑스럽습니다."

제3장

진실을 추구하는
우직한 코뿔소

1. 500년을 앞서간 급진주의자

이탁오(중국)

이탁오(李卓吾, 1527~1602)는 1527년 10월 26일 복건성(福建省) 천주시(泉州市) 남문(南門) 만수로(萬壽路) 159호에서 태어났다. 본명은 임재지(林載贄). 그러나 이 집안이 성을 이(李)씨로 바꿨고, 이 사람이 16살 때 등극한 명(明) 목종(穆宗)의 이름이 재(載)였기 때문에 성명을 이지(李贄)로 바꿨다. 탁오(卓吾)는 호다. 그래서 이 사람을 이지 또는 이탁오로 부르는데, 지금은 일반적으로 이탁오라고 부른다.

원나라 때 복건성 천주는 국제무역항이었고, 이슬람 상인이 많았다. 이탁오의 선조들은 아라비아 사람과 많이 결혼했고, 대대로 상인 집안이었다. 원래 상인은 쉽게 개방적인 성격을 가진다. 그래야 많은 돈을 벌 수 있기 때문이다. 천주 자체가 다양하고 복잡한 문화로 어우러진 도시였다. 그래서 이탁오도 어릴 때부터 개방적인 사고방식을 가질 수 있었다.

이탁오는 불우한 어린 시절을 보냈다. 어머니가 6살 때 돌아가셨고, 집안도 기울어지기만 했다. 명랑한 성격이 아니었기 때문에 어릴 때부터 고독하게 살았다. 게다가 다혈질이었다.

"나는 속으로 불꽃이 튀지만 겉으로 냉엄하고, 풍채와 골격이 늠름하고 청렴 고상했다. 성격이 몹시 급해 남의 면전에서 상대방 잘못을 꾸짖는 일이 많아 마음속으로 깊이 교류하지 않은 사람들은 말도 걸려 하지 않았다."

참으로 사회생활하기 힘든 사람이다. 그래도 머리와 시력이 좋아서 공부를 잘했기 때문에 30살부터 54살까지 25년 동안 하급관리로 일할 수 있었는데, 언제나 상관들에게 미움 받으며 살았다. 스스로 이렇게 고백했을 정도다.

"성격은 편협하고 성급하며, 표정은 우쭐하고 자만했다. 말투는 천박하고 비속하며, 마음은 미친 듯 바보 같은 듯하고, 행동은 경솔했다. 교제하는 사람이 별로 없었는데, 사람을 사귈 때 단점을 찾기 좋아하고 장점을 인정하려 하지 않았다. 일단 누군가를 미워하면 그 사람과 관계를 끊어버리고, 일생동안 그 사람을 해치려 한다."

이탁오는 관직에 나가고 싶어서 나간 사람이 아니었다. 식구를 먹여 살리기 위해 할 수 없이 시험공부를 열심히 해서 관직에 나간 사람이다. 54살까지 자기가 하고 싶은 일을 못하며 살았으니 불행했다고 말할 수 있겠다. 훗날 이탁오는 자기 관직 세월을 안타까워한 정도가 아니라 혐오했다.

"50살이 되기 전까지 나는 참으로 한 마리 개였다. 그러므로 앞의 개가 그림자를 보고 짖으면 나도 따라 짖을 뿐이었다. 그래서 누가 내게 소리 내어 짖는 까닭을 물으면 나는 그저 입을 벌리고 멋쩍게 웃을 수밖에 없었다."

100년 전만 해도 50살은 노인 대접을 받았다. 이 사람은 노인이 되어 제

2의 인생을 시작했다. 오늘날로 비유하면 학자라기보다 저널리스트, 즉 사회평론가다. 55살이었던 1581년부터 61살이었던 1587년까지 호북성(湖北省) 천와서원(天窩書院)에서 학문에 열중했고, 1588년 지불원(芝佛院)이라는 법당에 정착해서 머리를 스님처럼 완전히 밀어버렸다. 그리고 본격적으로 필봉을 휘둘렀다.

이 사람 저서는 30권이 넘는다. 그 중 대표작이 3권인데, 처음으로 명성을 떨친 작품이 각종 에세이와 시를 모은 〈초담집(初潭集)〉.

세상에 이름 내기를 좋아하는 사람은 반드시 도학(유학)을 강하니, 도학이어야 자기 이름을 일으킬 수 있기 때문이다. 세상에 쓸모없는 사람들이 반드시 도학을 강의한다. 이 도학으로 사람을 속일 수 있기 때문이다. 무식하고 무위(無爲)한 사람 가운데 부귀를 누리고자 하는 자들은 도학을 강론하지 않을 수 없는 것이다.……겉으로 도학을 하면서 속으로 부귀를 바라며, 옷은 유생의 우아함이 있는데 행동은 개·돼지와 같다.

이것은 체제비판이다. 지금 한국에서 태어났다면 기자를 해야 하는 사람인데, 당시 명나라에서 이런 글은 목숨을 내놓지 않으면 쓸 수 없었다. 그런데 이탁오의 붓은 여기에서 멈추지 않았다. 1590년, 그의 최대 걸작 〈분서(焚書)〉를 간행한 것이다. 분서는 태워버려야 할 책이라는 뜻이다. 참으로 도발적인 제목이다.

이 책은 〈분서〉다. 주로 가까운 친구들에게 답장한 편지를 모은 것이다. 내용 가운데 근래 학자들의 고질을 파고들어 자극한 것이 많다. 그러므로 이 책을 읽는다면 그들은 반드시 나를 죽이

려 할 것이다. 그래서 태워버리려는 것이다. 하나도 남기지 말
고 태워버리는 것이 좋겠다.

이 책에서 최고 명문이 동심(童心)을 주장한 글이다. 한국에서 어린이 인
권이라는 개념이 나온 역사는 100년도 안 된다. 어린이는 아무 이유 없이
두들겨 패며 학대해도 괜찮은 존재였다. 이것이 어른의 특권이며, 자신들
도 모두 그렇게 자랐다. 그래서 폭언과 가정폭력에 대해 죄의식도 없었다.
이탁오는 무려 500년 전에 동심을 극찬했다. 이것은 어린이 인권의 시초라
고 말할 수 있다. 물론 이탁오가 동심을 주장한 까닭은 고리타분한 속물지
식인들에게 양심을 가지라는 뜻이었다.

동심이란 참된 마음이다. 동심을 옳지 않은 것으로 여긴다면 진
심도 옳지 않은 것이 된다. 우리가 동심을 잃어버린다면 진심을
잃어버리는 것이며, 진심을 잃어버린다면 참된 사람을 잃어버
리는 것이다.……천하에 지극히 훌륭한 문장이 있다 해도, 거짓
된 사람들이 없애버려 후세에 다시 보일 수 없는 것이 어찌 적
다고 하겠는가. 왜냐하면 천하에 지극히 훌륭한 문장은 모두 동
심에서 나오기 때문이다.……좋은 시는 왜 하필 고선(古選)에
서 찾아야 하며, 좋은 글은 왜 하필 선진(先秦)시대 것에서 찾아
야 하는가?……비록 그것이 성인으로부터 나왔다 하더라도, 그
때 무엇인가 유익해서 찾아낸 것으로 병에 따라 약을 짓고 때
에 따라 처방한 것인데, 가장 멍청한 제자들과 흐리멍텅한 문도
들이 이를 가지고 세상을 구제한다고 했을 뿐이다. 약과 의사는
병에 따라야지 정해진 한 처방만을 고집하면 안 되는 것이니,

어찌 한 가지로 만세에 변할 수 없는 최고의 이론을 삼을 수 있
단 말인가!

명문은 진실에서 나오는 것이지, 기교에서 나오는 것이 아니다. 그러나 명나라 지식인들은 오직 유학경전만 열심히 외우며 자기 생각 없이 짜깁기 인용을 즐겼다. 명나라는 창의성이 사라진 나라였다. 창의성이 없으면 새로운 창작이 안 나온다. 창의성의 원천은 상상력이고, 상상력의 뿌리는 동심이며, 동심의 특성이 진실이다. 진실과 상상은 둘이 아니라 하나다. 이탁오는 위선으로 가득한 지식인들이 성공하는 사회현실을 개탄했다. 이탁오의 날카로운 붓은 이런 문장에서 폭소를 터트린다.

사람의 욕을 먹는 개야말로 성품이 의(義)로워 집주인을 지켜주고, 쫓아도 가지 않고, 먹을 것을 주지 않아도 짖지 않으며, 스스로 더러운 똥이나 오줌을 먹고 삽니다. 그리고 개는 집안이 가난해도 근심하지 않습니다. 그러하니 '개'란 말로 사람을 욕하는 것은 옳지 않으므로, 반대로 '사람'으로 개를 욕하는 것이 옳다고 생각합니다.

〈분서〉는 베스트셀러가 되었다. 겉으로 말도 못하고 속으로 이탁오 주장에 동조하는 지식인이 많았던 것이다. 이 책 필사본이 날개 돋친 듯이 돌아다니자 이탁오 주장에 동조하지 않는 보수적인 지식인들도 궁금해서 열심히 읽었고, 이들은 분노했다. 대표적인 비판 하나만 보자.

이탁오는 남녀 사이 색(色)을 좋아하는 것이 인간의 본성(性)이라고 말한다. 나도 그가 말한 대로 그것을 성(性)이라고 말하겠다. 그런 까닭으로 사람이 남의 집 담장을 뛰어넘어 들어

가는 추함을 천하다고 말하겠다. 왜냐하면 남녀구별을 지키는 것은 성인이 '인간 성품을 다하는 것(盡性)'이라 여겼기 때문이다.……여러분은 내가 이 짐승 같은 자(이탁오)와 상당한 차이와 한계가 있음을 깨닫기 바란다.

이탁오는 시대를 뛰어넘은 사람이었기 때문에 정신병자 취급을 받았다. 특히 그는 제도권 지식인들이 받아들이기 힘든 만행을 저질렀다. 이탁오는 지불원에서 여자에게 글을 가르쳤고, 여자와 학문을 토론했다.

"이 여인들의 도덕과 문장은 앞선 현인들에게 결코 뒤지지 않는다. 산에 살거나 들에 있는 사슴과 돼지들도 서로 짝을 찾아 즐기는데, 하물며 사람이야 말할 필요가 있겠는가?"

이탁오의 여성관은 500년을 앞섰다. 그는 여성의 결혼자유를 인정했고, 자유연애를 긍정적으로 봤으며, 여자에게 남자와 같은 교육기회를 주어야한다는 신념을 그대로 실천했다. 그는 일부 역사인물에게 이런 평가도 내렸다.

"재주와 지혜가 참으로 다른 사람들을 크게 능가하는 여인들이었다. 그럼에도 사람들은 어째서 여자라고 경시하며, 세상 아버지들도 어째서 여자이기 때문에 그들을 경시할 수 있겠는가!"

그의 독특한 자유주의는 1599년에 출간한 〈장서(藏書)〉에서 다시 빛을 발했다. 장서는 감추어야 하는 책이라는 뜻이다. 지금으로 비유하면 사회에 해악을 끼치는 불온서적에 해당한다. 저자 스스로 책 제목을 불온서적으로 정했으니 참으로 괴이한 사람이었다. 이 책은 역사평론이다. 기발한 논리로 전통적인 역사인물 평가를 마구 뒤집었다.

예를 들어, 이탁오는 공자와 맹자를 비웃었다. 이것은 유럽 중세시대 신부가 예수를 비웃은 것과 같다. 사형 받아 마땅한 죄를 지은 것이다. 뿐만 아니라 1000년이 넘게 폭군이나 간신배로 평가받은 사람을 훌륭한 사람으로 칭찬한 문장이 매우 많다. 심지어 해적도 기발한 논리로 칭찬하고 있으니 그야말로 불온서적이었다.

1600년 겨울, 드디어 극우보수주의자들이 지불원에 난입해서 건물을 파괴한 뒤 불을 질렀다. 이탁오는 건강이 안 좋았지만 도망 다녀야 했다. 1602년 2월 초, 76살 먹은 이탁오는 유언장을 썼다. 그리고 관원 4명이 이탁오가 숨어 있는 친구 집에 들이닥쳤다. 이탁오는 순순히 따라갔고, 취조관이 심문했다.

"선생께서는 왜 그렇게 저서들을 멋대로 썼습니까?"

이탁오가 대답했다.

"죄인(나)의 저서가 많지만 모두 세상에 전해지고 있습니다. 모두 성인의 가르침에 유익함이 있어도 손해됨은 전혀 없소."

그러자 취조관이 웃으며 더 이상 묻지 않았다. 그냥 정신병자였고, 살날이 얼마 남지 않은 늙은이였다. 그래서 잠시 옥에 가둔 뒤 고향으로 돌려보내기로 했다.

그러나 돌발상황이 벌어졌다. 1602년 3월 15일, 이탁오는 자기 머리를 깎아줄 것을 부탁했고, 머리 깎는 사람이 오자 갑자기 그의 칼을 빼앗아 자기 목을 찔렀다. 그리하여 3월 16일 밤 12시 숨이 끊어졌다.

이탁오의 저서는 모두 금서가 되었다. 발견하는 즉시 모두 불태웠다. 이는 청나라도 마찬가지였다. 400년 동안 〈분서〉와 〈장서〉는 금서의 대명사였다. 하지만 기적이 벌어졌다. 일부 지식인들은 그의 저서를 열심히 숨겼고, 혼자 몰래 보며 웃음을 터트렸다. 청나라가 망하자 드디어 그의 저서들이 다시 햇빛을 봤다. 이탁오는 재평가를 받았다. 오늘날 중화인민공화국에서 이탁오는 높은 평가를 받고 있다. 해외 학자들의 연구도 활발하다. 이탁오는 500년을 앞서간 급진주의자이고, 자유주의자이며, 평등주의자였다.

2. 명예는 집요한 강물처럼

산도르 초마(헝가리)

지금 불교에 관심을 갖는 유럽인이 늘어나고 있다. 유럽과 미국에서 가장 환영받는 불교는 중국불교도 아니고 한국불교도 아니고 일본불교도 아니고 태국불교도 아니다. 바로 티베트불교다. 유럽과 미국에서 달라이라마는 스타다. 그래서 티베트연구도 활발하다. 그런데 해외티베트학의 아버지는 영국인도 미국인도 아닌 산도르 초마(Sándor Kőrösi Csoma; Alexander Csoma de Kőrös, 1784~1842)라는 헝가리 사람이다.

초마는 1784년 3월 27일 트란실바니아(Transylvania; Covasna) 쾨뢰스(Kőrös; Chiuruș) 마을에서 태어났다. 이곳이 지금은 루마니아 영토다.

그는 1790년 초등학교에 들어가서 공부했고, 1799년 나계네드(Nagyenyed; Aiud)에 있는 베틀렌 콜레지움(Bethlen Kollégium)에 입학했다. 나계네드는 오늘날 루마니아에 속하는 작은 도시이고, 콜레지움은 중고등학교를 합친 개념이다. 초마는 1807년 베틀렌에서 중고등학교 과정을 마쳤다.

그런데 당시 학제는 지금과 많이 달랐던 것 같다. 초마는 베틀렌에서 대학교 과정까지 계속 공부했고, 아르바이트로 그 학교에서 가르치기도 했다. 그래서 1815년 베틀렌을 졸업한다. 한 학교에서 중학교·고등학교·대학교 본과·대학교 석사과정까지 마친 셈이다.

당시 헝가리와 오스트리아는 한 나라였다. 그리고 초마는 루마니아에서 태어나 자란 헝가리 사람이다. 그래서 어릴 때부터 헝가리어·루마니아어·독일어를 할 줄 알았다. 모국어가 세 개인 사람이다. 게다가 당시 유럽에서 라틴어는 교양인의 기본 상식이었고, 초마는 라틴어도 잘했다. 그는 의학·신학·철학·지리에 관심 많은 공부벌레였다고 한다.

초마는 베틀렌을 졸업한 뒤 오스트리아 수도 비엔나(Vienna)를 여행했고, 독일 괴팅겐(Göttingen)대학교 박사과정으로 들어갔다. 그의 전공은 동양언어학(oriental languages). 1816년부터 1818년까지 요한 아이히혼(Johann Gottfried Eichhorn) 교수에게 히브리어를 배웠는데, 중동 고대어와 현대어 및 고대그리스어·영어·프랑스어까지 합해서 12개를 동시에 공부했다.

지금 남아 있는 기록은 분명히 이렇게 전하고 있다. 각 언어마다 유창한 정도는 달랐지만, 초마는 무려 17개 언어를 읽을 줄 알았다는 것이다. 그야말로 언어의 천재다.

그는 여러 언어를 공부하며 이런 생각을 했다.

'헝가리어와 티베트어가 어떤 친연관계가 있지 않을까?'

1818년, 그는 공부를 마친 뒤 고향으로 돌아왔다. 그리고 직접 티베트에 가기로 결심했다. 먼저 1819년 11월 헝가리의 중심지 부다페스트로 가서 두 달 동안 머물렀고, 1820년 1월 1일 드디어 출발했다. 배낭에 간직한 물품은 〈고대그리스어 원본 호메로스서사시〉, 〈라틴어본 호메로스서사시〉, 사전 5권과 얇은 옷 한 벌. 소피아 · 이스탄불 · 알렉산드리아를 여행하고, 아라비아 상단과 같이 낙타 타고 사막을 횡단하여 바그다드와 테헤란을 거쳐 1822년 1월 아프가니스탄 카불에 도착했다.

이제 초마는 모든 돈을 다 써서 거지가 되었다. 언제 죽을지 모르는 위태로운 상황이다. 그래도 겁먹지 않고 동남쪽으로 떠났다. 그 모습은 이미 학자가 아니라 구도자와 다를 바 없었다. 초마가 인도 북쪽 라다크(Ladakh)에 도착했을 때 기적이 벌어졌다. 이곳에서 영국인을 만난 것이다. 그 사람 이름은 윌리엄 모어크로프트(William Moorcroft, 1767~1825). 동인도회사가 고용한 전문탐험가였다.

모어크로프트는 초마와 이야기를 나누며 신기하게 쳐다봤다. 단순한 학술호기심 하나 때문에 학자 혼자 여기까지 왔다는 것이 놀라웠고, 얼굴 자체에 고집 센 성격이 드러나 있었다. 한 번 "하자!"고 결정하면 정말 하는 사람이었다. 게다가 헝가리 사람이 스승도 없이 혼자 책 읽고 연습해서 능숙하게 영어를 구사하는 것도 신기했다. 초마는 자신이 언어의 천재라는 사실을 숨기지 않았다.

동인도회사에 아직 티베트어를 할 줄 아는 사람이 없었다. 모어크로프트는 이 기회를 놓치지 않았다. 그는 초마에게 자신이 갖고 있던 티베트문자를 소개하는 얇은 책자를 선물했다. 초마가 고맙게 받았고, 모어크로프트는 초마를 따뜻하게 대하며 이런 제의를 했다.

"제가 선생님을 찾아서 모시겠습니다. 숙식도 제공하지요. 대신 〈티베트어영어사전〉을 만들어주시면 감사하겠습니다."

초마는 이 제안을 받아들였다. 둘이 같이 라다크 왕궁으로 갔으며, 한 신하에게 자세한 사정을 이야기했고, 그 신하가 50살 먹은 티베트스님 한 분을 소개했다. 이름은 상계퓐촉(Sangs-rgyas-phun-tshogs; 桑結朋措). 부인이 있는 스님이었는데, 그때는 잔스카르(Zanskar)라는 황량한 곳에 있는 양라(YangLa) 사원에서 수행하고 있었다. 1823년 6월 20일, 초마는 양라 사원에 도착했다. 윌리엄 모어크로프트는 여기까지 초마를 따뜻하게 보살펴주었고, 동인도회사에 초마라는 인물을 자세히 보고했다.

상계퓐촉은 초마라는 외국인 제자를 따뜻하게 받아주었다. 둘은 페르시아어로 의사소통을 했는데, 먼저 스승이 기초낱말을 써주며 한 번 읽고 페르시아어로 뜻풀이를 해주면 초마가 그대로 받아 적으며 열심히 이해하고 외우기를 반복했다. 그곳은 물도 부족하고 먹을 것도 부족한 곳이었다. 유럽인이 방석에 책상다리로 앉는 것 자체가 고생이었지만, 가장 큰 어려움은 추위였다. 원래 티베트사원은 특별한 난방장치가 없다. 추위는 자기 수행 도력으로 이겨내는 것이다. 초마는 영하 20도 추위를 정신력으로 버텨야 했고, 사력을 다해 쓰고 외우기를 반복했다.

이렇게 16개월이 흘렀다. 이제 초마는 티베트어를 읽고 쓰고 알아들을 수 있었고, 티베트불교에 완전히 빠져버렸다. 초마가 티베트불교에 심취한 가장 큰 이유는 도저히 정확하게 번역할 수 없는 낱말이 너무 많다는 사실이었다. 그렇다면 음역한 뒤 자세한 설명을 덧붙여야 한다. 초마가 바로 이 작업에 몰두했다.

초마는 이 작업에 몰두하면서 그 사원에 있는 불경을 다 읽었다.

이것은 단순한 언어의 천재가 아니라 강인한 정신력을 지닌 집념의 소유자라고 설명할 수밖에 없겠다.

모어크로프트는 1825년 8월 27일 우즈베키스탄 부하라(Bukhara)에서 말라리아로 죽었다. 하지만 이 사람이 보고를 잘 했기 때문에 캘커타(Calcutta)에 있는 동인도회사는 초마를 주목하고 있었다. 1827년 1월, 초마는 동인도회사가 파견한 영국인 관리에게 이렇게 말했다.

"3년이 더 지나야 사전을 완성할 수 있겠습니다."

그는 카롬(Kha-Lom; 佧諾姆) 사원으로 갔다. 이곳에 그의 스승 상게푠촉이 있었다. 그는 이곳에서 3년 동안 스님들과 같이 공부하고 수행했다. 정식으로 출가만 하지 않았을 뿐, 초마는 사실상 스님이었다.

1828년 봄, 동인도회사가 영국인 의사 한 명을 카롬 사원으로 파견했다. 초마 선생님이 지금 건강하게 잘 지내고 있는지 확인하는 것이 임무였다. 그 의사는 초마를 실제로 본 뒤 할 말을 잃었다. 소문으로만 들었던 그 언어의 천재를 실제로 만나보니 그냥 스님이었다. 평소 말도 별로 없었으며, 함부로 말을 걸기도 미안할 정도였다. 그 의사는 이렇게 보고했다.

"책더미에 파묻혀 계십니다."

초마는 티베트어를 배우기 시작한지 불과 6년 만에 낱말 4만 개와 뜻풀이까지 해놓은 〈티베트어영어사전(TIBETAN&ENGLISH DICTIONARY)〉을 완성했다. 그는 1831년 4월 캘커타로 와서 〈티베트어문법(Grammar of the Tibetan language)〉을 저술하기 시작했고, 사전 편찬에 필요한 자금을 동인도회사에서 지원받았으며, 티베트어활자를 주조하고 인쇄와 교정까지 책임지고 완성했다.

1834년, 초마는 〈티베트어영어사전〉과 〈티베트어문법〉을 캘커타에서 출간했다. 초마가 이 사전에서 '티베트학(Tibetology)'이라는 신조어를 만들었다. 그래서 그는 티베트학의 아버지가 되었다.

이 책이 모든 유럽 언어학자 및 인류학 학자들에게 전해졌고, 유럽지식인들이 새로운 세상에 눈을 떴다. 창조에서 종말로 끝나고 선악구분이 분명한 크리스트교세계에서 살던 유럽인들이 무한과 무분별이라는 개념에 눈을 뜬 것은 엄청난 충격이었다. 이렇게 유럽과 너무나 다른 개념과 사고방식으로 사는 문명이 있구나! 불교라는 것이 이런 것이로구나!

초마가 인도로 온 까닭은 티베트로 들어가려는 것이었고, 티베트로 들어가려는 까닭은 티베트어와 헝가리어가 무슨 관계인지 알기 위함이었다. 초마는 티베트로 들어가지 않고 티베트어를 익혔으며, 아예 사전과 문법책까지 출간했다. 그 뒤로 초마의 행적이 자세하지 않다. 사원과 캘커타를 오가며 수행자이면서 학자로 살았던 것은 분명하다. 그는 티베트어와 헝가리어의 관계에 대해 어떤 저술도 남기지 않았다. 왜 그랬을까? 바로 이 사실을 알았기 때문이 아닐까?

'티베트어와 헝가리어는 아무 관계가 없구나!'

그는 티베트의 중심지 라싸(Lhasa; 拉薩)에 가고 싶었다. 58살이 된 초마는 네팔과 부탄 사이에 있는 시킴(Sikkim)으로 들어갔고, 다르질링(Darjeeling) 계곡을 지나갔다. 이곳을 넘어가면 티베트다. 하지만 안타깝게도 그는 이곳에서 말라리아에 걸렸다. 1842년 4월 11일, 산도르 초마는 한 초라한 산장에서 숨을 거두었다.

그는 강인한 정신력으로 모험을 선택했고, 이역만리에서 외로운 싸움을 이겨냈다. 그는 티베트를 진심으로 이해한 최초의 서양인이었으며, 학자이면서 구도자였다. 그는 특별한 명예를 바라지 않았다. 순수한 학문열정으로 살았을 뿐이다. 오늘날 전 세계 티베트학 학자와 언어학자는 산도르 초마를 위대한 스승으로 추앙한다.

3. 진정한 사랑이란 무엇인가

버트란드 러셀(영국)

　20세기 상반기 세계 최고 지성인이자 박애주의자의 교과서인 버트란드 러셀(Bertrand Russell, 1872~1970). 러셀은 영국 웨일스에서 귀족 가문의 자제로 태어났다. 영국 수상을 두 번이나 지낸 존 러셀이 버트란드 러셀의 할아버지이며, 그의 대부는 〈자유론(On Liberty)〉을 쓴 철학자 존 스튜어트 밀(John Stuart Mill)이다. 러셀 가문은 전통적으로 자유주의를 옹호하는 가문이었다. 러셀의 부모도 자유주의자이면서 무신론자였고, 버트란드 러셀의 아버지는 자기 아내와 아이들 가정교사의 정사를 공식적으로 인정했다.

　버트란드 러셀은 귀족이기 때문에 대학에 들어갈 때까지 가정교사에게 배웠다. 특히 수학과 철학에 깊은 관심을 가졌다. 그러나 러셀의 어린 시절은 고독했다. 아버지와 어머니는 일찍 돌아가셨고, 할머니는 보수적인 사람이었으며, 러셀은 넓은 대저택에 살면서 자신과 솔직히 이야기 나눌 상대가 없는 것을 깨달았다. 이때가 사춘기였다. 러셀은 자신이 14살 때 이런 일을 했음을 고백했다.

"하루에도 수십 번 여자의 몸을 보고 싶은 욕망에 휩싸인 나는 하녀들이 옷을 갈아입을 때 창으로 훔쳐보려고 했지만 번번이 실패했다. 어느 해 겨울, 나는 하녀를 하나 꾀어 땅굴 집에 데리고 들어가 키스도 하고 포용도 해보았다. 한 번은 그녀에게 나와 같이 하룻밤을 보내고 싶으냐고 물었더니 그럴 바엔 차라리 죽어버리겠다고 대답하기에 곧이곧대로 믿었다."

러셀은 캠브리지에 장학생으로 입학했고, 수학에 몰두하면서 "왜 1+1=2가 증명할 필요도 없는 공리인가?"라는 의문이 생겼다. 러셀은 1+1=2야말로 반드시 증명해야 하는 수학의 기초임을 확신하고 화이트헤드(Alfred North Whitehead)와 같이 이 증명작업에 10년을 바쳤다. 그리하여 처음으로 러셀의 명성을 알린 작품이 〈수학의 원리(The Principles of Mathematics)〉.

그러나 러셀은 단순한 수학자가 아니었다. 러셀은 수학자이면서도 드물게 글을 매우 잘 썼고, 그의 관심분야는 그야말로 모든 학문영역에 미쳤다. 논문은 말할 것도 없고, 주요 저서만 27권이다. 특히 70살이 넘어서 저술한 〈서양철학사(History of Western Philosophy)〉는 불후의 명저가 되었다. 그는 1950년 노벨문학상을 받았고, 1956년 노벨평화상을 받았다. 그가 80살이었던 1951년에 정리한 〈자유주의자 10계명〉은 읽을 때마다 감탄이 나온다.

〈자유주의자 10계명〉

1. 어떤 것을 절대적으로 확신하지 말라.

2. 어떤 것을 증거를 은폐하는 방법으로 처리해도 좋을 만큼 가치 있다고 생각하지 말라. 그 증거는 반드시 백일하에 드러나니까.

3. 필히 성공할 것으로 판단하는 생각을 절대로 단념하지 말라.

4. 반대에 부딪히면 그 반대자가 당신의 아내나 자식이라 하더라도 권

위가 아닌 논쟁으로 극복하도록 노력하라. 권위에 의존한 승리는 비현실적이고 실체가 없기 때문이다.

5. 다른 사람들의 권위를 존중하지 말라. 그 반대의 권위들이 항상 발견되기 마련이니까.

6. 유해하다고 생각하는 견해들을 억누르기 위해 권력을 이용하지 말라. 그렇게 하면 그 견해들이 당신을 억누를 것이다.

7. 견해가 유별나다고 해서 두려워하지 말라. 지금 인정하고 있는 모든 견해들이 한때는 유별나다는 취급을 받았으니까.

8. 수동적인 동의보다 똑똑한 반대에서 더 큰 기쁨을 찾아라. 현명한 지성을 소중하게 여기는 것은 당연한 태도이며, 그렇게 할 때 똑똑한 반대에 수동적인 동의보다 더 깊은 의미의 동의가 함축되어 있다.

9. 비록 진실 때문에 불편할지라도 철저하게 진실을 추구하라. 그것을 숨기려다 보면 더 불편해진다.

10. 바보의 낙원에 사는 사람들의 행복을 절대로 부러워하지 말라. 오직 바보만이 그것을 행복으로 생각할 테니까.

그는 공식적인 결혼을 네 번 했다. 하지만 남들에게 널리 알려진 여자관계만 최소 10명이 넘는다. 실제로는 더욱 많은 여성과 사랑을 나눈 것으로 추측하고 있다. 이에 대해 두 번째와 세 번째 부인은 전혀 문제 삼지 않았다. 자신도 다른 남자와 자유롭게 사랑을 나누었고, 러셀은 부인의 사생활을 인정하며 존중했기 때문이다.

버트란드 러셀은 이기주의자가 아니라 진정한 자유주의자이며 박애주의자였다. 다른 귀족들은 그를 "바람둥이!"라며 비웃었지만, 러셀은 자서전에서 그들의 위선을 비웃었다.

"캠브리지 대학 성직자이자 부학생감이었던 사람은 자신의 어린 딸을 강간하고 나중에 매독에 걸려 온 몸이 마비되었다. 그래서 결국 물러났는데, 학장은 대학 협의회에서 예배에 규칙적으로 참석하지 않은 사람들은 그 양반의 설교가 얼마나 훌륭했는지 알지 못할 것이라고 덧붙였다.……고참 수위는 왕족 같은 위엄을 풍겼다. 내가 캠브리지 대학 연구위원이 되고 나서 평의원들이 닷새나 계속 극비리에 만났다는 사실을 알았다. 고참 수위가 침실 담당 사환 다섯 명과 불미스러운 관계를 가졌다는 뼈아픈 사실을 확인하기 위한 회의였다."

그래서 러셀은 이런 명언을 남겼다.

"거짓과 더불어 제정신으로 사느니, 진실과 더불어 미치는 쪽을 택하고 싶다."

독일 관념론의 세례를 받은 극단적인 사상가 니체(Friedrich Wilhelm Nietzsche, 1844~1900)는 독재자를 숭배했고, 여자를 멸시했다. 그는 이런 글도 썼다.

여자들은 아직도 우정을 나눌 수 없다. 그녀들은 아직도 고양이나 새들이고, 기껏해야 소 정도 밖에 되지 못한다. 남자는 전쟁을 위해 훈련시켜야 하며, 여자는 그 전사들의 심심풀이를 위해 훈련시켜야 할 것이다. 그 밖의 것은 다 어리석은 일이다. 그대는 여자에게 가려 하는가? 그대의 회초리를 잊어서는 안 된다.

니체는 독일을 대표하는 무신론자였고, 버트란드 러셀은 영국을 대표하는 무신론자였다. 하지만 러셀은 공개적으로 선언했다.

"나는 니체를 싫어한다."

그 까닭은 다음과 같다.

"니체는 박애를 경멸한다. 그러나 나는 그것이 세계에 대해 내가 원하는 모든 것을 추진하는 힘이 될 수 있다고 생각한다."

그는 솔직하게 자신이 얼마나 여자를 좋아하는지 고백했다.

"나는 사랑을 찾아 헤매었다. 그 첫째 이유는 사랑이 기쁨을 가져오기 때문이다. 얼마나 대단한지 그 기쁨의 몇 시간을 위해서라면 여생을 모두 바쳐도 좋으리라 종종 생각한다. 두 번째 이유는 사랑이 외로움을 덜어주기 때문이다. 마지막으로, 성인들과 시인들이 그려온 천국의 모습이 사랑의 결합 속에 있음을 발견할 수 있었기 때문이다."

러셀은 70살이 넘었을 때 마지막 연인 이디스(Edith)를 만났다. 그는 90살이 넘어서 자서전을 썼는데, 자서전 가장 앞에 그녀에게 바치는 사랑노래를 썼다.

이제 늙어 종말에 가까워서야

비로소 그대를 알게 되었노라.

그대를 알게 되면서

나는 희열과 평온을 모두 찾았고

안식도 알게 되었노라.

그는 박애주의에 책임이 뒤따른다고 강조했다.

"연인 사이에 아이가 있는 경우 그 아이에 대한 책임은 무한하다. 진정으로 가치 있는 성적 관계는 두 사람의 모든 인격이 융합하여 새로운 공동의 인격을 형성하는 관계다."

러셀이 얼마나 멋있는 사람인가? 그의 자서전 한국어 완역본 마지막에 역자후기가 있다. 이 번역자도 러셀에게 완전히 유혹 당했다.

> 여성인 역자에게 특히 감동을 준 것은 성(性)에 대한 그의 생각이었다. 그는 남녀의 육체적 정신적 상호보완성을 인정하면서 "나의 여인들이 없었다면 나는 훨씬 더 편협해졌을 것"이라고 고백했다. 이른바 '능력' 있는 권위적인 남성들의 입에서 절대 나올 수 없는 얘기다. 그 같은 사상과 자유로운 결혼생활로 인해 입에 담기도 힘든 비방과 고초를 감수해야 했지만, 그는 여자들만의 운동을 인정하기도 싫어할 만큼 철저한 남녀평등을 고수했다.

러셀은 나이를 먹을수록 박애정신이 커져만 갔다. 이것은 그의 행동이 증명한다. 그는 제1차 세계대전이 터졌을 때 전쟁반대론자로 시위에 참여했고 강연도 했다. 그래서 재판 받아 반년 동안 감옥생활도 했다. 사회주의를 지지했지만 1920년 영국대표단의 일원으로 모스크바를 방문해서 레닌과 1시간 동안 토론한 뒤 악마적인 잔인성을 발견하고 크게 실망했다. 공산주의가 인권을 존중하지 않음을 간파한 것이다.

게다가 러셀은 인도 독립을 지지했고, 1920년대부터 핵의 위험성을 알았으며, 1945년 원자폭탄이 나오자 곧이어 수소폭탄이 나올 것을 확신하면서 인생 말년을 반핵운동에 바쳤다. 베트남전쟁이 벌어지자 미국을 비판하는 러셀법정을 조직하기도 했다. 지금 전 세계 진보적인 지식인들이 모두 존경하는 미국의 양심 노엄 촘스키(Noam Chomsky)가 자신의 정신적인 스승이며 인생모델로 삼은 사람이 바로 버트란드 러셀이다.

진정한 박애주의는 단순한 색욕을 뛰어넘어 인류의 고통에 대한 참기 힘든 연민으로 이어졌다.

　"사랑과 지식은 나름대로의 범위에서 천국으로 가는 길로 이끌어주었다. 그러나 늘 연민이 날 지상으로 되돌아오게 했다. 고통스러운 절규의 메아리들이 내 가슴을 울렸다. 굶주리는 아이들, 압제자에게 핍박받는 희생자들, 자식들에게 미운 짐이 되어버린 의지할 데 없는 노인들, 외로움과 궁핍과 고통 가득한 이 세계 전체가 인간의 삶이 지향해야 할 바를 비웃고 있다."

　일반적인 학자는 말만 잘하고 일반인이 이해하기 힘든 글을 쓰는 경향이 있다. 그러나 러셀은 일반인을 위한 책도 많이 썼으며 평생 행동하는 지식인으로 살았다. 일반적인 학자는 이성을 좋아하고 감성을 싫어하는 경향이 있다. 그러나 러셀은 위선을 싫어하며 감성도 중시했다. 현대 인문학, 그중에서도 경제학과 법학은 인간을 버렸다. 그러나 러셀은 인간을 중시했다. 러셀은 모든 학문의 기본조건이 사랑이라는 것을 행동으로 증명했다.

4. 물불을 가리지 않는 사람

이극로(한국)

한글은 태어날 때부터 모진 시련을 겪었다. 수많은 지식인들은 "평민이 글을 알면 나라가 어지러워진다."는 신념으로 세종대왕에게 반대운동을 벌였고, 정식으로 반포한 뒤에도 "언문!", "뒷간글!"이라 무시하며 한문을 숭상했다. 조선왕조가 망하자 일본제국주의도 한글을 노골적으로 탄압했다. 태평양전쟁 시기, 초등학생들도 학교에서 한국어로 말하지 못하게 했으니 더 이상 무슨 말이 필요할까! 이렇게 열악한 상황에서 〈국어대사전〉을 만들고 편찬한 가장 큰 공로자가 있다. 그는 물불을 가리지 않고 자기 신념을 밀고 나가는 사람이었다. 바로 이극로 선생이다.

이극로(李克魯, 1893~1978)는 경상남도 의령군 한 가난한 농가에서 태어났다. 이 집안의 맏형만 정식으로 서당공부를 마칠 수 있었고, 이극로는 학교에 다닐 수 없었다. 이 정도로 가난한 집안이었다. 그럼에도 이극로는 서당을 기웃거리며 어깨 너머로 배웠다. 사람을 볼 줄 아는 노인들이 이 어린이를 주목했다.

"가난한 집의 의지 굳고 야무진 수재다."

그래도 도와주는 사람이 없었다. 모두 가난한 마을사람들이었기 때문이다. 그래서 이극로는 16살 때 결단을 내렸다.

가출한 것이다.

그리하여 배움을 향한 파란만장한 모험이 벌어졌다. 먼저 마산으로 가서 기독교 계통 창신학교에 입학했다. 물론 돈이 없었기 때문에 거리에서 인단갑(仁丹匣)을 팔았다. 인단갑은 은단(銀丹)을 넣은 갑이고, 은단은 은색 알갱이로 되어 있으며, 금연을 도와주고 입 안을 상쾌하게 해준다. 잠은 여러 여관에서 잤다. 공짜로 재워주는 인심 좋은 주인들이 있어서 다행이었다. 이렇게 보통과 1년과 고등과 1년을 마쳤다.

그리고 조선을 떠나 3년 동안 방랑했다. 잠시 만주에 있는 백산(白山)학교에서 교편을 잡았고, 오직 대학공부를 하고 싶다는 일념으로 러시아 페테르부르크(표트르그라드)에 가기로 결심했다. 그러나 돈이 없었다. 어찌할 것인가? 이극로는 이렇게 결단을 내렸다.

"페테르부르크까지 걸어가자."

페테르부르크는 모스크바보다 더 서쪽에 있다. 만주에서 그곳까지 걸어간다? 설마! 놀랍게도 이극로는 걸어갔다. 증인도 있다. 바로 춘원(春園) 이광수(李光洙).

"치따(Чита)에서 만난 또 한 사람은 이극로였다. 그는 나보다 2~3개월 떨어져서 치따에 왔는데, 내가 가장 놀란 것은 그가 서간도에서 여기까지 걸어왔다는 것이다. '노자가 없으니 걸어왔소.' 그는 이렇게 말했다. 아마 4000리는 될 것이다. 나는 이 사람의 의지력에 놀랐다. 5년 후 상해(上海)에서 그를 다시 만나서 내가 '치따에서 상해까지도 걸어왔소?'하고 물었더니, 그는 웃었다. 아마 적어도 반 이상은 걸어왔으리라고 생각했다. 그가 조선어학회를 수 십 년 지켜온 것도 이 걸어오는 고집이었다."

하늘은 스스로 돕는 자를 돕는다. 워낙 치열하게 열심히 살았기 때문에 주위에 도와주는 사람들이 생겨났다. 그래서 1916년 상해로 와서 독일계 동제(同齊)대학에서 4년간 공부했으며, 1920년 가을 배 타고 독일로 가서 베를린대학 철학부에 입학했다. 주린 배를 움켜쥐며 공부하기는 마찬가지였다. 전공은 경제학이었고, 부전공으로 언어학·철학·인류학을 공부했는데, 베를린대학에 간절히 요청해서 한국어과를 설치하고 3년 동안 직접 한국어를 강의했다. 뿐만 아니라 독일 국립인쇄소에서 한글 활자를 주조한 뒤 이광수가 쓴 〈허생전〉 일부를 인쇄하게 했다. 지금 한국인 대학생 중에 이렇게 할 수 있는 사람이 있을까!

5년 동안 공부한 끝에 〈중국의 생사공업〉이라는 논문으로 박사학위를 받았고, 이번에는 영국으로 건너가 런던대학 정치경제학부에서 한 학기 더 연구하고, 다시 대륙으로 돌아와 베를린대학과 파리대학에서 언어학과 한국어 음성학을 연구했다. 그리고 미국을 둘러본 뒤 태평양을 건너 귀국했다.

1929년 1월, 한국에 돌아온 그는 36살이었다. 돈 한 푼 없이 배우겠다는 일념 하나로 가출해서 세계를 돌아다니며 박사학위까지 받은 사람. 이때 그는 평생 걸어갈 길을 확실히 정한 상태였다. 그는 조선어연구회에 가입했다. 주시경(周時經) 선생이 세운 바로 그 단체다. 이 단체는 1931년 조선어학회로 이름을 바꿨다. 이것이 오늘날 한글학회의 전신. 1929년 10월, 그는 조선어사전 편찬 집행위원이 되었고, 여러 자산가들과 접촉하며 살림을 이끌었다. 1931년부터 1947년까지 조선어학회를 이끈 사람이 이극로다.

이극로는 별명이 두 개가 있다. 하나는 가난뱅이 박사. 검소한 생활 속에서 침식을 잊고 국어연구와 학회사업만 몰두한 사람. 다른 하나는 물불. 한번 결단을 내리면 물불을 가리지 않고 열심히 뛰어서 결국 성공하고야 말았다.

"물불을 가리지 않는 무서운 추진력이다!"

주위 다른 학자들이 이렇게 말하자 이극로는 이 의견을 받아들였다.

"그래! 이제 내 호는 물불이다."

일제는 내선일체(內鮮一體)를 주장했다. 일본과 조선은 하나라는 것이다. 따라서 조선이 일본과 하나가 되는데 방해가 되는 것은 모두 사회악이었다. 그중 대표적인 것이 언어다. 1941년 12월 진주만공습으로 시작한 태평양전쟁 시기, 일제는 한국어를 말살하기로 결정했다. 조선어학회 회원들은 일제가 탄압할 것을 예감하고 1942년 4월 대동출판사(大東出版社)에 서둘러 원고 일부를 넘겨 인쇄하기 시작했다.

이때 이런 일이 벌어졌다. 함흥영생고등여학교(咸興永生高等女學校) 박영옥(朴英玉) 학생이 기차 안에서 한국말로 대화했는데, 이것을 조선인 경찰관 야스다 미노루(安田稔)가 발각해서 취조했다. 야스다 미노루의 본명은 안정묵(安正黙)이다. 경찰은 박영옥을 취조해서 반일사상을 심어준 이가 조선어학회에서 사전편찬작업을 하고 있는 정태진(丁泰鎭)임을 알았고, 정태진을 연행해서 고문을 가했다. 그리하여 받아낸 허위자백이

"조선어학회는 독립운동을 하는 민족주의단체다."

이렇게 꼬투리를 잡아 조선어학회 33명을 모두 체포해서 고문했다. 검사

가 이들에게 적용한 법률은 치안유지법. 이들 모두 치안유지법이 규정하고 있는 내란죄에 해당한다는 것이다. 치안유지법은 오늘날 국가보안법의 전신이다. 조선어학회사건 판결문에 이런 말이 나온다.

"……일찍이 부진했던 조선어연구회라는 조선어의 연구단체가 피고인(이극로)의 입회 이래 피고인의 조선어문에 대한 조예와 그 연구의 열의로 신명균(申明均), 이윤재(李允宰) 및 최현배(崔鉉培)의 열렬한 지지 밑에 급작스레 활기를 나타내 조선어문의 연구단체 가운데 가장 유력한 단체가 되었을 뿐만 아니라……"

결국 16명이 함흥형무소에 들어갔다. 이극로는 가장 무거운 형량인 징역 6년을 선고받았다. 이들이 출소한 것은 광복 직후인 1945년 8월 17일이었다.

조선어학회 회원들은 기쁘면서도 착잡했다. 이극로도 마찬가지였다. 12년 동안 공들인 그 원고를 빼앗겼고, 어디 있는지 알 수 없었다. 경찰이 불온문서로 처리해서 불태웠다는 소문만 있었다. 그래도 이극로는 좌절하지 않았다. 당시 사건 관계자들을 만나 열심히 추적했더니 놀라운 증언이 나왔다. 일본경찰은 조선어사전에 관심도 없었기 때문에 불태우지 않고 그냥 서울역 어느 창고에 집어넣었다는 것이다. 서울역을 다 뒤졌다. 1945년 9월, 대한통운의 전신인 철도화물전용운송회사 마루보시(丸星) 소속 한 창고에서 먼지가 수북이 쌓인 그 원고를 발견했다.

조선어학회 회원들은 그 자리에서 모두 눈물을 흘렸다.

이제 출간해야 한다. 출판사 세 곳을 갔는데 받아주지 않았다. 돈도 없고 종이도 귀한 시절이었다. 우리나라 최초 한국어대사전에 관심을 가질 리 없었다. 이극로와 이희승(李熙昇)이 마지막으로 찾아간 곳이 을유문화사

(乙酉文化社). 이 출판사 정진숙(鄭鎭肅) 사장도 거절했다. 그러자 이극로가 굽실거리며 애원하기는커녕 오히려 원고뭉치를 책상에 내던졌다.

"누구 하나 〈큰사전〉에 관심을 보이지 않으니 우리나라가 광복된 의의가 도대체 어디에 있단 말인가! 이 원고를 갖고 일본 놈들한테 가서 사정해야 한단 말인가!"

정진숙 사장이 감동했다. 우여곡절 끝에 미군정의 도움을 받아 록펠러재단의 도움으로 1947년부터 1957년까지 6권을 완간했다. 한국전쟁의 참상 속에서도 정신력으로 이루어낸 놀라운 업적이다.

이극로는 1948년 4월 평양으로 가서 완전히 정착했다. 이후 북한에서 조선과학원 조선어 및 조선문학 연구소장으로 일했다. 이극로가 왜 남한을 버리고 북한을 택했는지는 알 수 없다. 거의 40년 동안 남한에서 이극로는 함부로 언급할 수 없는 금기였다. 그럼에도 이극로를 아는 사람들은 모두 이렇게 말했다.

"자기 앞에 있는 어떤 난관도 헤쳐 나가는 불굴의 의지를 가진 사람이었지!"

5. 초라하지만 가치 있는 삶

임종국(한국)

"60의 고갯마루에 서서 돌아다보면 나는 평생을 중뿔난 짓만 하면서 살아왔다는 생각이 든다. 문학가를 꿈꾸던 녀석이 고시공부를 했다는 자체가 그랬고, 〈이상전집〉이 그랬고, 〈친일문학론〉이 그랬고, 남들이 잘 안 하는 짓만 골라가면서 했던 것 같다.……권력 대신 하늘만한 자유를 얻고자 했지만 지금의 나는 5평 서재 속에서 글을 쓰는 자유밖에 가진 것이 없다. 야인이요, 백면서생으로 고독한 60년을 살았지만 내게 후회는 없다."

임종국(林鍾國, 1929~1989)! 그는 많은 돈을 번 사람이 아니었다. 특별한 명예와 인기가 있는 사람도 아니었다. 재미있는 인생을 살지도 않았다. 그는 초라한 백면서생이었다. 그럼에도 가치 있는 삶을 살았다. 그래서 환갑으로 별세하기 전에 이런 말을 했다.

"나 죽고 나서 50년은 지나야 (내 업적이) 빛을 볼 것이오."

임종국은 1929년 10월 26일 경남 창녕에서 장남으로 태어났다. 아버지는 종로 인사동 부근에서 3인 공동 합자회사 불로제약(不老製藥)을 운영했다.

일제시대 양약도매상을 했으니 나름대로 의식 있는 사람이다. 그런데 장사에 소질이 없었다. 그래서 부인이 고생했고, 1942년 그 세 명은 사업을 정리했다. 임종국 일가는 경기도 도봉리로 이사했다. 이곳이 지금은 서울시 도봉구 창동이지만, 1980년대까지 창동은 시골이었다.

아버지는 회사 재산 중 창동 일대 8만 평을 가졌다. 귀일(歸一)농장. 임종국은 초등학교에서 공부를 잘했다. 인문계 중고등학교로 진학해서 법관이나 관리로 나갈 수도 있었다. 그러나 아버지는 아들의 장래를 자기 마음대로 결정했다. 자신은 천도교 활동에 전념하고 장남에게 농장관리를 맡기기로 결정한 것이다. 그래서 임종국을 경성공립농업학교 수의축산과로 보냈다.

아버지는 이렇게 아들의 인생을 망쳤다. 임종국은 소심해서 거머리를 무서워했다. 거머리가 무서우니 모내기도 잘하지 못했다. 심지어 말에게 주사 놓는 것도 하지 못했다. 일본인 선생님도 어이없어서 "못난 놈"이라며 꿀밤을 때렸고, 학우들도 "겁쟁이 바보"라고 놀렸다. 아버지는 아들의 적성에 관심도 없이 자기 생각만 하는 사람이었고, 임종국은 괴로운 학교생활을 했다.

1945년 7월, 임종국은 초급중학 3학년을 수료했다. 지금으로 치면 중학교를 마친 것이다. 앞으로 3년을 더 다녀야 한다. 그런데 행운이 찾아왔다. 한 달 뒤 일제가 패망하고 해방을 맞이한 것이다.

1945년 9월, 임종국은 경성공립사범학교에 들어갔다. 졸업하고 초등학교 선생님으로 사는 것이다. 하지만 안타깝게도 그는 9개월 만에 중퇴했다. 이것도 소심한 성격이 원인이었다. 독서를 좋아해서 독서회에 가입했는데, 단순한 공부모임이 아니라 마르크스레닌주의를 공부하고 실천하는 비밀운동단체였다. 사실 해방 직후 일반적인 남한 진보지식인들은 대부분 사회주의자였고, 민주주의와 공산주의에 같이 동조하는 사람들이었다. 그는 독서만 열심히 하고 싶었기 때문에 견딜 수 없었다.

"미안하다. 나는 탈퇴하겠어."

그러자 한 회원이 예상 못한 대답을 했다.

"공산당에 가입하지 않으면 죽여버리겠다."

대담한 성격의 소유자이거나 능수능란한 처세술을 가진 사람이라면 이겨냈을 텐데, 임종국은 그렇지 못했다. 무서워서 학교를 그만두었고, 1년 동안 집에서 빈둥거렸다. 어머니는 장남이 한심했다. 그런데 1년 뒤 장남이 한 말은?

"음악을 배우겠습니다."

어머니는 머리가 돌아버릴 지경이다. 강력하게 반대했지만 이제 장남이 말을 듣지 않았다. 1947년 3월, 임종국은 서울음악전문학원 첼로과에 입학했다. 하지만 또 안타깝게도 10개월 만에 중퇴했다. 원인은 어머니와 불화였다. 음악공부도 공부인데 어머니 눈에 음악공부는 노는 것으로 보였다.

"종국이 너는 큰아버지 양자나 가라!"

임종국이 신경질 나서 정말 진주 큰집으로 내려갔다. 이렇게 1년 동안 진주에서 무위도식하며 살았는데, 큰아버지·큰어머니에게 정을 붙이지 못했다.

첫단추를 잘못 끼우면 계속 잘못 끼운다. 아버지가 자기 마음대로 아들의 인생을 결정했고, 임종국은 불우한 청소년 시기를 보냈다. 결국 1949년 7월 임종국은 경남 경찰국 경찰학교에 들어갔다. 한국전쟁이 터졌고, 그는 지리산 공비토벌에 참가했다. 죽을 고비를 여러 번 넘겼다. 1952년 4월 그는 경찰을 그만뒀고, 고려대학교 정치학과에 입학했다. 그리고 관직에 나가기 위해 고시공부에 빠졌다.

"고시에 합격하면 파사현정(破邪顯正)의 칼을 휘둘러 나라를 좀먹는 버러지들을 잘라버리겠다."

이렇게 굳게 결심하고 움막집에서 열심히 공부했는데 몸이 너무 약해졌다. 게다가 동생이 자기가 아끼던 책을 팔아 형의 고려대 학비로 보탠 것을 알고 괴로워했다. 그래서 3학년 1학기까지 마치고 중퇴했다.

무엇 하나 끝까지 해내지 못하는 한심한 인간. 소심한 성격이니 돈 버는 재주도 없다. 대체 이런 인간이 어디에 쓸모 있을까!

"에라 빌어먹을! 등용문(登龍門)이나 용궁(龍宮)이나 용(龍)자가 들어가기는 마찬가지이니 일찌감치 용궁으로나 가버려?"

판검사 꿈도 물 건너갔으니 심각하게 자살할 생각을 했다. 자포자기 상태에서 조금이나마 마음의 안식을 얻기 위해 문학책을 읽기 시작했다. 그러다 손에 잡힌 책이 〈이상선집(李箱選集)〉.

박제가 되어버린 천재를 아시오?

이상(李箱; 본명 김해경(金海卿), 1910~1937)의 명작 〈날개〉 첫구절이다.

"〈민법총칙〉 500쪽을 한 달 이내에 외워버린 천재가 밥과 잠자리 걱정 때문에 꼼짝을 못하고 있으니, 나야말로 '박제가 되어버린 천재'가 아닌가?"

인생이 또 이상하게 달라졌다. 임종국은 이상에게 푹 빠졌다. 책을 열 번도 넘게 읽자 도저히 참을 수 없었다. 그는 박차고 일어났다. 도서관을 열심히 다니며 이상의 작품을 모두 수집했다. 복사기가 없었던 시절이니 모두 잡지와 신문을 뒤져 손으로 베껴 쓰는 것이다. 유가족을 만나 미발표 일본어작품도 발굴했다. 그리고 평론을 열심히 썼다. 고려대 국문과 교수였던 천재시인 조지훈(趙芝薰, 1920~1968)의 격려도 있었다. 그리하여 1956년 7월에 내놓은 처녀작이 〈이상전집〉. 이것이 이상 연구의 기반을 닦은 명작이다. 신구문화사(新丘文化社)에서 2년 동안 직장생활을 했는데, 이미 이상을 닮아 괴팍한 성격으로 변한 자유인에게 맞지 않았다. 우여곡절 끝에 첫 결혼도 실패했고, 길거리에서 화장품 외판원과 참빗 장사도 하고, 열차칸에서 찐빵도 팔았다.

임종국이 불우하고 고생스러운 20 · 30대 시절을 보낸 것에 대해 안타깝게 생각하지만, 1945년 이후 인생이 고생의 세월이었던 근본원인은 임종국 자신에게 있다. 그는 자신을 다스리지 못해서 사회에 적응하지 못한 것이다. 그의 대학 후배이자 친구인 박노준(朴魯埻)은 임종국의 성품을 이렇게 정리했다.

> 아주 곧고, 유순하고, 원칙주의자임. 인정도 있으나 사회성이 없음. 직장생활 체질이 아님.
> 조용하고, 목소리는 작고, 말은 어눌한 편. 글씨는 꾹꾹 눌러 씀. 얼굴은 굴곡이 많아 험상(險相). 첫눈에 보면 글 쓰는 사람 같아 보이지 않음. 재능은 뛰어남. 지나칠 정도의 실증주의자. 상식에서 벗어난 일을 절대 하지 않으며 법을 강조. 시인적 감성보다 학자적 이론파. 기행(奇行)이 없는 기인(奇人).

지나칠 정도의 실증주의자! 결국 대학은 1969년에 졸업했지만 석사학위도 없는 사람이어서 교수가 되지 못했다. 그는 출판사 시절을 빼면 언제나 야인이었다. 글을 기고해서 먹고 살았는데 평생 궁핍하게 살았다. 오직 강철 같은 집념으로 고독하지만 가치 있게 살아간 사람. 그가 불멸의 명저 〈친일문학론〉을 쓴 계기는 다음과 같다.

은사 조지훈이 길거리 행상으로 고생하고 있는 임종국을 구해줘야겠다는 생각을 하고 있었다. 그래서 조지훈은 서울신문에 〈한국기인(奇人)전〉을 연재할 것을 제안했고, 적당한 필자로 임종국과 박노준을 추천했다. 임종국은 서울신문에 1965년 2월 11일자부터 1년 반 동안 매일 〈흘러간 성좌〉라는 제목으로 학식과 지조가 있는 근대 기인 21명 이야기를 연재했다. 이 기획물을 쓰기 위해 일제 강점기 각종 매체에서 자료를 발굴했는데, 그 중에 친일인사의 언행기록도 많았다. 사실 〈이상전집〉을 쓰기 위해 자료를 조사할 때부터 친일파에 관한 자료를 발굴했다. 심지어 1965년 5월 박노준이 1948년에 출간한 〈친일파군상〉이라는 책을 빌려줬을 때, 20일 동안 아내와 같이 그 책 한 권을 다 베껴 쓰고 돌려줬다. 이렇게 자료를 많이 쌓아놓은 1965년, 박정희 군사정권은 굴욕적인 한일국교수립을 위한 한일회담을 진행하고 있었다. 김종필은 "제2의 이완용이 되더라도……"라는 말까지 했다. 1965년 6월 3일 전국 대학생들의 총궐기가 있었고, 그해 여름 대학가는 한일회담 반대 함성으로 뜨거웠다. 임종국은 이런 시국을 보자 갑자기 자기가 20년 전에 겪은 사건 하나가 떠올랐다.

1945년 8월말 아직 미군이 진주하기 전, 무장해제가 안 된 일본군대가 경성공립농업학교 교정과 강당에서 열흘 정도 머물다 간 적이 있었다. 하루는 일본 군인들이 총질로 연못의 물고기를 잡고 있었다. 임종국 학생이 그것을 신기하게 쳐다보자 한 일본군 병사가 물었다.

"우리는 전쟁에 졌다. 너는 어떻게 생각하나?"

"예! 조선이 독립하게 돼서 기쁩니다."

순간 그 일본군 병사가 죽일 듯이 노려봤다. 임종국 학생은 무서웠고, 재빨리 변명을 했다.

"그렇지만 당신네 일본이 전쟁에 진 것은 정말 안됐다고 생각합니다!"

그 병사는 한참 심각한 표정을 짓더니 임종국 학생에게 씹어 뱉듯이 말했다.

"20년 후에 다시 만나자!"

이것이 그 유명한 20년 후에 다시 만나자는 발언이다. 정말 20년 뒤 일본을 다시 만나는 일이 벌어지고 있었다. 임종국은 이렇게 결심했다.

"그놈들은 일개 병사조차 '20년 후에 다시 만나자.'는 신념을 갖고 있었는데, 우리는 장관이란 사람이 '제2의 이완용이 되더라도'타령을 하는 판이다. 회담이 타결되기도 전에 그런 타령부터 나온다면, 그것이 타결된 후의 광경은 뻔하다. 물밀 듯이 일세(日勢)는 침투해 올 것이요, 거기에 영합하는 제2의 이완용(李完用)이, 제2의 송병준(宋秉畯)이, 제2의 박춘금(朴春琴)이 얼마든지 또 생겨날 것이다. 묵은 친일파들이 비판받는 꼴을 본다면, 제2의 이완용 · 박춘금이 그래도 조금은 주춤하겠지?"

그래서 8개월 동안 써서 1966년 7월에 출간한 것이 〈친일문학론〉이다. 친일파연구의 기념비적인 작품이고, 한국문학사에서 빠질 수 없는 연구성과다. 지금도 이 책을 앞지르는 친일문학 연구성과가 없다. 대한민국의 대문호 조정래(趙廷來, 1943~)는 임종국을 이렇게 극찬했다.

"임종국은 대학 시절 '서울대의 이어령, 고려대의 임종국'이라고 할 정도로 장래가 촉망받는 청년이었습니다. 그러나 그는 친일파들이 득세한 그 시절에 〈친일문학론〉을 출간하면서 일생이 망가진 사람이죠. 그만한 실력에도 불구하고 교수도 못됐고, 또 일생을 경제적으로 궁핍하게 살아야 했습니다. 그가 남긴 업적은 만주에서 독립군 수 천 명이 항일투쟁을 한 것만큼이나 중요하고 큽니다."

임종국은 일생동안 저서 14권과 수많은 기고문을 남겼는데, 그의 말년 필생의 작업이 〈친일파총사〉 총 10권이었다. 임종국은 이 책을 완성하지 못하고 1989년 11월 11일 폐기종으로 숨을 거두었다.

그러나 그의 선구자적 발자취는 1991년 2월 27일 창립한 민족문제연구소가 이어받고 있으며, 2009년 11월 8일 네티즌 모금 7억 원으로 〈친일인명사전〉을 발간하는 쾌거를 이루었다. 현재 대한민국 친일파연구의 1인자 정운현(鄭雲鉉, 1959~) 선생은 자기 개인연구실 이름을 보림재(寶林齋)로 정했다. '임종국 선생을 보배처럼 모시는 연구실'이라는 뜻이다. 정운현 선생은 2006년 11월 〈임종국평전〉을 출간해서 임종국 선생의 높은 뜻을 기렸다.

6. 나는 이방인이다

에드워드 사이드(미국)

2000년, 미국 컬럼비아대학교 교수들이 모여 사진 한 장을 쳐다보며 심각하게 고민하고 있었다. 그 사진에서 컬럼비아대학교에 있는 한 교수가 팔레스타인 난민들과 같이 이스라엘군 초소에 돌을 던지고 있었다. 미국은 유태인들이 금융과 언론을 장악한 나라다. 유태인들에게 잘못 보이면 사회생활을 하기가 힘들다. 그럼에도 이 교수는 이스라엘을 거침없이 비판했고, 서구인의 아시아에 대한 무지를 공격했다. 뿐만 아니라 아예 이스라엘군에게 돌멩이를 던진 것이다.

어찌 할 것인가? 결국 컬럼비아대학교 교수들은 이렇게 결론 내렸다.

"무슨 일이 있어도 학문의 자유와 사상의 자유를 지켜야 한다. 그 사람은 자기 신념대로 행동했을 뿐이며, 그 사람의 사상이 아무리 우리와 달라도 같은 대학교에서 근무하는 우리가 그 교수를 보호해야 한다."

그래서 그 교수는 어떤 벌도 받지 않았다. 그 사람 이름은 에드워드 사이드(Edward Wadie Said, 1935~2003). 에드워드 사이드의 국적은 미국이지만,

정확하게 말하면 국적이 없는 사람이다. 그래서 그는 이런 말도 했다.

"나는 우산 밖에 있었다."

사이드는 1935년 예루살렘에서 태어난 팔레스타인 사람이고, 부모님도 다 팔레스타인 사람이다. 그런데 아버지는 제1차 세계대전 때 미국 해외파견군(AEF)으로 프랑스에서 복무했기 때문에 미국시민권이 있었다. 사이드는 아랍어 성씨인데, 에드워드는 영어이름이다. 어머니가 영국 왕자 에드워드 8세를 좋아해서 자기 아들에게 에드워드라는 영어이름을 지어줬다. 아랍인의 본명이 영어이름이라니! 어린 시절 그는 친구들에게 놀림 받으며 살았다.

사이드가 어린이에서 청소년으로 자란 1948년, 비극적인 사건이 벌어졌다. 이스라엘 건국! 한국인은 대부분 이 사건을 영광의 승리로 배우지만, 팔레스타인 사람들에게 그것은 하늘이 무너지는 사건이었다. 수많은 팔레스타인 사람들이 이스라엘군 총에 맞아 죽거나, 다른 아랍국가로 들어가 외국인 신분으로 고생해야 했고, 고향을 떠나지 않은 팔레스타인 사람들은 자신들 고향에서 난민으로 전락했다. 이때 사이드는 부모님 손에 이끌려 이집트로 갔다. 훗날 사이드는 이스라엘과 팔레스타인 문제의 본질이 무엇인지 단순명쾌하게 정리했다.

> 팔레스타인 문제의 근원은 이스라엘이 팔레스타인 사람과 아랍인의 땅을 빼앗고, 그 자리에 군대를 주둔시켜 식민지 정착촌을 만든 것이다. 그러나 미국의 독자와 시청자들은 신문이나 TV를 통해 아랍과 이스라엘의 진정한 실체를 보기 어렵다. 시온주의자(Zionist)들이 장악한 대부분의 미국 언론들이 진실을

왜곡하고 있기 때문이다.

예를 들어, 토머스 프리드먼(Thomas Friedman) 같은 얼치기 지식인은 부끄러움도 없이 아무 글이나 마구 써대고 있다. 그의 칼럼은 아주 이중적이다. 미국인의 평화에 대한 소망과 이스라엘인의 유연성과 관용을 지루하게 나열하면서, 한편으로는 아랍 지도자들의 불합리를 호통치며 자신의 아집과 편견을 강요하고 있다. 그의 '탁월한 식견'에 따라 팔레스타인 사람들이 이스라엘을 공격하고 있으며, 이스라엘은 그것을 막아야 한다는 완전히 앞뒤가 뒤바뀐 사실이 전해진다. 뿐만 아니라 팔레스타인 사람을 야수처럼 묘사하며 그 인간성마저 없애버리고 있다. 이에 따라 미국인들은 이렇게 생각한다.

'전쟁 당사자들은 똑같이 고통을 겪겠지만, 특히 유태인의 고통이 심하다. 아랍인의 고통은 무시해도 괜찮다.'

미국언론은 이스라엘 군인이 아랍 주민들에게 저지른 주택파괴, 토지몰수, 불법체포, 고문을 거의 보도하지 않는다. 심지어 이스라엘의 팔레스타인 난민촌 공격을 비판하는 UN결의안은 보도조차 하지 않았다. 아랍인 학살을 명령한 아리엘 샤론(Ariel Sharon) 이스라엘 총리를 전범이 아닌, '강직한 정치인'으로만 묘사한다.

사이드는 이집트에 있는 빅토리아 칼리지(Victoria College)라는 영국 공립학교에서 공부했다. 영국이 떠난 뒤 정권을 물려받을 아랍 지배계층을 위해 설립한 학교다. 사이드와 같이 공부한 사람 중에 훗날 아랍 정치계의 중심인물이 된 사람이 많았고, 미켈 살후브(Michel Shalhoub)라는 선배가 사이드를 많이 괴롭혔다. 미켈 살후브는 이 학교를 졸업하고 미국으로 건너가 세계적으로 유명한 영화배우가 되었다. 바로 오마 샤리프(Omar Sharif)다.

이 학교는 국제학교였고, 다양한 나라 청소년들이 공부했는데, 역시 아랍인이 가장 많았다. 그런데 이 학교 첫 번째 규칙이 이러했다.

"학교의 제1언어는 영어다. 다른 언어로 이야기하다가 발각되는 학생은 처벌될 것이다."

에드워드 사이드는 아랍어와 영어 둘 다 잘하는 사람이다. 사이드는 이것이 괴로웠다.

"나는 어느 것이 진짜 모국어인지 알 수 없었고, 어느 쪽을 사용해도 완벽하게 편하지 않았다."

애매모호함. 나는 대체 어느 집단에 소속되어 있는 사람인가? 사이드는 평생 이 수수께끼를 풀지 못했다. 그래서 평생 고통 받으며 살았다. 이것이 젊은 시절 반항으로 나타났다. 아랍학생들과 비아랍학생들 사이, 그의 표현법에 따르면 '전쟁'이 많이 벌어졌고, 사이드는 영국인 선생님들 눈에 쉽게 띄었다.

1951년 봄, 에드워드 사이드는 퇴학당했다.

아버지는 에드워드 사이드에게 극약처방을 내렸다. 1951년 9월 초, 미국 매사추세츠 북서부 외진 곳에 있는 엄격한 청교도 학교로 보낸 것이다. 미국에서 태어나지 않은 학생은 사이드가 유일했다. 그는 그 고통을 이렇게 표현했다.

"식민지 국가에서 일어나는 일상적인 장애를 겪어본 사람이라면 내가 무슨 말을 하고 있는지 이해할 것이다. 나는 그들과 융화하기 위해 자존심까지 버려야 했다."

그는 카이로에 있는 친구들로부터 이런 정보를 얻었다. 그 학교에 있는 프레디 마알로프(Freddie Maalouf)라는 테니스 코치가 이집트 출신이라는 것이다. 드디어 만났다.

"안녕하세요. 저는 카이로에서 온 에드워드 사이드라고 합니다."

"그래요?"

"친구들이 제게 당신을 찾아보라고 해서 왔어요."

"아! 그렇군요."

사이드는 너무 반가웠다. 이역만리에서 같은 아랍인을 만난 것이다. 곧바로 아랍어로 이야기를 시작하자 프레디 마알로프의 얼굴이 갑자기 변하더니 손을 들어 사이드의 입을 멈추게 했다.

"안 돼! 여기서는 아랍어로 이야기하면 안 돼. 미국으로 오면서 난 모든 것을 그곳에 버리고 왔어."

사이드는 깜짝 놀랐고, 큰 충격을 받아 더 이상 무슨 말을 해야 할지 몰랐다. 그래서 그냥 고개를 돌려 쓸쓸히 걸어갔다.

사이드는 열심히 공부했고, 영미문학에 흥미를 느꼈으며, 뉴욕에 있는 명문 컬럼비아대학교의 영문학 교수가 되었다. 이 과정에서 어이없는 오해가 있었다. 사이드가 예루살렘에서 태어났기 때문에 그 학교 행정담당자와 교수들이 모두 사이드를 유태인으로 오해한 것이다. 그들은 거의 4년 동안 사이드가 팔레스타인 사람이라는 것을 몰랐다. 나중에 이 사실을 알고 그들은 아무 말도 하지 않았다. 그냥 조용히 넘어간 것이다. 만약 처음부터 사이드가 팔레스타인 사람이라는 사실을 알았다면 영문학 교수로 채용하지 않았을 것이다.

에드워드 사이드는 평생 약 20권을 썼는데, 그중에서도 전 세계적인 명성을 안겨준 대표작이 1978년에 출간한 〈오리엔탈리즘(Orientalism)〉이다. 이 책을 읽어보면 사이드의 방대한 독서량을 알 수 있다. 입이 다물어지지 않을 정도다. 왜 미국에서 아랍에 관한 잘못된 정보가 넘쳐날까? 근본원인이 무엇일까? 사이드는 먼저 유럽인의 주요 학술성과에 나오는 아랍에 관한 문장을 검토했다. 결과는 놀라웠다. 이미 고대 그리스 희곡에 페르시아에 관한 왜곡이 있었고, 특히 18세기부터 아랍인을 열등민족으로 묘사하는 서술이 많았다. 예를 들어 칼 마르크스는 이렇게 말했다.

"그들(동양인)은 스스로를 표현할 수가 없다. 다른 누군가가 표현해 주어야만 한다."

이것은 단순히 틀린 정보가 아니었다. 아예 서구인들 무의식이 아라비아를 포함하는 모든 아시아에 관해 '이렇다.'가 아니라 '이러해야 한다.'는 고정관념이 있어서, 아예 상상력을 동원한 소설을 쓰고 있었다. 이 경향이 지금도 마찬가지였다. 사이드는 〈오리엔탈리즘〉 마지막 장에서 1970년대 미국에서 벌어지고 있는 기괴한 조작을 이렇게 증언했다.

영화나 텔레비전에 등장하는 아랍인은 호색한이거나 피에 굶주린 악한을 연상시킨다. 아랍인은 성욕 과다의 변태이고, 부정한 음모에 능란하며, 본질적으로 사디스트이고, 믿을 수가 없는 하등인간으로 나타난다.……뉴스 영화나 뉴스 사진에서 아랍인은 언제나 군중으로 나타난다. 개성도 인격도 경험도 문제가 되지 않는다. 이러한 화면이 대변하는 것은 대부분 군중의 분노와 비참함 또는 비이성적인 몸짓이다. 이러한 이미지 전체에 숨어 있는 것은 지하드의 위협이다. 그 결과 이슬람교도가 세계를 정복하리라는 공포가 생겨난다.

서구인들은 오랫동안 후진성·기괴성·관능성·정체성·수동성이라는, 현실과 무관한 동양의 이미지를 창조했고, 이 '소설'들이 어느새 권위 있는 학문진리이자 건전한 상식으로 굳어졌다. 이것을 어떻게 불러야 할까? 사이드는 "오리엔탈리즘"이라 불렀다. 더 큰 문제는 이 오리엔탈리즘이 서양의 동양에 대한 식민지배 정당성을 부여한다는 것이다.

〈오리엔탈리즘〉은 전 세계 학계에 충격을 줬다. 아시아와 남미의 사회과학자들이 이 책을 극찬했고, 유럽과 미국의 학자들은 놀라워했다. 우리가 당연한 상식으로 알고 있던 지식이 사실은 오리엔탈리즘이었다니! 오리엔탈리즘은 지금도 현재진행형인 화두다. 왜냐하면 이것은 단순히 서양과 동양의 관계를 설명하는 것이 아니라 모든 지배·피지배 관계의 왜곡인식과 적반하장논리를 설명할 수 있는 생각틀이기 때문이다.

그런데 에드워드 사이드는 이 책으로 전 세계적인 명성을 얻는 동시에 전 세계적인 이방인이 되었다. 팔레스타인 출신이 미국에서 영문학 교수로 재직하고 있다? 이 자체가 신기한 일이었고, 사이드는 미국과 이스라엘만 비판한 것이 아니라 아랍세계도 비판했다. 유대인 방위연맹(Jewish Defence League)이라는 유태인극우단체는 사이드에게 "나치주의자!"라는 누명을 씌웠고, 대학 사무실에 불을 질렀으며, 집에 자주 전화해서 살해협박을 했다. 그래서 한때 사이드의 가족들이 집밖을 나갈 수 없었다. 그는 유태인과 팔레스타인의 상호이해와 평화공존을 주장했다. 그래서 아랍극우주의자들에게도 욕을 먹으며 살았다. 그리고 이런 일도 있었다.

보스턴에 사는 한 여성 심리학자가 사이드에게 전화했다.

"잠시 집을 방문하고 싶은데, 괜찮으세요?"

"네, 좋습니다."

사이드는 피아노를 잘 쳤다. 그 학자는 사이드 집에서 피아노를 발견하고 이렇게 말했다.

"진짜 피아노를 치시는군요!"

얼굴에 놀라는 표정이 가득했다.

"잠시 차 한 잔 하시지요."

"아니오. 시간 없어요."

사이드는 황당했다.

"이렇게 잠깐 있을 거라면, 왜 그 먼 길을 왔습니까?"

그러자 그 사람이 이렇게 대답하는 것이 아닌가!

"그냥 어떻게 사는지 보고 싶었습니다."

그 사람은 사이드가 팔레스타인 출신이어서 집안이 지저분하고 반드시 소총도 있을 것이라는 오리엔탈리즘이 있었는데, 사이드가 피아노도 잘 치는 문화인이라는 사실을 직접 확인하며 놀랐던 것이다.

더 황당한 일도 있었다. 한 출판사가 사이드의 저서를 출간하기로 결정했다. 이제 계약서에 서명만 하면 된다. 그런데 그 출판사 사장의 비서가 사이드에게 이런 전화를 했다.

"사장님께서 사이드 씨와 점심식사를 같이 한 번 하기 전에는 계약서에

서명할 수 없다고 말씀하십니다."

사이드는 그 말이 무슨 뜻인지 몰랐다.

"나와 식사 한 끼 하는 것이 뭐 그리 대수입니까. 그렇게 합시다."

그러자 비서가 이렇게 대답하는 것이 아닌가!

"사장님께서 사이드 씨가 식탁에서 어떻게 행동하는지 보고 싶어 하십니다."

그제야 사이드는 사장의 의도를 알고 쓴웃음을 지었다. 그 출판사 사장은 사이드가 아랍인이기 때문에 서양식 격조 높은 식사예절을 모를 것이며, 아랍인들이 사막에서 손으로 고기를 뜯어 먹는 것처럼 그렇게 먹을 것이라는 오리엔탈리즘이 있었던 것이다. 만약 사이드가 그런 식으로 식사를 한다면 교양 없는 사람이고, 나는 교양 없는 사람이 쓴 책을 출간할 수 없다는 뜻이다. 사이드는 이런 사건을 겪을 때 이렇게 극복했다.

"나는 언제나 바빴고, 나를 음산한 우울 속에 빠뜨리고 말 심리적 분위기를 의도적으로 피했다."

에드워드 사이드는 평생 우산 밖에서 비를 맞으며 살았다. 그는 이방인이었고, 아웃사이더였다. 그러나 아웃사이더였기 때문에 훌륭한 업적을 남겼다. 그는 단점을 장점으로 승화시킨 사람이었다.

1. 비난 받고 싶지 않으면 비난하지 말라

데일 카네기(미국)

　세계에서 가장 뛰어난 인간계발서를 쓴 데일 카네기(Dale Breckenridge Carnegie, 1888~1955)는 1888년 11월 24일 미국 미주리주(Missouri) 매리빌 (Maryville)에 있는 한 농장에서 시골 농부의 아들로 태어났다. 어린 시절이 많이 알려져 있지 않은데, 그냥 평범한 시골 어린이로 살았기 때문에 자기 집안이 가난했었다는 몇 가지 일화만 기록으로 남겼다.

　데일 카네기는 뉴욕에서 참담한 젊은 시절을 보냈다. 트럭 세일즈맨이었 지만 트럭의 기계구조를 몰랐고, 알고 싶은 욕구도 없었다.

　"내 일이 경멸스러웠다."

　데일 카네기는 뉴욕에서 외로웠다. 그가 사는 방은 바퀴벌레가 우글거리 고 있었다. 이보다 더 심각한 것은 자기 인생에 희망찬 미래가 없다는 것이 었다. 그는 훗날 자신의 비참한 시절을 이렇게 압축했다.

　"나는 욕실이나 수도가 없는 집에서 20년 동안 사는 것이 어떤 것인지 안 다. 온도가 영하 20도 이하로 내려가는 침실에서 잠을 자는 것이 어떤 것인지 안다. 1니켈의 차비를 아끼기 위해 몇 마일씩이나 걸어 다니는 것이 어떤 것인지 안다. 바닥에 구멍이 뚫린 신발을 신고 엉덩이에 구멍이 난 바지를 입는 것이 어떤 것인지 안다. 음식점에서 가장 싼 음식을 시켜 먹는 것이 어떤 것인지 안다. 바지를 다릴 돈이 없어서 침대 매트리스 밑에 깔고 자는 것이 어떤 것인지 안다. 하지만 그런 시절에도 나는 대개 한 두 푼씩 저축을 했다. 그렇게 하지 않는 것이 두려웠기 때문이다."

데일 카네기는 원래 소설가가 꿈이었다. 그러나 소설에 재능이 없었다. 그는 실망했지만 진실을 받아들였다. 그리고 용기 있게 결단을 내렸다. 가난하게 살아도 내가 재미를 느낄 수 있는 일을 하면서 살자! 우여곡절 끝에 1912년부터 YMCA 야간학교에서 성인을 대상으로 대중연설법을 가르치기 시작했다. 거창한 꿈은 없었다. 오직 살아남기 위해 YMCA 성인강좌에서 최선을 다했다.

"나는 그때 불리한 상황에서 강의를 하고 있다고 느꼈다. 하지만 지금에 와서는 내가 돈을 주고도 살 수 없는 훈련을 받고 있었다는 것을 깨닫는다."

그런데 시간이 지나자 데일 카네기는 재미있는 사실을 발견했다. 수많은 사람이 이런 고민을 하고 있었다.

'어떻게 하면 다른 사람을 잘 이해하고 좋은 관계를 맺을 수 있을까? 어떻게 하면 사람들이 나를 좋아하게 만들 수 있을까? 그리고 어떻게 하면 남을 설득할 수 있을까?'

그는 한 교육재단의 연구조사결과에 주목했다.

"엔지니어링 같은 기술적인 분야도 기술적 지식이 경제적 성공에 기여하는 바는 15%에 불과하고 나머지 85%는 인간관계의 기술, 즉 성격과 통솔력에 달려 있다고 한다."

그래서 자신이 대중강좌에 참여한 성인들과 같이 15년 동안 실험한 사례와 다른 역사적인 사례들을 모아 교재 한 권을 썼다.

〈친구를 사귀고 사람들을 설득하는 법(How To Win Friends and Influence People)〉.

자기 강좌에 필요한 교재로 썼기 때문에 판매부수를 5000부로 예상했다. 특별한 광고도 하지 않았다. 하지만 놀라운 일이 벌어졌다. 조금씩 입소문이 나더니 그야말로 대박이 났다. 데일 카네기도 깜짝 놀랐고, 그는 50살에 벼락부자가 되었다.

이 책은 전 세계에서 6000만부가 팔렸으며, 지금도 전 세계인의 사랑을 받고 있는 불후의 스테디셀러다.

"나는 다른 사람들에게 많은 즐거움을 주고, 좋은 시간을 갖도록 도우면서 내 인생의 황금기를 보냈다. 하지만 내게 돌아온 것은 비난과 전과자라는 낙인뿐이다."

이 말을 누가 했을까? 1920년대 시카고 암흑가를 지배한 마피아 두목 알 카포네(Al Capone)가 한 말이다. 인간이란 이런 동물이다. 데일 카네기가 말했다.

"비판은 쓸데없는 짓이다. 왜냐하면 비판은 다른 사람이 스스로를 방어하게 만들고 자신을 정당화하기 위해 안간힘을 쓰게 만들기 때문이다."

그래서 링컨이 좋아하는 문구를 인용했다.

"남의 비판을 받고 싶지 않으면, 남을 비판하지 말라."

카네기는 알프레드 아들러(Alfred Adler)가 한 이 말에 큰 감명을 받았다.

"다른 사람에게 관심을 갖지 않는 사람들이 인생에서 가장 큰 고난을 당하며, 다른 사람에게 가장 큰 상처를 입힌다. 인간이 겪는 모든 실패는 이런 유형의 사람들로부터 발생한다."

물론 각종 종교경전을 열심히 읽어도 인간관계의 중요한 지침을 알 수 있다. 그러나 문제는 그런 책들이 너무 오래되어 화석처럼 변했다는 것이다. 각종 주석서를 같이 읽어야 이해할 수 있는 문장이 많은데, 학자들은 그 주석서조차 어렵게 쓰는 경향이 있다.

데일 카네기가 쓴 이 책은 글이 매우 쉽다. 그야말로 지식의 책이 아니라 행동의 책이다. 존 그레이(John Gray)가 쓴 〈화성에서 온 남자 금성에서 온 여자(Men Are From Mars, Women Are From Venus)〉와 더불어 청소년의 필독서라 단언할 수 있다.

이제 데일 카네기는 고생이 끝났다. 그는 이 책이 성공한 뒤 뉴욕에 개인 학원을 차렸고, 원장이 되어 이 학원을 운영하며 연설하는 법과 친구 사귀는 법을 가르쳤다. 그는 죽을 때까지 풍족하게 살았다.

그런데 계속 사람들을 관찰하며 또 한 가지 재미있는 사실을 발견했다. 수많은 사람이 '어떻게 하면 걱정을 없앨 수 있을까?' 고민하고 있었다. 옛날과 달리 돈 걱정이 없었기 때문에 그는 이벤트를 벌였다.

"자신이 어떻게 걱정을 없앴는지 편지를 써서 보내주세요. 우수작들에게 상금을 드리겠습니다."

많은 편지가 도착했고, 그는 우수작들에게 상금을 줬다. 그리고 그 편지들과 자신이 도서관에서 직접 찾은 각종 역사인물들이 걱정을 없앤 사례를 모아 정리했다. 그리하여 출간한 책이 〈걱정을 없애고 즐겁게 사는 법(How To Stop Worrying and Start Living)〉. 이것도 전 세계인의 사랑을 받는 스테디셀러다. 그는 스티븐 리콕(Stephen Leacock)의 글을 인용했다.

"우리 짧은 인생은 얼마나 이상한가? 아이는 이렇게 말한다. '내가 조금 큰 아이가 되면.' 조금 큰 어린이는 이렇게 말한다. '내가 자라면.' 자라고 나서는 이렇게 말한다. '내가 결혼하면.' 하지만 결혼하고 나면 결국 어떻다는 말인가? 생각은 이렇게 바뀐다. '내가 은퇴할 때가 되면.' 그리고 마침내 은퇴하면 지나온 풍경을 돌아본다. 거기에 찬바람만 휩쓸고 있다. 그는 모든 것을 놓쳐버렸고 인생은 가버렸다. 우리는 너무 늦게 배운다. 인생은 사는 데 있다는 것을. 매일, 매시간의 연속으로 이루어진다는 것을."

그는 소설가라는 꿈을 이루지 못했다. 대신 인생에 관한 실천적인 교재를 써서 돈과 명예를 얻었다. 그는 이 사실에 만족하고 자부심을 느꼈다.

2. 부끄러운 과거를 고백한 용기

하인리히 하러(오스트리아)

누구나 살다가 뜻하지 않은 일을 겪는다. 그래서 자기 계획과 다른 인생을 사는 경우가 많다. 그것이 성공으로 끝날 수도 있고 실패로 끝날 수도 있다. 하인리히 하러는 오스트리아인들이 자랑스럽게 생각하는 모험가이며, 참으로 드라마틱한 삶을 보여주었다.

하인리히 하러(Heinrich Harrer, 1912~2006)는 만능스포츠맨이었다. 특히 스키와 등산을 잘했다. 그는 젊은 시절 돈을 벌기 위해 산악안내자로 일했으며 겨울에 스키강사로 일했다. 이때만 해도 하러는 특별히 생각이 깊은 사람은 아니었다. 허영심과 이기심이 많은 혈기왕성한 젊은이였을 뿐이다.

하러는 대학을 졸업한 뒤 아이거 북벽(Eiger-Nordwand)을 정복하기로 결심한다. 아이거 북벽은 스위스에 있으며 해발 3970m로 전문 암벽등반가에게 높은 산은 아니다. 하지만 시종일관 불규칙한 강풍이 불고 쉽게 눈사태가 나는 하얀 거미(Die Weisse Spinne)라는 난코스가 있어서 '암벽등반가의 공동묘지'라는 악명 높은 산이었다. 1938년 하러는 다른 동료 3명과 같이 하얀 거미에서 두 번이나 눈사태를 맞고도 기적적으로 살아남아 7월 24일 세계 최초로 아이거 북벽 정복에 성공했다. 이들은 정상에 자랑스럽게 나치 깃발을 꽂았다.

독일 나치정부는 이 업적을 인정했고, 하러는 1939년 히말라야 낭가파르밧(Nanga Parbat, 해발 8125m) 원정대에 참여했다. 낭가파르밧은 아이거 북벽보다 더 힘들고 위험한 산이다. 독일은 그때까지 원정대를 네 번이나 파견했지만 31명이 죽었고, 정상정복에 실패하고 있었다. 하러가 참여한 원정대는 제5차 원정대였다. 이 원정대의 목적은 정상정복이 아니라 1940년에 파견할 원정대를 위해 새로운 노선을 탐색하는 것. 이들은 디아미르(Diamir) 벽을 통해 정상에 오르는 새로운 노선을 발견했다. 이렇게 무사히 하산했을 때가 1939년 9월. 이들은 뜻하지 않은 일을 당했다. 제2차 세계대전이 터진 것이다.

이들은 영국군의 포로가 되었고, 인도에 있는 한 포로수용소에서 포로생활을 했다. 이 기간 동안 계속 탈출을 시도했는데 네 번 모두 실패했고, 1944년 4월 다섯 번째 시도가 성공했다. 그리하여 하인리히 하러는 제5차 낭가파르밧 원정대 대장 페터 아우프슈나이터(Peter Aufschnaiter, 1899~1973)와 같이 티베트로 넘어갔다.

이 둘은 21달 동안 지도도 없이 2000km를 걸었다. 그야말로 모험의 연속이었다. 아이거 북벽을 정복한 하러조차 도저히 넘을 수 없다고 생각했던 암벽을 티베트 상인들이 아무 장비 없이 등짐지고 여유 있게 넘어가는 것을 보며 경악하기도 했고, 마을 주민들에게 붙잡혔다가 재치로 빠져나오기도 했으며, 사람이 살지 않는 황량한 고원을 하염없이 걸어가며 지독한 고독을 겪었고, 강도들에게 붙잡혀 살해당하기 직전에 도망가는 위기일발의 구사일생도 겪었다.

우여곡절 끝에 1946년 1월, 이 둘은 티베트의 수도 라싸로 들어갔다. 이들은 거지와 다를 바 없었고, 귀족이 사는 것으로 보이는 한 저택에 무작정 들어가서 그대로 드러누웠다. 바로 그곳이 근대 티베트군의 아버지이며 모든 티베트인의 존경을 받는 차롱 다쌍자뮈의 저택이었다. 차롱은 이들을 자비심으로 대했고, 라싸 시민들에게 재미있는 구경거리가 되었다. 라싸에 있었던 영국무역대표부도 이들에게 특별한 제재를 가하지 않았다. 제2차 세계대전이 끝났기 때문이다.

하러는 라싸에서 각종 잔일을 모두 해결하는 만능해결사로 살았다. 언어 문제도 없었다. 이미 인도 포로수용소에 있을 때 티베트어 교본으로 조금 독학했었고, 21달 동안 온갖 고초를 겪으며 자연스럽게 티베트어를 익혔다. 하러가 주로 한 일은 각종 건축공사였는데, 특히 달라이라마 전용 영화관을 지을 때 인부들이 삽질을 하다가 지렁이가 나오자 조심스럽게 하나씩 집어서 살려주는 것을 보고 어처구니없어서 할 말을 잃었다.

그러나 하러는 바로 이런 문화충격을 겪으며 서구중심적인 사고방식을 버렸다. 하러는 언제나 티베트를 외부인의 눈으로 관찰했지만, 어느새 티베트인의 생명존중사상을 이해하기 시작했다. 그리고 달라이라마를 만났다. 하러는 달라이라마에게 영어와 각종 과학지식을 가르쳐줬고, 달라이라마는 하러에게 티베트불교의 기본 가르침을 전했다. 그리하여 하러는 성숙해졌다.

하러는 라싸에서 행복한 시간을 보냈다. 하지만 1950년 중국인민군이 티베트를 침공했고, 하러는 티베트를 떠났다. 1952년 오스트리아 고향으로 돌아왔을 때 하러는 이미 옛날의 하러가 아니었다. 하러는 자기가 티베트에 갈 줄 상상도 못했고, 자기가 책을 쓴다는 것도 상상하지 못한 사람이었다. 하러는 처음으로 책을 썼다. 자기가 어떻게 티베트로 들어갔으며, 7년 동안 티베트에서 어떤 경험을 했고, 어떻게 살았는지 정리했다. 1953년 하러의 처녀작은 이렇게 탄생했다.

〈티베트에서의 7년(Sieben Jahre in TIBET)〉.

이 책을 읽어보면 아무리 앞뒤 문맥을 살펴봐도 과장법이 없다. 그저 자신의 경험담을 담담하게 서술했을 뿐이다. 그럼에도 모험담이 매우 흥미진진하다. 그래서 전 세계 53개 언어로 번역본이 나오는 대성공을 거두었다. 그리고 1958년 자신의 20년 전 아이거 북벽 정복 경험을 소설로 썼다. 이것이 〈하얀 거미〉.

> 행복이란 무엇인가? 최후의 역량까지 쏟아 붓는 것이다!……
> 거미의 눈사태는 우리를 암벽으로부터 팽개치지 못했다. 그렇지만 눈사태는 최후까지 남아있던 것, 허영심과 이기적인 야심을 말끔히 씻어버렸던 것이다. 이제 이 암벽은 오직 우정만이 영속한다.

이 책도 전 세계적인 대성공을 거두었다. 하러는 이런 명언을 남겼다.

"나는 문명을 뒤로 할 때 안전하다고 느낀다."

하러는 연구자 겸 인권운동가로 변신해서 남미, 그린란드, 알래스카, 아프리카, 하와이 등을 여행했고 파푸아뉴기니 사람들과 함께 생활하기도 했다. 네팔, 수리남, 프랑스령 가이아나, 보르네오를 두루 여행한 뒤 1982년

한 번 더 티베트를 방문했으며, 같은 해에 부탄을 여행했다. 이런 과정을 거쳐 하러는 평생 명저 9권을 썼다. 달라이라마와 나누는 우정도 평생 변하지 않았다.

그런데 하러는 세계적인 유명인사가 되었기 때문에 평생 고통 받으며 살아야 했다. 젊은 시절의 하러는 열혈 나치당원이었다. 그것도 보통 나치당원이 아니라 나치친위대(Schutzstaffel; 약칭 SS) 대원이었다. 히틀러에게 절대적으로 충성하며 대량 학살을 자행한 유명한 조직이다. 그래서 하러는 40년 동안 온갖 협박을 받았다.

심지어 이런 일도 있었다. 그의 옛날 한 학교 동문이 하러에게 전화했다.

"드디어 손에 넣었다. 내가 너의 나치친위대 증명서를 갖고 있다. 3만 실링(약 270만원)만 내게 전달하라."

이것은 오늘날 한국에서 옛날 남자친구가 여자에게 전화를 걸어 "내가 옛날에 찍어둔 너의 섹스비디오가 있다. 일단 3000만 원만 내게 전달하라."고 말하는 것보다 더 무서운 공포다. 그런데 하러는 옛날의 하러가 아니었다. 티베트문화와 불교의 세례를 받은 사람이 되었기 때문에 마음을 다스리며 집착을 버릴 줄 아는 사람이었다. 그래서 대인배답게 대답했다.

"차라리 증명서를 경찰서에 갖다 주어라."

1997년 장 자크 아노(Jean-Jacques Annaud)가 감독하고 브래드 피트(Brad Pitt)가 주연한 영화 〈티베트에서의 7년〉이 전 세계적인 화제작이 되자 하러는 다시 고통 받았다. 각종 언론들이 하러의 과거를 문제 삼기 시작한 것이다. 그러자 85살 먹은 하러는 정면돌파를 결심했다. APA와 인터뷰하며 솔직하게 고백했다.

"이미 21살이던 1933년 나치당의 지하조직 SA에 가입했습니다. 젊은 시절의 치기였고, 히틀러라는 인물에 매료 되었습니다. 1938년 아이거 북벽 등반에 성공했을 때 아돌프 히틀러로부터 환영접대와 개인 헌정사진을 받았고, 이 인연으로 나치친위대 대원이 되었습니다. 그러나 나는 나치친위대 대원 신분으로 어떤 일도 한 적이 없습니다."

하러는 티베트에 들어가기 전과 티베트에서 7년을 보낸 뒤를 비교하면 완전히 다른 인간이었다. 모험과 등산과 여행을 좋아하는 것은 변함없었지만, 자신이 꿈도 꾸지 않았던 갑작스런 변수를 만나며 인생이 달라졌고, 자신의 부끄러운 과거를 솔직하게 고백했다. 백발의 노인이 되어도 잃어버리지 않았던 그 용기! 오스트리아인들은 늙은이의 용기 있는 고백을 들으며 더욱 하러를 존경했다.

3. 불굴의 의지와 불꽃같은 투혼

니꼴라이 오스뜨로프스끼(우크라이나)

니꼴라이 오스뜨로프스끼(Николай Алексеевич Островски, 1904~1936)는 1936년 12월 22일 모스크바로 상경하다가 신경질환 발작으로 사망했다. 당시 그의 나이 33살. 이 사람이 요절한 근본 원인은 1917년 러시아 볼셰비키 혁명 직후 1918년부터 1921년까지 벌어진 소련 공산주의군대 적군과 왕정을 수호하는 반공군대 백군의 내전에서 포탄 파편에 맞았기 때문이다.

> 내 눈앞에서 초록빛 화염이 마그네슘처럼 타올랐다. 귀에서 핑음이 윙윙거렸고, 연철이 달궈지기라도 하듯이 머리가 뜨거워졌다. 무시무시하고도 이상하게 대지가 흔들리더니 방향을 바꾸었다. 그리고 한쪽 옆으로 퍼져나가는 것이었다.
> 나는 지푸라기처럼 안장에서 떨어졌다. 밤색 말의 머리 너머로 날아간 나는 땅바닥으로 곤두박질쳤다.

니꼴라이가 1920년 8월 19일 중상을 입기까지 걸어온 과정은 이렇다. 그는 1904년 9월 29일 우크라이나 빌리야(Вилия) 마을에서 가난한 노동자의 아들로 태어났다. 1910년 마을 교구 부속 초등학교에 입학했는데, 3학년 때 중퇴했다. 집이 가난했기 때문이다.

결국 산림구 산지기로 일했는데, 이때 그 산림책임자의 딸이 예뻤던 모양이다. 그는 훗날 그 딸과 첫사랑을 나누는 공상을 했다.

> 열정은 아직 모르겠고 다만 심장의 빠른 고동 속에서 어렴풋이 그것이 느껴질 때, 우연히 여자친구의 가슴에 손이 닿으면 놀란 듯이 떨리고 한 쪽으로 물러설 때, 그때의 젊음, 그 청춘은 무한히 아름다운 것이며, 바로 그때 청춘의 우정은 마지막 한 걸음을 아껴두는 것이던가! 목을 끌어안고 있는 사랑하는 여자의 손길보다 더 포근한 것이 있을까? 그리고 마치 감전이라도 된 것 같은 뜨거운 입맞춤!

1년 뒤인 1914년 이 가족은 쉐뻬또프까(Шепетовка) 마을로 이사했고 니꼴라이는 다시 초등학교에 들어갔지만, 이번에는 중퇴가 아니라 퇴학을 당했다. 장난으로 밀가루 반죽에 담배가루를 넣었기 때문이다. 그래서 기차역 구내식당에서 화부(火夫)로 일하기 시작했다. 지금 한국에서 거의 불가능한 일이지만, 유럽은 제2차 세계대전 이전까지 어린이가 공장이나 탄광에서 일하는 사례가 흔했다. 니꼴라이는 식당에서 일했으니 그나마 다행이다. 그런데 이 어린이가 너무 일찍 사회의 어두운 면을 봤다. 17살 밖에 안 된 소녀가 우는 것을 본 것이다.

"잠깐만요, 쁘로호쉬까."

쁘로호쉬까는 그 자리에 멈추더니 방향을 바꾸어 위쪽을 올려다보았다.

"무슨 일인데 그래?"

그는 투덜거렸다.

아래쪽으로 내려오는 삐걱거리는 발자국 소리가 들렸고, 나는 그 목소리의 주인이 프로샤라는 것을 알아보았다.

그녀는 남자 종업원의 옷소매를 붙잡더니 토막토막 끊어지는 억눌린 목소리로 말했다.

"쁘로호쉬까, 육군 중위가 당신한테 준 그 돈은 대체 어디 있죠?"

그는 단호하게 팔을 뿌리쳤다.

"아니, 무슨 돈 말이야? 그건 너한테 벌써 줬잖아?"

그는 화난 듯이 단호하게 말했다.

"하지만 당신도 알다시피 그 사람은 300루블을 주었잖아요."

이렇게 말하는 프로샤의 목소리에서 낮은 흐느낌 같은 것이 느껴졌다.

"뭐야, 300루블?"

쁘로호쉬까가 표독스럽게 말했다.

"아니, 도대체 그렇게 큰돈을 받고 싶다는 거냐? 설거지나 하는 년한테 그건 너무 비싼 게 아닐는지요, 마님? 내가 너한테 준 그 50루블로 충분하다고 생각해. 그런 요행수를 꿈꾸다니! 좀 더 깨끗한 교육받은 여자들도 그만한 돈은 건지지 못한다는 걸

알아 둬. 하룻밤 자고 50루블이나 손에 쥔 것도 고맙다고 해야
할 판에. 바보 짓 하지 마! 10루블짜리 두 장 더 얹어 줄 테니까
이것으로 끝내자고. 제발 어리석게 굴지 마. 내가 뒤를 봐줄 테
니까 또 한 건 하면 되지, 뭘 그래."

쁘로호쉬까는 마지막 말을 던지고 나서 몸을 돌려 주방으로 가
버렸다. 프로샤는 그의 뒤에 대고 악을 썼다. 그리고 장작더미
에 기대어 소리 죽여 흐느꼈다.

어린이는 어린이답게 밝고 해맑게 자라야 하는데, 니꼴라이는 그렇지 못
했다. 뿐만 아니라 2년 만에 식당에서 쫓겨났다. 너무 피곤해서 깜빡 잠이
들었고, 그 사이 밸브 조절을 안 해서 식당 전체를 물바다로 만들었기 때문
이다.

니꼴라이는 해고당한 뒤 발전소에서 전기공 보조로 일했다. 이렇게 청소
년이 되었을 때 새로운 사실을 깨달았다. 독서가 매우 재미있다는 사실을
안 것이다. 그래서 매일 일하느라 피곤한 상황에서도 시간을 쪼개며 열심
히 책을 읽었다. 특히 가리발디(Giuseppe Garibaldi) 장군의 고생담을 읽으며
깊은 감명을 받았다. 그런데 고생과 모험은 친척이다. 어느새 니꼴라이는
모험을 꿈꾸는 청소년이 되었고, 동시에 마음껏 공부와 연애를 하는 부자
집 자제들을 부러워했다.

이런 상황에서 소련내전의 여파가 우크라이나에 불어왔고, 백군으로 참
전한 독일군과 폴란드군의 횡포에 온 마을 사람들이 고생했다. 1919년, 니
꼴라이는 집을 떠나 공산주의를 수호하는 적군으로 종군했다. 그리하여
1920년 8월 19일 포탄 파편에 맞아 사경을 헤맸던 것이다.

니꼴라이는 오른쪽 두개골을 심하게 다쳤고, 왼쪽 눈이 죽어버렸다. 살아난 것이 기적이었고, 1921년 키예프(Киев)에 있는 전기기술학교에 입학했다. 그러나 중상의 후유증으로 티푸스와 급성 류마티스에 걸렸다. 니꼴라이는 요양소에서 쉰 뒤, 계속 공산주의운동에 투신했다. 니꼴라이는 몸이 계속 약해지면서도 책을 손에서 놓지 않았다. 특히 문학공부에 미친 듯이 빠져들었는데, 이것이 원인이 되어 1928년 전신불수와 실명이 되었다.

1928년부터 니꼴라이는 사실상 죽은 인간이었다. 그럼에도 니꼴라이는 불굴의 의지로 불꽃같은 투혼을 발휘했다. 1930년부터 4년 동안 자기 인생을 구술해서 소설을 쓴 것이다.

〈강철은 어떻게 단련되었는가(Как закалялась сталь)〉.

이것이 반체제인사가 아닌 열혈 소련공산당원이 쓴 불멸의 명작이다. 평생 고생만 했고 엄청난 시련이 찾아왔음에도 기적적인 정신력으로 업적을 남긴 사람. 니꼴라이 오스뜨로프스끼는 이렇게 불꽃같은 인생을 살았다.

4. 잊지 않으면서 보복하지 말라

백양(중국)

1920년 중국 하남성(河南省) 개봉(開封)에서 곽정생(郭定生)이란 사내아기가 태어났다. 곽정생은 계모에게 매일 심한 학대를 받았다. 욕이 일상사였고, 두들겨 맞는 것도 다반사였다. 곽정생은 어머니의 사랑이 무엇인지 알 수 없었다. 그냥 그렇게 사는 것이 당연하다고 착각했을 뿐이다.

그런데 나이를 먹으며 조금씩 이상한 것을 발견했다. 자기 친구들 중에 자애로운 어머니의 사랑을 듬뿍 받으며 자라는 사람들을 많이 본 것이다. 청소년이 되자 곽정생은 중요한 사실을 깨달았다.

"나는 상처를 안은 채 살고 있구나!"

곽정생은 장개석(蔣介石)을 존경했다. 그래서 일본이 곧 쳐들어올 것을 걱정하며 애국심이 타올라 군사훈련도 받았다. 힘들게 살면서도 책을 손에서 놓지 않았다. 현실은 비참했고, 책 속에 푹 빠져 시간 가는 줄 모를 때 괴로움을 잊을 수 있었다. 계모는 아편중독자였다. 그 여자의 학대는 변하지 않았다. 드디어 이런 생각까지 했다.

"효도는 조건 없는 만고의 진리인가? 부모의 학대를 죽을 때까지 참으며 받아내는 것이 효도일까?"

18살이 된 1937년, 그날도 곽정생은 계모에게 두들겨 맞았다. 이제 더 이상 참을 수 없었다.

곽정생은 계모를 두들겨 팼다.

계모의 얼굴은 사색이 되어 자기 아들을 피해 이리저리 도망 다녔다. 그러나 곽정생이 놓치지 않았다. 계모는 공포에 떨었다.

계모는 난생 처음이자 마지막으로 아들에게 온 몸을 구타당해 부들부들 떨며 신음소리를 냈다.

"세상에, 이런 패륜이 어디 있어!"

계모는 더 두들겨 맞았다. 그러자 사력을 다해 한 마디 했다.

"나가라."

곽정생은 이렇게 자기 가족들과 인연을 끊었다. 하지만 눈앞이 캄캄했다.

"이제 어떻게 먹고 살지?"

도와줄 사람도 없었다. 그렇다면?

곽정생은 군대에 들어갔다. 하남성 군사정치간부훈련반에서 석 달 동안 훈련을 받았다.

일본은 1937년 7월 7일부터 1945년 8월 15일까지 중국을 침략했다. 곽정생은 꿈이 없었다. 청춘이 전쟁과 같이 흘러갔다. 19살이었던 1938년 국민당에 당원으로 가입했고, 20살 때 사랑 없는 중매결혼을 했다.

곽정생은 공부하고 싶었다. 그래서 불법을 저질렀다. 1942년, 감숙성(甘肅省) 천수중학(天水中學) 2학년 수료증을 위조해서 감숙대학(甘肅學院) 법학과에 들어간 것이다. 그런데 이 가짜수료증이 탄로났다. 곽정생은 제적 당했고, 최수영(崔秀英)이라는 여자와 연분이 생겨 연애에 빠졌다. 전쟁 중에 피어난 사랑이었다. 1943년, 그는 중경(重慶)에서 두 번째 결혼을 했고, 교육부 전투구(戰鬪區) 학생초치위원회(學生招置委員會) 중경등기처(重慶登記處) 말단직원으로 일하기 시작했다.

곽정생은 전쟁 중에 공무원으로 일하는 신분이었지만 학구열을 참을 수 없었다. 어찌 할 것인가? 곽정생은 두 번째 모험을 감행했다. 어차피 전쟁 중이어서 온 나라 행정시스템이 엉망이었다. 이것이 좋은 기회다.

1944년, 자기 본명을 곽의동(郭衣洞)으로 바꾸었다. 이제 됐다. 내 어린 시절을 아는 사람은 나타나지 않을 것이다. 곽의동은 다시 학력증명서를 위조했고, 성도(成都)로 피난 온 동북대학(東北大學)에 입학했다. 전쟁은 1945년에 끝났고, 그는 1946년 동북대학을 졸업했다.

힘들게 받은 대학졸업장이다. 곽의동은 가슴이 뿌듯했다. 그러나 1년 뒤 자신이 예상 못한 사태가 벌어질 줄이야!……

1947년 동북대학이 모든 교직원과 학생들 인적사항을 담은 서류를 정리하다가 곽의동이라는 인물을 발견했다. 증명서를 위조해서 입학한 사람이었다.

곽의동은 영구 제적당했다.

그런데 당시 중국은 여전히 심각하고 혼란한 상황이었다. 1946년부터 1949년까지 국민당과 공산당은 제2차 국공내전을 벌이고 있었던 것이다. 중국은 인재가 부족했다. 곽의동은 행정적으로 대학을 입학하지 않은 사람이다. 하지만 사실상 대학을 졸업한 사람이었고, 뛰어난 두뇌의 소유자였다. 그래서 지금은 도저히 있을 수 없는 일이 벌어졌다.

요동문법학원(遼東文法學院)이라는 사립 인문대학의 정치과 부교수로 초빙받아 학생들을 가르쳤다. 동시에 북대영(北大營)육군학교 제3군관훈련 반 교관도 맡았다.

예로부터 안정적인 사회보다 혼란하고 급변하는 사회가 개인들에게 더 많은 입신출세 기회를 준다.

1947년까지 중국지식인들은 전쟁상황을 낙관했다. 중국공산당은 비적에 불과하다! 국민당군이 미국의 지원을 받아 막강한 화력으로 완전히 소탕할 것이다! 그러나 진정한 적은 언제나 외부가 아니라 내부에 있다. 국민당은 썩을 대로 썩었다. 명령체계가 일사불란하게 움직이지 않았고, 국민당 내에 공산당이 심어놓은 첩자가 활발히 움직였다. 심지어 상급자가 일선부대에 명령을 내리기도 전에 공산군은 국민당군이 어떻게 움직일지 알고 있었다. 장교들은 전투보다 자기 배를 불리는 것에 더 관심 있었다.

부패한 군대는 백약이 무효다.

국민당군은 중국공산당에게 연전연패했고, 1948년 하반기가 되자 전황은 너무나 비관적이었다. 북경이 함락 당하자 곽의동은 친구 도움으로 상해까지 도망쳤다. 그곳에서 은사를 만나 대만으로 도망쳤다. 두 아내와 자식들은 본토에 남았다. 1949년 10월 1일, 모택동(毛澤東)은 천안문광장에서 중화인민공화국 수립을 선포했고, 장개석의 중화민국은 대만에서 가쁜 숨을 몰아쉬었다. 여기까지 곽의동의 20대 청춘이 모두 지나갔다.

1950년, 곽의동은 직장에서 쫓겨났다. 호기심으로 공산당 라디오방송을 들은 것이 화근이었고, 징역 6개월을 선고받았는데 실제로는 7개월 넘게 감옥살이를 해야 했다. 이때부터 곽의동은 장개석 정권에 실망했다. 그래도 워낙 인재가 부족한 상황이었기 때문에 곽의동은 대남공학원(臺南工學院) 부설 공업학교 역사교사로 1년 동안 먹고 살 수 있었다. 그러나 재임용되지 못했다. 이제 어떻게 먹고 살 것인가? 곽의동은 이렇게 결심했다.

"소설을 쓰자."

1951년부터 곽의동은 죽을 때까지 문필가의 길을 걸었다. 그 사이 고등학교와 대학교의 강의도 맡으며 근근이 먹고 살 수 있었다. 그리고 1953년 제영배(齊永培)와 세 번째 결혼을 했다. 그런데 5년이 지난 1958년 예명화(倪明華)를 만나 불같은 사랑에 빠졌다. 이미 세 번 결혼했고 감옥살이도 했었던 39살 먹은 남자. 예명화의 부모가 강하게 반대했다. 그러나 둘은 서로에게 마음을 앗겼고, 1959년 곽의동은 제영배와 이혼한 뒤 예명화와 결혼했다. 이 해에 〈자립만보(自立晚報)〉에서 기자로 일하기 시작했고, 대만예술전문대학 교수를 겸임했다.

1950년부터 1960년까지 장개석은 국민당의 부패를 수술했다. 대만은 언제나 중공군의 위협을 받으면서도 경제가 고속성장을 했다. 전형적인 독재정권의 국가주도성장이었고, 1960년 대만중부횡단고속도로 개통에 앞서 곽의동 기자가 현지 탐방한 취재결과를 〈보도장홍(寶島長虹)〉이라는 소책자로 출간했다. 이 책에서 곽의동이 처음으로 백양(柏楊)이라는 필명을 사용했다. 곽정생, 곽의동, 백양. 이것은 모두 같은 인물이다. 그러나 모든 사람이 백양(柏楊, 1920~2008)이라 부른다. 우리가 김병연(金炳淵, 1807~1863)을 김삿갓이라 부르는 것과 같다.

백양이 평생 동안 저술한 소설 · 평론 · 시 · 수필을 모두 합하면 100권이 넘는다. 오늘날 백양은 모든 중국인과 대만 및 전 세계 화교들의 존경을 받는 사람이다. 그런데 이것은 오늘날의 관점이고, 백양 자신은 오랫동안 고난과 비난을 겪으며 살아야 했다.

백양은 젊은 시절의 곽정생이 아니었다. 그는 장개석을 독재자로 간주했으며, 여러 신문에 국민당정권을 비판하는 각종 칼럼을 썼고, 백양은 국민당정부에게 나쁜 인물이 되었다. 급기야 1968년 만화 〈뽀빠이〉를 직접 번역해서 연재할 때 국민당의 분노가 폭발했다. 이 만화에 아버지와 아들이 무인도에서 서로 돌아가며 총통을 뽑는 이야기가 나왔다. 장개석이 대만을 민주국가로 바꾸지 않고 자기 아들 장경국(蔣經國)에게 총통 자리를 넘겨주려는 것을 풍자한 것이다. 장개석이 이 만화를 보고 화를 냈다. 1968년 3월 7일 경찰이 백양을 체포했다. 혐의는?

"백양은 공산당의 간첩이며, 국가 영도의 중심을 공격했다."

그리하여 백양은 다시 감옥살이를 시작했다. 그런데 백양은 자기 생일을 모르는 사람이었다. 어릴 때는 계모의 학대를 당하며 살았고, 집을 나온 뒤 가만히 생각해보니 자기 생일을 가르쳐준 사람이 없었다. 이것이 백양에게 한으로 남았다.

"그래! 3월 7일에 체포당했으니, 이제부터 내 생일은 3월 7일이다."

그래서 3월 7일이 백양의 생일이 되었다. 백양은 국민당 당적을 박탈당했다. 그가 받은 최종 판결은 반란죄 징역 12년. 아픔은 여기에서 끝나지 않았다. 예명화가 이혼을 요구한 것이다. 백양은 순순히 들어주는 수밖에 없었다. 그의 네 번째 결혼생활은 이렇게 10년 만에 끝났다.

49살에 다시 감옥에 갇힌 사람. 감옥에서 나오면 자신은 할아버지가 된다. 그럼에도 좌절하지 않았다. 그는 감옥에서 저술의 등불을 높이 켰다. 그는 옥중에서 세 권을 썼는데, 그 세 권이 다 대작이었다. 특히 25사와 〈자치통감〉만을 사료로 삼아 서술한 〈맨 얼굴의 중국사(中國人史綱)〉는 특이한 중국통사였다. 그는 모든 중국 역대제왕의 시호를 쓰지 않고 본명을 그대로 썼다. 예를 들어, "한무제께서는" 이렇게 쓰는 것이 중국역사가들의 기본상식이었는데, 백양은 "유철(劉徹)이" 이런 식으로 썼다. 나쁘게 말하면 불경죄다. 백양은 이런 식으로 현실에 반항했다. 황제도 우리와 다를 바 없는 사람이다. 왜 우리가 황제를 높여 불러야 하는가! 뿐만 아니라 연호도 일체 사용하지 않고 서기로 적었으며, 왕조로 구분하지 않고 100년 단위로 서술했다. 문장이 깔끔하고 군더더기가 없었다.

1975년 장개석이 죽었다. 아들 장경국은 총통에 오르자 전국에 사면령을 내렸다. 백양의 형기는 8년으로 줄어들었고, 1976년 3월 7일 형기를 마치자마자 1977년 3월 31일까지 강제로 연금생활을 했다. 1977년 4월 1일, 백양은 드디어 석방되었다.

백양은 양심수였다. 대만의 많은 양심세력이 그를 존경했다. 그래서 다행스러운 일이 벌어졌다. 1978년, 그는 시인 장향화(張香華)와 결혼했다. 59살에 다섯 번째 결혼을 한 사람. 이것이 마지막 결혼이었고, 이들은 죽을 때까지 행복한 부부관계를 유지했다.

훗날 백양은 자신이 감옥에서 주로 무슨 생각을 하면서 살았는가에 대해 이렇게 정리했다.

"내가 대만으로 건너온 지 30년이 넘었는데 소설 10년, 평론 10년, 옥살이 10년의 인생이었다. 옥살이를 하면서부터 쭉 역사를 쓰고 있으니 인생살이가 골고루 분배된 셈이다.

왜 더 이상 소설을 쓰지 않는가? 소설은 비교적 간접적이어서 어떤 형태나 인물에 의존해야 하는 상황이 있다. 그래서 그런 한계를 뛰어넘기 위해 평론으로 방향을 틀었다. 평론은 비수와 같아 죄악의 심장부를 바로 찌를 수 있다.

평론은 운전자 옆에 앉아 있는 사람으로 비유할 수 있다. 조수석에 앉은 사람은 늘 운전자에게 잔소리를 하게 마련이다. 끊임없이 잔소리를 한다. 내가 그렇게 하다가 잡혀간 것이다. 권력을 쥔 자들은 잘못을 지적해주는 사람이 없으면 자신은 영원히 잘못이 없다고 생각한다.

감옥에 있으면서 '내가 왜 감옥에 와 있지?' 하는 질문을 심각하게 던져보았다. 내가 무슨 죄를 졌지? 무슨 법을 어겼지? 풀려난 다음에도 나와 같은 처지가 비정상적이고 특수한 경우인지 생각에 생각을 거듭했다.……바른 소리 몇 마디 했다고 왜 이런 운명에 처해야 하는가!"

1979년, 그는 60살이 되었고, 〈맨 얼굴의 중국사(中國人史綱)〉를 출간했다. 백양은 이 문제작으로 역사에 이름을 남겼다. 그러나 다시 시련이 오고야 말았다.

1982년 대만 수도 대북(臺北)에서 한 신문사가 백양에게 전화했다.

"선생님, 우리 신문사가 강연회를 주최하기로 했습니다. 선생님께서 강연 한 번 해주시면 감사하겠습니다."

"아! 그래요. 그렇게 합시다."

"강연 제목은 어떻게 할까요?"

"내가 꼭 하고 싶은 강연이 있었소."

"뭡니까?"

"〈추악한 중국인〉이오."

그러자 목소리가 달라졌다.

"아…… 그것은 안 됩니다."

1983년 동해(東海)대학이 강연을 요청했을 때도 선생은 제목만 바꿔서 자기가 하고 싶은 내용으로 학생들에게 강연을 했다. 학생들 얼굴이 시종일관 굳어 있었다. 분노의 눈빛도 많았다. 열흘 뒤 녹음테이프를 받았는데 재생해보니 "여러분 안녕하십니까……"라는 말이 나오고 더 이상 아무 말도 나오지 않았다. 학교가 강연 내용을 지워버린 것이다.

"대학이 이런 짓을 하다니!"

1984년 8월, 백양 부부는 국제펜클럽대회 초청으로 미국 아이오와대학을 방문했고, 석 달 방문 기간 동안 백양은 아이오와대학에서 강연을 했다. 〈추악한 중국인〉이라는 제목과 내용으로.

백양 선생께서 친히 미국으로 오셨다! 강연장은 발 디딜 틈이 없었고, 청중의 3분의 2가 중국인이거나 화교였다. 반응은 1년 전과 같았다. 강연이 끝나자 강연장은 침묵 그 자체였다. 의례적으로 강연하느라 수고했음을 치하하는 박수소리도 전혀 없었다. 청중은 모두 말없이 강연장을 빠져 나갔다.

1985년 8월, 백양은 강연 내용을 출간했다. 〈추악한 중국인(醜陋的中國人)〉. 대체 그의 강연이 어떤 내용이어서 중국인들이 그렇게 충격 받았을까? 주요 내용은 다음과 같다.

"중국인은 전 세계에서 멸시받고 있다. 이것이 현실이며 진실이다."

"외국에서 살고 있는 수많은 중국인이 이런 말을 한다. 내가 중국인이라는 것이 창피하다!"

"1984년, 홍콩이 영국에서 중국으로 돌아올 것을 확정했다. 1997년 홍콩은 다시 중국의 품으로 돌아간다. 홍콩에 사는 주민은 대부분 중국인이다. 그러나 홍콩인들은 '조국으로 복귀'라는 말이 나오자 크게 놀라고 낙담하며 혼란스러워 했다. 이것이 어찌 된 영문인가!"

"내 아내가 교직에 있을 때 어쩌다 교과목 외에 사람답게 사는 법에 대해 이야기하면 학생들이 바로 항의했다. '그런 건 필요 없어요! 우리는 시험공부만 하면 되요!' 대만이 이 정도라면 대륙은 어떠한가? 그들은 어린 시절부터 투쟁이나 사기 또는 친구를 배반하는 일을 강요당하므로 거짓말밖에 할 수 없게 되어 있다. 이 얼마나 무서운 교육인가! 중국의 미래를 이끌어 갈 세대가 이 모양 이 꼴이다."

"중국인은 똑똑하다. 그러나 셋 이상만 모이면 서로 시기하고 질투한다. 중국인은 더럽고 무질서하고 시끄럽다!"

"중국인은 단결세포가 없다. 중국인이 언제나 내분을 일으키는 근성은 천하제일이다!"

"중국인은 절대 자기 잘못을 인정하지 않는다. 중국인은 아무리 자신에게 원인이 있어도 수만 가지 핑계를 대며 자기 잘못을 덮으려 한다. 뿐만 아니라 언제나 상대의 잘못을 생각한다."

"중국인은 큰소리치기 좋아하고, 빈말하기 좋아하며, 거짓말하기 좋아하고, 황당한 말과 악독한 말을 하기 좋아한다. 끊임없이 중화민족이 잘났다고 과장하며, 중국의 전통문화가 세계를 울릴 수 있다고 허풍을 떤다."

"중국은 대국이므로 중국인은 대국사람답게 행동해야 한다. 그러나 현실은 전혀 그렇지 않다. 중국인은 포용력이 없다. 속이 좁아서, 싸운 뒤 화해할 줄 모른다."

"중국인은 끊임없이 자기자랑을 좋아하면서 반대로 자신을 비하하는 경향도 있다. 자만할 때는 다른 사람들을 개똥만도 못하다고 여기면서, 권력자에 가까워질수록 얼굴에 비굴한 미소를 띠며, 자신을 개똥만도 못하다고 생각한다. 절대적 자만과 절대적 자기비하. 중국인은 이 근성을 둘 다 갖고 있다. 한 마디로 기이한 동물이다."

"중국인은 언제나 옛날 사고방식과 서적과 문장에 기대어 논리를 전개하는 버릇이 있다. 중국인은 상상력과 창의력이 부족하다. 좀 심하게 표현하자면, 중국은 공자 이후 2500년 동안 단 한 사람의 사상가도 배출하지 못했다!"

"중국인이 말하는 민주는 '백성이 주인'이라는 뜻이 아니라, '너가 백성(民)이고, 나는 주인(主)'이라는 뜻이다!"

"중국인이여! 추악한 자기 모습을 똑바로 보라. 우리 각성하자!"

철저한 중화사상에 젖어 있는 것이 일반적인 중국인이다. 중국인은 세계 최고 민족이며, 중국은 세계에서 가장 위대한 나라다. 이것이 부인하면 안 되는 상식이다. 중국인은 평생 이렇게 배우고 가르치며 살아간다. 그러나 백양은 중국인에게 철저한 반성을 촉구했다.

그는 수많은 욕을 먹었다. 중화인민공화국은 그의 책을 금서로 지정했다.

그런데 시간이 지나며 사회가 변하기 시작했다. 사회가 변하면 사람들 사고방식도 달라진다. 그의 책은 대륙에서 해적판으로 떠돌았다. 그는 대륙에서 한 권도 팔지 않았는데 너무나 유명한 사람이 되었다. 대만과 해외에서도 그의 주장에 동조하는 사람이 하나씩 늘어나기 시작했다.

백양의 아픔은 시간이 약이었다.

지금은 중화인민공화국에서 그의 모든 저서를 자유롭게 출간하고 토론한다. 대만과 다른 해외 화교사회는 말할 것도 없다. 〈추악한 중국인〉이 백양의 대표작이다.

99명이 "좋아요!"라고 말할 때 홀로 "싫어요!"라고 말한 사람. 자신이 욕먹을 것을 알면서도 용기 있게 현실과 진실을 말한 사람. 백양은 그런 사람이었다.

그가 죽기 4년 전이었던 2004년 1월, 대만 정부가 모든 양심수에게 명예회복증을 수여하는 행사를 했다. 이때 백양도 정식으로 억울하게 옥살이했음을 인정받았다. 대만정부는 이렇게 인정했다.

"1968년 '곽의동(백양)반란사건 조사보고'는 죄명을 날조하여 판결한 것이다."

대만 정부는 백양에게 명예회복증을 수여하면서 인사말을 부탁했다. 이때 백양이 한 말은 그의 유언이 되었다.

"잊지도 말 것이며, 동시에 보복도 없어야 합니다."

5. 너는 안 했지만 나는 했다

무라카미 하루키(일본)

무라카미 하루키(村上春樹, 1949~)는 이름 자체가 상품이다. 이 사람만큼 전 세계인의 사랑을 받는 일본소설가가 없다. 1979년에 출간한 처녀작 〈바람의 노래를 들어라(風の歌を聴け)〉부터 2009년에 출간한 〈1Q84〉까지 주요 작품만 21편이고, 그밖에 여러 단편과 잡문 및 번역서를 출간했다.

무라카미 하루키는 행복한 사람이다. 전 세계를 마음껏 여행하며 온갖 맛있는 음식을 먹고, 음악을 즐기고, 달리기로 몸을 단련하며, 자기가 쓰고 싶은 이야기를 신명나게 쓰고, 갑자기 펜이 멈추면 다른 책을 번역하고, 번역하다가 다른 이야기가 떠오르면 각종 잡문을 쓴다.

기존 일본 소설가들은 일본 안에서만 사랑받았다. 시바 료타로(司馬遼太郎)와 가와바다 야스나리(川端康成)가 대표적인 사례다. 그나마 가와바다 야스나리가 쓴 〈설국(雪國)〉은 아름다운 문장 때문에 전 세계적인 사랑을 받았는데, 이 작품조차 일본냄새가 강하다. 그러나 무라카미 하루키는 기존 일본문학의 세례를 별로 받지 않았다. 그의 작품은 세계인의 보편성을 얻었다. 이것이 하루키가 전 세계적으로 가장 성공한 일본소설가가 된 원인이다.

하루키는 1949년 1월 12일 교토(京都)에서 태어나 효고현(兵庫縣) 아시야(西宮市)에서 자랐다. 아버지는 불교 승려의 아들이었고, 어머니는 오사카(大坂) 상인의 딸이었는데, 하루키는 부모에게 일본문학을 배웠고, 동시에 어릴 때부터 서양음악과 서양문학에 심취했다.

그는 와세다대학(早稻田大學) 영화연극과에 입학해서 드라마를 공부했다. 이때 처음으로 시나리오를 습작했는데, 읽을 때는 쉬웠지만 실제로 써보니 좋은 작품이 나오지 않았다.

"나는 글쓰기 재주가 없나 보다."

그래서 문학가가 되기를 포기했고, 대학을 졸업한 뒤 1974년부터 1981년까지 아내와 같이 도쿄(東京)에서 피터캣(ジャズ)이라는 카페를 운영했다. 이 카페는 저녁에 재즈바였다. 하루키 작품을 읽어보면 서양문학과 서양음악에 관한 이야기가 많이 나온다. 자신이 좋아해서 그것으로 먹고 사는 것이다.

하루키가 전 세계적인 명성을 얻은 대표작은 1987년 작품 〈상실의 시대(ノルウェイの森)〉. 이 소설은 세계문학사에 길이 남을 걸작이다. 하루키는 이 책 저자 후기에 이렇게 썼다.

<u>죽음으로 이별한 친구와 멀리 떨어진 친구에게 바친다.</u>

주인공이 와타나베 토오루이지만, 자기가 젊은 시절에 겪은 사랑과 방황을 그린 작품이기 때문에 주인공이 사실은 하루키 자신이다. 이 작품의 가장 큰 매력은 성애 묘사가 매우 많이 나오지만 그 성애 묘사가 여중생이 읽

어도 괜찮을 정도로 혐오감 없이 매우 아름답다. 이 작품을 "외설이다! 포르노다!"라는 말하는 사람은 성적 억압 상태에 빠져 있다고 봐야 한다. 소설 전체에 감미로운 클래식과 재즈가 흐르는 느낌이 들고, 남자독자는 자신이 남자 주인공으로 책 속에 빠져드는 느낌을 받으며, 여자는 자신이 여자 주인공으로 책 속에 빠져드는 느낌을 받는다.

이 작품이 한국에서 일본문학 붐을 일으키는 시발점이 되었다. 일본을 싫어하는 한국인도 이 소설을 읽고 "한국 젊은이들의 필독서"라고 인정할 정도다. 하루키의 작품에 빠져 원작을 직접 맛보기 위해 일본어를 열심히 공부하는 한국인들도 있다.

대학 시절 글쓰기를 포기한 사람이 일본에서 가장 성공한 소설가가 되는 계기는 갑자기 찾아왔다. 1978년 그는 일본 프로야구를 보다가 갑자기 신들렸다.

'쓰고 싶다. 무엇인가 쓰고 싶다.'

그는 만년필과 원고지를 사 와서 탁자에 앉았다. 그리고 쓰기 시작했다. 자료조사와 취재도 전혀 없이 쓰기 시작했기 때문에 그것은 어느덧 자기 경험담을 바탕으로 쓴 소설이 되었다. 이것이 처녀작 〈바람의 노래를 들어라〉. 그는 기대하지 않고 1979년 군조신인상(群像新人償)에 응모했는데, 이것이 당선되어 문단에 데뷔한 것이다.

사실 이 작품은 혹평도 많이 받았다. 글이 너무 가볍다는 것이다. 그래서 이렇게 말하는 사람이 많았다.

"이런 소설은 나도 쓸 수 있다!"

무라카미 하루키는 훗날 이렇게 대답했다.

"나도 그렇게 생각한다. 누구나 이런 소설을 쓸 수 있다. 그러나 그런 말을 한 사람 어느 누구도 소설을 쓰지 않았다. 써야 할 필연성도 없었으리라. 필연성이 없으면 아무도 소설 따위를 쓰지 않는다. 그러나 나는 썼다."

참으로 옳은 말이다. 어떻게 하면 행복한 인생을 살 수 있을까? 어떻게 하면 성공한 인생을 살 수 있을까? 서점에 가면 이런 이야기를 하는 책이 많다. 해결책은 이미 나와 있다. 그럼에도 우리 주위에 불행하게 사는 사람이 많다.

왜 그럴까?

실천력이 부족하기 때문이다.

실천력 부족한 사람이 남을 비웃기 좋아한다.

실천력이 강한 사람은 남을 비웃지 않고 그냥 실천한다.

그렇다. 당신도 할 수 있다. 그러나 당신은 하지 않았고, 나는 했다.

무라카미 하루키는 이 작은 차이가 엄청난 결과를 가져온다고 강조한 것이다. 문제는 지식이 아니라 실천이다.

제5장

과학자와 발명가

1. 진리의 불꽃으로 타오르다

조르다노 브루노(이탈리아)

1633년 69살 먹은 늙은이 갈릴레오 갈릴레이(Galileo Galilei)가 로마에서 벌어진 종교재판에서 자신이 망원경으로 관찰해서 확신한 지동설을 부정했다.

"나는 성실한 마음과 거짓 없는 신앙심으로 (지동설의) 잘못과 이단을 포기하고 저주하며 싫어함을 맹세하는 바입니다."

그러나 천동설은 분명히 틀렸다. 그래서 갈릴레이가 재판장을 나올 때 "그래도 지구는 도는데……"라고 투덜댄 것은 유명한 이야기다.

1992년 10월 31일, 로마교황청은 360년 전 종교재판에서 내린 갈릴레이 유죄판결이 잘못되었다는 사실을 인정했다. 이것은 놀라운 일이다. 1992년 10월 30일까지 로마교황청의 공식입장은 "지동설이 틀렸고, 천동설이 맞다."였다는 뜻이기 때문이다. 그런데 갈릴레이보다 한 세대 전에 로마교황청이 제시하는 교리를 부정해서 사형당한 사람이 있었다.

조르다노 브루노(Giordano Bruno, 1548~1600)는 이탈리아 남부 나폴리 교외 놀라(Nola)에서 태어났고, 15살 때 도미니코 수도회에 입단했다. 오늘날 우리가 당연하게 생각하는 '국가와 지자체가 세우는 학교'와 '공교육'이라는 개념은 프랑스대혁명의 산물이다. 18세기까지, 귀족은 가정교사에게 배웠고, 재력 있는 상인집안 자식은 사립학교에서 배웠다. 일반 평민 자식이 공부를 할 수 있는 곳은 수도원 밖에 없었다. 브루노가 수도회에 들어간 것은 오늘날 우리가 학교에 가는 것과 같았다.

조르다노는 천재였다. 라틴어와 고대 그리스어에 능통했다. 특히 기억력이 뛰어났다. 교회법과 민법 2만6000구절을 다 외웠고, 성서에서 발췌한 7000개의 문장과 오비디우스(Publius Ovidius Naso)의 시 1000편을 외울 정도였다. 뿐만 아니라 편협하지 않았다. 기독교와 문학은 말할 것도 없고, 수도원 안에 있는 책을 다 읽어서 수학·천문학·철학에 관한 지식도 해박했다.

그런데 언제부터인지 모르지만, 조르다노는 성서 주요 내용과 가톨릭 교리에 의심을 품기 시작했다. 쉽게 말하자면 신학과 과학이 조르다노 두뇌 안에서 격렬하게 충돌한 것이다. 그리고 언제 어디에서 어떻게 구했는지 모르지만, 조르다노는 코페르니쿠스(Nicolaus Copernicus)의 유작 〈천체의 회전에 관하여(De revolutionibus orbium coelestium)〉도 읽었다. 이 책에 이런 말이 나온다.

"하느님이 만든 신전이라고 할 수 있는 이 우주 한가운데에 촛불(태양)을 켜 놓는 것이 옳지, 궁색하게 촛불을 신전 안에서 빙글빙글 돌도록 해놓았을 리가 있느냐."

우리태양계를 가장 쉽게 설명하는 재미있는 비유다. 조르다노는 이 책의 주요 내용에 공감했다.

조르다노는 1572년 사제 서품을 받았고, 3년간 더 공부한 뒤 1575년부터 도미니코 수도회에서 수도사 생활을 시작했다. 그러나 1576년 나폴리에 있는 교회들이 130개 항의 고발항목을 제기했다. 조르다노가 이단자라는 것이다. 그리하여 수도생활을 영원히 떠나야 했다. 지금으로 비유하면 사직이 아니라 해고당해서 실업자가 된 것이다.

위기는 기회다. 조르다노는 16년 동안 유럽을 돌아다니며 방랑했다. 먼저 제네바로 갔는데, 스콜라철학을 옹호하는 권위 있는 철학교수를 논박한 죄로 1579년 8월 6일 체포당했다. 그는 자기 견해를 철회해서 풀려날 수 있었다. 이후 파리·런던·취리히 등 여러 도시를 전전하며 강의했다. 유럽을 돌아다니는 시간강사가 된 셈인데, 조르다노는 경제궁핍이라는 힘든 상황에서도 꾸준히 저술을 했다. 총 10권을 썼는데, 이 안에 희극도 한 편 있고, 나머지는 도덕론과 우주론에 관한 책이다. 1584년에 쓴 〈무한, 우주와 모든 세계에 관하여(Dell' infinito universo e mondi)〉를 보자.

우리는 이곳에서 하늘로 날아가는 것이 하늘에서 이곳으로 날아오는 것과 다르지 않다는 것을, 이곳에서 저곳으로 올라가는 것이 저곳에서 이곳으로 오는 것과 다르지 않다는 것을, 그리고 어떤 장소에서 다른 장소로 하강하는 것이 다르지 않다는 것을 인식할 것입니다. 우리는 별들의 범위를 형성하며, 마찬가지로 그것들은 우리의 범위를 형성합니다. 그것들은 우리에게 중심이며, 마찬가지로 그것들에게는 우리가 중심이고, 우리는 별들 위를 배회하며 그것들과 마찬가지로 하늘에 있습니다.

조르다노가 생각한 우주론은 이렇게 정리할 수 있다. 우주는 무한하게 퍼져 있고 태양은 한 항성에 불과하며, 밤하늘에 떠오르는 별들도 모두 태양과 같은 종류의 항성이다. 태양이 지구를 돌지 않고 지구가 태양을 돈다. 지구 밖에도 지구와 같은 생명체가 존재한다. 신이 우주를 창조한 것이 아니라, 우주 자체를 영적인 신으로 봐야 한다.

지금 보기에 현대천문학 연구성과와 정확히 들어맞지 않지만, 이것은 당시 유럽에서 혁명적인 사고방식이었다. 특히 외계인의 존재를 인정한 것이 지금 봐도 놀랍다. 당시 뛰어난 유럽 지식인들도 조르다노의 사고방식을 받아들일 수 없었고, 조르다노는 점점 외톨이가 되었다. 그래서 그는 이렇게 욕했다.

"학위를 가진 바보들!"

남들보다 반 보만 앞서가면 천재로 취급받지만, 한 보 이상 앞서가면 대중이 이해를 못하기 때문에 정신병자 취급을 받는다. 조르다노 브루노의 사상은 당시 상황에서 너무나 진보적이었기 때문에 지금 검토하면 기독교가 아니라 불교의 세계관과 잘 들어맞을 정도다.

"우리뿐만 아니라 어떤 참다운 실체에게도 죽음은 존재하지 않습니다. 또한 참다운 의미에서 소멸하는 것은 아무 것도 없고, 모든 것은 무한한 공간을 통해 물결치면서 단지 자신의 외형만 바꿉니다."

1591년 8월, 그는 베네치아로 갔다. 한 귀족이 기억술을 가르쳐달라는 부탁을 했고, 이 귀족에게 잘 보이면 후원을 받아 안정적으로 연구와 저술에 몰두할 수 있을 것으로 판단했기 때문이다. 그런데 그 귀족은 보수주의자였다. 조르다노는 개인교습 중에 이런 말도 했다.

"성모 마리아가 동정녀임에도 아기를 낳은 것은 논리적으로 설명할 수 없습니다. 왜냐하면 섹스 없이 임신할 수 없기 때문입니다."

그 귀족은 기겁했다. 그 사람이 조르다노의 개인교습을 받고 떠오른 생각을 지금으로 비유하면?

'앗! 저 놈은 빨갱이다!'

그 귀족이 교회에 밀고했다. 1592년 5월 24일, 조르다노 브루노는 체포되어 감옥에 갇혔다. 5월 29일 첫 심문이 벌어졌고, 6월 초 브루노는 열변을 토했다.

"삼위일체설은 말이 안 됩니다. 교회가 주장하는 인격을 가진 신이라는 것도 말이 안 됩니다. 신앙과 학문을 구분하십시오. 나는 철학자이고, 철학자의 입장으로 학문을 탐구한 것이지, 신앙을 직접적으로 비판하지 않았습니다."

교황청은 브루노의 주장을 받아들일 수 없었다. 자신들의 교리와 다른 주장을 펼치는 자는 반동이다. 가톨릭의 권위와 권력에 도전하는 세력은 절대 용납할 수 없다. 자신들의 권력이 약해지기 때문이다.

그는 22번이나 고문 받았다. 6월 30일, 브루노는 더 이상 견딜 수 없었다.

"내 오류를 인정하고 입장을 바꾸겠습니다."

그러나 교황청은 이것을 거짓자백으로 봤다. 그리고 그것이 사실이었다. 브루노는 다시 입장을 바꿨다. 그는 명언을 남겼다.

"국가든 교회든 독단을 강요할 수는 없소!"

브루노는 사상의 자유를 부르짖은 것이다. 하지만 로마교황청은 사상의 자유를 받아들일 수 없었다. 그러면 자신들 권력이 약해지기 때문이다. 1599년 1월 14일, 로마교황청 이단심문소는 브루노의 아홉 가지 죄목을 발표했다.

"피고는 마지막으로 할 말 있는가?"

그러자 브루노는 다시 명언을 남겼다.

"그 판결을 통과시키는 당신들의 두려움은 그 판결을 받아들이는 나의 두려움보다 더 크리라."

1600년 2월 17일, 조르다노 브루노는 화형을 당했다. 브루노는 다른 사형수와 달리 입에 재갈까지 물려 있었다. 죽기 전에 외치는 몇 마디조차 군중을 동요시킬 것이 무서워서 취한 조치였다. 그가 하루 전 감옥에서 작성한 유서는 공개하지 않고 재빨리 갈기갈기 찢어서 없애버렸다. 그 판결을 통과시키는 자들의 두려움이 그 판결을 받아들이는 브루노의 두려움보다 더 컸던 것이다.

당시 로마에서 발간한 신문 〈아비시 디 로마(Avisi di Roma)〉의 기자가 화형 장면을 직접 보고 이런 기사를 썼다.

목요일 아침 꽃의 광장(Campo de' Fiori)에서 나폴리 놀라 출신 그 흉악무도한 도미니코 수도사가 산 채로 불에 태워졌다. 그 매우 고집 센 이단자는 우리 신앙을, 특히 성모 마리아와 성인들에게 반대하는 여러 다른 교리를 제멋대로 만들어냈다. 이 흉악무도한 자는 고집스럽게 자신이 만든 교리들을 위해 죽기 원했다. 그는 자신이 순교자로 죽으며, 그렇게 죽기를 원하며, 자신의 영혼은 화염 속에서 천국으로 올라갈 것이라고 말했다. 그러나 이제 그는 자신이 말한 진리가 어떤 것인지 깨닫게 될 것이다!

그러나 그 기자가 틀렸다. 1889년, 로마 시민들은 그가 화형 당한 꽃의 광장에 그의 동상을 세웠다. 목숨을 바쳐 정신의 자유를 지킨 과학자이자 철학자! 그의 인생은 감동 그 자체였다. 지금도 전 세계에서 많은 사람이 조르다노 브루노 동상 밑에 장미를 놓고 간다.

2. 바벨탑에 도전한 안과의사

라자로 자멘호프(폴란드)

〈성서〉 창세기에 나오는 바벨탑 이야기는 우리에게 중요한 사실을 알려 준다. 인류가 아직도 평화로운 세상을 만들지 못하는 까닭이 무엇인가? 소통을 못하고 있기 때문이다. 소통을 못하는 까닭은? 언어가 다르기 때문이다. 번역과 통역은 한계가 있다. 우리 인류는 지금도 대화가 부족하다. 근본적인 해결책은 어느 특정 민족의 언어가 아닌 인공지구어로 온 인류가 의사소통을 하는 것이다. 이 인공지구어 창제와 보급에 평생을 바친 위대한 박애주의자가 있다.

라자로 루도비코 자멘호프(Lazaro Ludoviko Zamenhof, 1859~1917). 그는 물건을 발명하지 않고 언어를 발명했다.

자멘호프는 1859년 12월 15일 폴란드 비알리스톡(Białystok)에서 태어났다. 자멘호프가 산도르 초마와 맞먹는 언어의 천재인데, 이 사람 언어환경은 초마보다 더 복잡했다.

일단 이 사람 핏줄이 유태인이었다. 아버지 마르쿠스 자멘호프(Markus

Mordechaj Zamenhof)는 리투아니아 출신이었고, 학교에서 프랑스어와 독일어 강사로 일했다. 집에서 주로 러시아어로 말했으며, 폴란드어도 조금 사용했다. 아버지는 라자로 자멘호프에게 프랑스어 · 독일어 · 히브리어를 가르쳤다.

어머니 로잘린 소페르(Rozalin Sofer)도 리투아니아 출신이었는데, 평소 밖에서 러시아어와 폴란드어로 말했지만, 라자로 자멘호프에게 언제나 이디시어(yidish)로 말했다. 히브리어는 유태인의 글말이고, 예수가 활동할 당시 유태인의 입말이 아람어(Aram)였다. 이디시어는 동부유럽에 사는 유태인들의 변형 아람어로 이해할 수 있다.

게다가 자멘호프는 학교에서 고대 그리스어와 라틴어와 영어도 배웠다. 이탈리아어 · 스페인어 · 리투아니아어도 관심을 갖고 독학했다고 한다. 각 언어마다 유창한 정도가 달랐지만, 자멘호프는 12개 언어를 구사할 수 있었다. 이중에서 실제 모국어는 러시아어 · 폴란드어 · 독일어였다. 일부 저서는 자멘호프 박사를 러시아인으로 소개한다. 왜냐하면 자멘호프 박사가 가장 잘한 언어가 러시아어였고, 당시 폴란드는 러시아의 일부였기 때문이다. 정확하게 말하자면 국적을 정하기 애매한 사람인데, 오늘날 일반적인 학자들은 자멘호프 박사를 폴란드인으로 규정하고 있다.

자멘호프는 1879년부터 1881년까지 러시아 모스크바에서 의학을 공부했고, 1881년부터 1885년까지 폴란드 바르샤바에서 계속 의학을 공부했다. 그리고 1885년부터 리투아니아 베이시에야이(Veisiejai)에서 안과 의사로 일하기 시작했다.

그런데 자멘호프는 유태인답지 않게 돈 버는데 소질이 없었고, 특별히 뛰어난 의사도 아니었다. 그나마 다행스러운 점이 있었으니, 알렉산데르 실베르니크(Aleksander Silbernik)가 자멘호프를 도와준 것이다. 이 사람이 자멘호프의 장인어른이다. 돈 버는 재주가 없는 남자는 부자집 딸과 결혼하는 것도 슬기로운 선택이다.

1887년 7월 26일, 자멘호프는 장인어른의 재정도움을 받아 러시아어로 쓴 〈제1서(Unua Libro)〉를 출간해서 자신이 알고 있는 모든 유럽 언어학자들에게 배포했다. 예외 없이 규칙대로만 움직이는 인공지구어. 누구나 쉽게 배울 수 있는 언어가 이렇게 탄생했다. 이 언어가 얼마나 쉬운지 잠깐 보자.

명사는 반드시 끝이 o로 끝나고, 형용사는 반드시 a로 끝나며, 부사는 반드시 e로 끝난다. 반대말은 앞에 말(mal)을 붙이면 된다.

'아름답다'는 벨라(bela), '아름답게'는 벨레(bele). 따라서 '못생긴 꽃'은 말벨라 플로로(malbela floro).

'희망'은 에스페로(espero). 따라서 '절망'은 말에스페로(malespero). 동사 어미는 과거형 is, 현재형 as, 미래형 os가 있다. 따라서 '희망했다'는 에스페리스(esperis), '희망한다'는 에스페라스(esperas), '희망할 것이다'는 에스페로스(esperos).

'~했던 사람'은 인토(into), '~하는 사람'은 안토(anto), '~할 사람'은 온토(onto). 따라서 '희망했던 사람'은 에스페린토(esperinto), '희망하는 사람'은 에스페란토(esperanto), '희망할 사람'은 에스페론토(esperonto).

자멘호프는 〈제1서〉 앞표지에 자기 본명을 쓰지 않고 가명 독토로 에스페란토(doktoro esperanto)를 썼다. 독토로는 박사 또는 의사라는 뜻이고, 에스페란토는 희망하는 사람이라는 뜻이다. 더 재미있는 것은, 자멘호프 박사가 새로 만든 이 인공어에 이름도 붙이지 않았다. 그래서 이 인공지구어를 "에스페란토"라 부르기 시작했다.

자기 본명을 밝히지 않은 것은 자신이 유태인이어서 유럽 언어학자들에게 무시당할까봐 일부러 숨겼다는 것이 정설이다.

엄청난 일을 해낸 사람이다. 왜 쉬운 인공어를 만드는 것에 인생을 걸었을까? 이 사람이 친구에게 쓴 러시아어편지에 잘 나와 있다.

"국제어를 창제하겠다는 생각은 어릴 때부터 있었습니다. 나는 그 생각을 잠시도 잊을 수 없었습니다. 내가 태어난 폴란드 비얄리스톡이 내게 미래방향을 제시했습니다. 비얄리스톡의 주민은 러시아인, 폴란드인, 게르만인, 유태인이 있었습니다. 이들은 서로 다른 언어를 사용했으며, 사이좋게 지내지 못했습니다. 그 언어의 다양성이 인간 가족을 분리시키고 그들을 적대적인 관계로 나누는 유일한, 적어도 주요 원인이라는 것을 믿게 할 때가 많았습니다."

"나는 이상주의자로 교육받아 왔습니다. 즉, 모든 인간은 형제라고 배웠습니다. 그러나 거리에서 한 걸음 내디딜 때마다 주위 모든 현실은 인간이란 존재하지도 않으며, 다만 러시아인·폴란드인·게르만인·유태인만이 존재한다는 것을 느끼게 했습니다. 이것이 항상 제 어린 시절을 심하게 괴롭혔습니다."

"그때 '어른들'이란 어떤 전능한 힘을 지니고 있는 것처럼 보였기 때문에 나는 속으로 내가 어른이 되면 반드시 그 나쁜 일들을 바로잡아야겠다고 마음먹었습니다. 물론 조금씩 나는 모든 것이 어린 시절에 생각했던 것처럼 그렇게 쉽게 되지 않으리라는 것을 알아차렸습니다."

"국제어가 되기 위한 유일한 조건은 지금 살고 있는 민족 중에 어느 민족에도 속하지 않는 어떤 중립적인 것이어야 한다고 생각했습니다. 새로운 언어를 창안한다는 것은 한 인간의 힘을 벗어나는 것이었습니다."

"그러나 나는 항상 나의 꿈으로 되돌아왔습니다. 김나지움 5학년 때, 나는 영어를 배우며 영어 문법의 간단함이 눈에 띄었습니다. 그것은 라틴어와 고대 그리스어 문법을 알고 있다가 갑자기 영어를 배운 덕분에 더욱 그러했습니다. 나는 그때 문법 형태가 풍부한 것은 맹목적인 역사현상일 뿐이지, 언어를 위해 필요한 것은 아니라는 사실을 깨달았습니다."

"그러한 생각을 기초로 새로운 언어 연구를 시작했고, 불필요한 형태를 버리기 시작했습니다. 드디어 문법이 점점 내 손 안에 녹아드는 것을 느꼈고, 간단한 문법을 만드는데 성공했습니다. 단어는 접두사와 접미사를 이용해서 놀라울 정도로 줄일 수 있었습니다."

"나는 대학을 마치고 의사로 개업했습니다. 이제 나는 내 일의 공개발표에 대해 생각했습니다. 그동안 준비한 원고를 출판해 줄 사람을 2년 동안 찾았으나 헛된 일이었습니다."

"나는 루비콘 강가에 서 있음을 느꼈습니다. 주변 사람들이 나를 '엉뚱한 일'에 자신을 바치는 사람, 환상에 빠진 사람으로 본다면, 바로 그들에 의해 생활이 좌우되는 내게 어떤 운명이 닥칠 것인가를 잘 알고 있었습니다. 나는 내 가족의 미래와 안정과 생존 자체를 카드 한 장 위에 던지고 있음을 느꼈습니다. 하지만 나는 내 머리와 피 속에 들어와 있는 생각을 떨쳐버릴 수 없었습니다. 드디어 나는 루비콘 강을 건넜던 것입니다."

〈제1서〉는 호평 받았다. 그래서 같은 해에 폴란드어해설본 · 독일어해설본·프랑스어해설본·영어해설본이 나왔고, 이듬해인 1888년 자멘호프는 〈제2서(Dua Libro de l' Lingvo Internacia)〉를 출간했다.

그러나 그는 불운했다. 장인어른의 재정지원은 결혼지참금이었지 책을 출간하라고 준 돈이 아니었다. 책 두 권을 출간하자 결혼지참금을 다 써버렸고, 1890년부터 이 안과 의사는 가난과 싸워야 했다. 참으로 불가사의하다. 안과 의사는 얼마든지 넉넉한 돈을 벌 수 있는 직업이었는데, 자멘호프는 평생 가난하게 살았다.

자멘호프는 성서와 동화를 에스페란토로 번역하는 것이 인생의 낙이었고, 유럽 전역에서 그의 박애정신에 동조하는 사람이 늘어나기 시작했다. 1905년 프랑스 볼로뉴(Boulogne-sur-Mer)에서 제1차 세계 에스페란토 대회가 열렸다. 녹음기와 녹음테이프도 없었던 시절이다. 사람들은 그냥 책을 읽고 혼자 공부했다. 이때 처음으로 한 자리에 모인 688명이 모두 놀랐다. 이들은 통역도 없이 모두 에스페란토로 의사소통을 했다. 그들은 감격했고, 깨달았다. 우리에게 국적은 중요하지 않다는 것을. 우리는 같은 에스페란토 동지라는 것을. 자멘호프는 감동적인 개막연설을 했다.

"우리 이 모임은 강한 국민도 약한 국민도 없습니다. 우리는 중립적 기초 위에서 모두 똑같은 권리를 지닙니다. 우리는 한가족입니다. 우리는 유사 이래 처음으로 서로 다른 국민들이 외국인 대 외국인 입장이 아니라 서로 형제가 되어 자리를 같이 하고 있습니다. 한쪽이 다른 쪽에게 자기 국어를 강요하는 일도 없이, 우리는 서로 이해하며 진심으로 사랑하고 진정한 우애로 서로 악수합니다. 우리가 하는 악수는 이국인끼리 하는 가식의 악수가 아니라 인간 동지라는 진심의 악수입니다. 우리는 오늘이 중대한 날이라는 것을 명심합시다. 오늘 이 자리에 영국인과 프랑스인이 모인 것도 아니고, 러시아인과 폴란드인이 만난 것도 아니며, 진실로 모두가 인간적인 동지로 모였기 때문입니다."

그는 해마다 열리는 에스페란토대회에 참석해서 "인류는 하나"라고 강조했다. 그는 자신의 이상을 실현하기 위해 에스페란토를 창제했다. 그러나 1914년 8월 파리에서 열릴 제10차 세계 에스페란토 대회에 참석하기 위해 독일 쾰른(Köln)까지 왔을 때 가슴 아픈 소식을 들었다. 제1차 세계대전이 터진 것이다.

자멘호프는 전 유럽이 전쟁 도가니로 변하는 현실을 보며 깊은 상처가 생겼다. 대회는 취소되었고, 그는 고향으로 돌아왔다.

1917년 4월 14일, 에스페란토의 아버지는 세상을 떠났다.

그 어떤 민족어도 지구공용어가 되면 안 된다. 그 어떤 민족이나 국가도 자신들의 언어를 다른 민족에게 강요하면 안 된다. 온 인류는 두 가지 언어를 구사하면 된다. 자기 민족어와 에스페란토다. 이를 에스페란토주의(Esperantismo)라고 부른다. 자멘호프 박사는 이런 유언을 남겼다.

"Esperanto unuigos la homaron."

(에스페란토가 인류를 하나로 만들 것입니다.)

3. 과학자도 양심이 있어야 한다

안드레이 사하로프(러시아)

1946년부터 1990년까지 45년 동안 전 세계는 미국과 소련의 냉전시대였다. 자본주의국가와 공산주의국가로 나뉘어 각종 보이지 않는 전쟁을 벌였다. 대표적인 것이 달 탐사를 핵심으로 하는 우주개발, 원자폭탄·수소폭탄 개발, 경제발전 경쟁이었다. 이 시기 수많은 첩보소설이 미국과 영국을 정의의 사도, 소련을 악마국가로 묘사했다.

그런데 1968년 서방세계에 한 소련 과학자가 쓴 소책자가 전해졌다.

〈진보, 평화공존 그리고 지적 자유에 관한 고찰(Reflections on Progress, Peaceful Coexistence, and Intellectual Freedom)〉.

"인류의 분열은 결국 인류 파멸의 위기를 부른다. 지식에 대한 자유로운 추구는 인간사회의 필수조건이다."

그는 이 에세이에서 원자폭탄과 수소폭탄이 생태계에 얼마나 엄청난 악영향을 끼치는가에 대해 서술하며 무능력한 권력의 위험성까지 경고했다. 이 소책자는 소련에서 금서가 되었지만 서방세계에서 무려 2000만부 복사라는 경이적인 기록을 세웠다. 수많은 지식인이 놀랐다. 소련에서 수소폭탄개발은 극비 중의 극비였다. 그래서 어떤 과학자가 이 프로젝트에 참여하고 있는지도 알지 못했다. 이 에세이를 쓴 사람은 소련 수소폭탄의 아버지였다! 악마국가 소련에 이렇게 양심적이고 박애정신으로 가득 찬 과학자가 있다니!

그의 이름은 안드레이 드미트리예비치 사하로프(Андре́й Дми́триевич Са́харов, 1921~1989). 안드레이 사하로프는 1921년 5월 21일 모스크바에서 태어났다.

"어린 시절에 나는 예의범절과 상호협력을 중시하는 환경 속에서 자랐다. 그 시절에 나는 일에 대한 열정과 재치의 소중함을 배웠으며, 숙달된 직업인에 대한 존경심도 아울러 갖게 되었다. 타인에 대한 헌신이야말로 지방 교육자들이 갖고 있는 교육지침이었다. 어린 시절에 내가 물질에 관심을 두지 않고 수정처럼 깨끗한 마음을 가진 사람들에게 교육을 받은 것은 정말로 다행스런 일이었다."

그의 아버지는 대학교 물리학 교수였고, 어머니는 그리스계 여성이었다. 친할머니는 자상하고 과묵했으며 낙천적인 성격의 소유자였다. 그의 집안은 매우 문화적이고 화목했다. 사하로프는 초등학교를 다니지 않았다. 그는 가정교육을 통해 겸손을 배웠고, 허영심을 멀리 할 것도 배웠으며, 타인에 대한 의무감과 책임감도 배웠다. 그는 입학시험을 거쳐 곧바로 중학교에 들어갔고, 1938년 모스크바국립대학 물리학과로 들어갔다.

그는 아버지의 피를 이어받은 수학천재였다. 독일어 실력도 뛰어났고, 놀랍게도 양손잡이였다. 그래서 오른손으로 글을 쓰다가 피곤하면 왼손으로 바꿔서 글을 썼다. 다만 말을 더듬는 단점이 있었다. 사하로프도 자기 단점을 알고 있었기 때문에 평생 말을 짧게 했다.

1941년 가을, 독일군이 불가침조약을 어기고 소련을 침공했기 때문에 모스크바국립대학이 중앙아시아로 피난 갔다. 사하로프도 피난기숙사에서 생활했는데, 이질에 걸려 사경을 헤맸다. 다행히 동료의 정성어린 간호로 회복했고, 1942년 피난캠퍼스에서 학부과정을 졸업했다. 그는 탄약공장에서 연구원으로 일했고, 틈틈이 시간을 쪼개서 이론물리학 논문 4편을 작성했다. 그중 한 편이 우라늄 연쇄반응에 관한 내용이었는데, 핵심은 우라늄과 감속재를 균일한 비율로 섞지 않고 블록 모양으로 혼합시키면 중성자가 우라늄에 공명 흡수되는 난점을 해소할 수 있다는 것이다. 사실 이것은 미국에서 원자폭탄을 연구하는 과학자들이 이미 알고 있는 지식이었는데, 다른 나라에 전혀 알리지 않은 극비였다. 이것을 소련 청년 과학자가 혼자 연구해서 알아낸 것이다.

사하로프는 이 연구결과를 소련과학학술원 물리학연구소에 보냈다. 이곳에서 소련 최고 이론물리학 학자였던 이고르 예브게니예비치 탐(Игорь Евге́ньевич Тамм, 1895~1971) 박사가 이 논문을 읽고 감탄했다. 탐은 사하로프를 불렀고, 1945년 1월 그를 자기 대학원생 제자로 받아들였다. 사하로프는 1947년에 물리학 박사가 되었다.

청년 시절 사하로프는 전쟁 때문에 고생했다. 그러나 다른 소련 인민들 처지와 비교하면 축복받은 사람이다. 러시아는 1917년 10월 레닌(Влади́мир Ильи́ч Ле́нин, 1870~1924)이 주도한 볼셰비키혁명으로 공산주의국가 소비에트연방공화국이 되었다. 사하로프가 어린이였을 때 소련은 스탈린

(Иосиф Виссарионович Сталин, 1879~1953)이 인민들을 잔인하게 숙청하는 기간이었다. 스탈린의 숙청은 너무나 잔인했다. 그래서 재미있는 일화도 많다. 하루는 스탈린에게 점심으로 케이크가 나왔다. 스탈린은 첫 숟가락을 뜨더니 자기 직속부관에게 이렇게 말했다.

"음…… 이거 맛있는데, 한 번 먹어봐."

직속부관은 황당했다.

"안 드셨지 않습니까?"

다음날, 그 직속부관은 시베리아 형무소로 유배당했다. 스탈린은 이런 인간이었다.

게다가 독일이 소련을 침공했을 때 스탈린은 독일기갑군단을 막기 위해 인민들을 총알받이로 내보냈다.

"소련군은 돌격보다 후퇴를 더 두려워한다!"

이것이 스탈린이 처칠에게 한 자랑이었다. 소련군이 독일전차 앞에서 조금이라도 후퇴하면 정치장교들이 뒤에서 총으로 쏴죽였기 때문이다. 소련은 이런 나라였다.

1948년, 스탈린은 수소폭탄 개발을 명령했다. 이 비밀 프로젝트 책임자가 탐 박사였고, 탐은 사하로프를 데려갔다. 탐과 사하로프. 이 두 명이 소련 수소폭탄의 아버지다. 당시 사하로프는 이렇게 생각했다.

'조국을 위해, 국제간 힘의 균형을 위해, 소련이 막강한 무기를 개발하는 것이 반드시 필요한 일임을 의심하지 않는다.'

중학교와 대학에서 철저한 마르크스레닌주의를 공부한 청년이기 때문에 이렇게 생각할 수밖에 없었을 것이다. 그는 19세기 러시아의 위대한 극작가

안톤 체호프(Анто́н Па́влович Че́хов, 1860~1904)가 한 말을 모르고 있었다.

"국가적인 구구단이 따로 없듯이, 국가적인 과학이란 존재하지 않는다. 국가적인 것은 더 이상 과학이라 할 수 없다."

1953년 3월 5일 스탈린이 죽었고, 다섯 달 뒤인 8월 소련은 수소폭탄 실험에 성공했다. 사하로프는 소련과학학술원 정회원이 되었다. 소련공산당 서기장은 니키타 후르시초프(Ники́та Серге́евич Хрущёв, 1894~1971)가 되었다.

스탈린의 죽음은 코미디였다. 스탈린은 너무 많이 숙청했기 때문에 자기 주치의도 숙청했다. 사우나를 하다가 고혈압으로 쓰러졌는데, 밖에 있는 경호원들이 오랫동안 알지 못했다. 결국 침상으로 옮겼지만 주치의가 없어서 다른 의사를 부르는데 또 시간이 걸렸다. 그래서 치료할 수 있는 시간을 놓쳤고, 의식이 깨었다 잠드는 과정을 반복했다. 한번은 잠시 의식이 돌아왔을 때 바로 옆에 후르시초프가 있었다. 스탈린은 후르시초프에게 이렇게 고백했다.

"나는 아무도 믿지 않소. 나 자신조차……"

1956년 2월 25일 모스크바 크렘린에서 열린 소련공산당 제20회 당 대회 정규일정 폐막 직후 당 제1서기인 후르시초프가 일곱 시간에 걸쳐 스탈린 독재를 통렬히 규탄했다. 이때 한 정체불명의 메모가 후르시초프에게 왔다.

<u>그 때 당신은 어디에서 무엇을 하고 있었습니까?</u>

후르시초프가 말했다.

"이 질문에 대답하겠소. 그러나 이 메모는 서명이 없소. 지금도 늦지 않았소. 이 메모를 쓴 사람은 손을 들어주시오."

아무도 손을 들지 않았다. 그러자 후르시초프가 대답했다.

"그때 나는 지금 당신이 앉아 있는 바로 그곳에 앉아 있었습니다."

후르시초프의 스탈린비판은 소련공산당 비밀이었다. 그러나 그 비판이 상상하지 못했을 정도로 통렬했기 때문에 그의 발표원고가 순식간에 당 외부로 빠져나갔고, 서방언론들에게 흘러들어갔다. 미국 기자들도 영어번역본을 읽고 믿지 못했을 정도다.

소련 지식인들도 그 원고를 읽고 충격에 빠졌다. 사하로프도 충격 받았다. 그리고 사하로프의 기본사상이 천천히 변하기 시작했다. 수소폭탄을 만들기 위해 각종 수학계산을 할 때는 몰랐는데, 막상 처음으로 수소폭탄의 엄청난 파괴력을 확인하니까 함부로 다루면 안 되는 위험한 무기라는 사실을 깨달은 것이다. 그리고 여러 소련공산당 정치인·군인들과 대화를 나누며 이들이 무기의 적절한 사용방법을 심각하게 고민하지 않는다는 사실도 깨달았다.

"우리는 우리가 참여한 사업의 방대한 규모를 뒤늦게 깨닫고 충격 받았다. 내가 얼마나 끔찍한 일에 몰두했었던가! 나는 고통스러웠다. 내 감정을 탐에게 털어놓았다. 그는 내가 이런 말을 하리라고 예상하지 않았지만, 내 말에 수긍했다."

그는 핵무기가 인류에게 어느 정도로 위험을 주는가에 대해 수학계산을 하기 시작했다.

"나는 1957년부터 핵실험에 따른 방사능 낙진 문제에 책임감을 느꼈다. 1메가톤의 폭발에 따른 방사능 물질이 대기권으로 들어올 때 불특정한 수천 명의 희생자가 발생한다. 이 핵실험은 어느 나라가 실시하느냐가 중요하지 않다. 일련의 핵무기 실험은 수십 메가톤, 바꾸어 말하면 수만 명의 희생자를 낳는다."

1961년 10월, 소련은 한 무인도에서 인류 역사상 가장 강력한 수소폭탄실험을 했다. 그 수소폭탄은 무려 60메가톤이었다. 이때 사하로프가 후르시초프에게 수소폭탄실험을 반대하는 편지를 보냈다. 소련공산당 고위공직자들은 사하로프 혼자 편지를 썼지만 이미 수소폭탄개발에 참여한 여러 소련 과학자들이 후회하고 있다는 것을 알고 있었다.

그 실험은 성공했고, 소련최고간부회의 중앙위원회가 축하잔치를 마련했다. 이 자리에 사하로프를 포함한 소련 군사무기과학자들이 참석했다. 후르시초프는 과학자들에게 이렇게 연설했다.

"정치는 우리에게 맡기시오. 우리는 전문가란 말이오. 당신들은 핵무기를 만들어 실험하면 되고, 우리는 당신들 일에 간섭하지 않을 거요. 잘 알아두시오. 우리는 권력자의 지위에서 우리의 정책을 수행해야 한다는 것을. 사하로프! 우리에게 이래라 저래라 하려 들지 마시오. 우리는 정치가 뭔지 아는 사람들이오. 사하로프 당신 같은 사람들의 말이나 들으려면 차라리 해파리가 되는 게 낫지, 뭣 하러 내가 소련 각료회의 의장을 하고 있겠소!"

사하로프는 엄청난 충격을 받았다. 그는 고통스러웠고, 양심의 가책 때문에 괴로운 나날을 보냈다. 그래서 계속 소련 정치인들을 만날 때마다 비공식적으로 핵무기의 위험성과 생태계 파괴에 대해 이야기했다. 그러나 소용없었다. 그래서 그는 결심했다. 비밀리에 에세이 한 편을 써서 복사본으로 시중에 뿌릴 것을.

1968년 3월에 써서 10월부터 소련 인민들 사이에 몰래 돌려가며 읽혀졌고, 순식간에 서방으로 전해져 수많은 번역본이 나온 〈진보, 평화공존 그리고 지적 자유에 관한 고찰〉은 이렇게 탄생했다.

서유럽과 미국에서 반핵운동을 벌이던 시민운동가와 과학자들이 이 글을 읽고 깜짝 놀랐다. 그들은 이 글을 읽고서야 소련 수소폭탄 개발과정을 알 수 있었고, 소련에 이렇게 양심적인 과학자가 있다는 사실을 알았다. 소련에 우리 동지가 있다!

사하로프는 전 세계적인 유명인사가 되었다. 동시에 소련 안에서 반체제 과학자로 낙인 찍혔다. 어떤 동료들은 자신이 의심받을 것이 두려워 사하로프와 대화를 나누기도 꺼려했다. 소련공산당은 사하로프의 연구원 자격을 박탈했다. 1969년 초, 그의 아내는 암으로 세상을 떠났다. 사하로프는 힘든 세월을 보내야 했다.

그런데 변수가 생겼다. 1969년 스승인 탐 박사가 난치병에 걸려 오래 살 수 없음을 알았고, 사하로프에게 물리학연구소로 돌아올 것을 부탁했다. 물론 소련공산당 허락도 받은 뒤였다. 사하로프는 천재과학자였기 때문에 숙청하기가 아까웠던 것이다.

이제 사하로프는 연구소 안에서 동료들과 물리학과 천문학에 관한 이야기만 나누며 즐거운 시간을 보냈다. 그런데 사하로프의 관심사가 하나 더 해졌다. 그는 사형제도가 인류보편정신, 즉 박애에 어긋난다고 확신했다. 그래서 사형반대운동을 벌였다. 소련에서 사형반대운동을 벌였다는 것은 출세를 포기했다는 뜻이다. 이제 여러 사람이 사하로프를 "아, 사회운동가!"라고 말했다.

탐 박사는 1971년 죽기 직전에 사하로프를 이렇게 평가하며 애통해 했다.

"사하로프는 젊은 시절 수소폭탄 만드는 일에 너무 매여 있었고, 지금은 소련 인민과 전 인류의 생존을 위해 자기 모든 힘을 쓰고 있기 때문에 자신의 물리학을 펼치지 못하고 있다."

1970년대 초반, 하루는 소련 작가 슈클로프스키(Ви́ктор Бори́сович Шкло́вский, 1893~1984)가 사하로프에게 이런 질문을 했다.

"당신은 사회운동으로 이 나라에서 무엇인가를 이룰 수 있다고 믿습니까?"

"아니오."

슈클로프스키가 놀랐다. 희망도 없이 무자비한 독재정권에 항거했단 말인가?

"그렇다면 왜 이런 길을 걷는 겁니까?"

사하로프는 간단하게 대답했다.

"다른 길은 걸을 수 없습니다!"

정의를 위해 자기 목숨을 바치는 과학자! 누가 이런 과학자를 존경하지 않을 수 있겠는가! 미국과학자들도 사하로프를 존경했다. 그는 소련 반체제과학자의 대명사가 되었다.

1972년 1월, 사하로프는 옐레나 게오르기예브나 본네르(Елена Георгиевна Боннэр, 1923~2011)라는 소아과 의사와 재혼했다. 사하로프는 행복을 찾았다. 그리고 확신했다.

"열린사회만이 국가간 상호 신뢰를 보장할 수 있다."

그는 여러 나라 언론매체와 서방세계 과학자들에게 각종 가능한 방법으로 양심수 석방을 호소했다. 소련공산당 입장에서는 껄끄럽고 애매한 상대였다. 무엇보다도, 사하로프는 죽이기에 아까운 사람이었다.

1975년, 사하로프는 노벨평화상을 받았다. 그러나 소련정부가 노르웨이로 가는 것을 허락하지 않았다. 다행히 부인 본네르가 가는 것을 허락했고, 본네르는 노르웨이의회에서 남편이 미리 작성한 수상소감원고를 읽었다. 그는 이 원고에서 세계 양심수들의 석방을 촉구했다. 그래서 기립박수를 받았다.

1978년 5월 23일, 모스크바 소련과학학술원 회의실에서 게이지장이론(gauge field theories)에 관한 국제학술회의가 열렸다. 그런데 1970년대 후반 서방 과학자들은 소련의 각종 인권탄압을 규탄하며 소련이 주최하는 행사에 참석을 거부하는 일이 많았다. 이 회의도 외국인 참가자는 두 명 밖에 없었다. 회의 시작 10분 전, 사하로프가 연단 위 칠판 앞으로 걸어갔다. 그는 백묵으로 한 자 한 자 조심스럽게 썼다.

> 이 학회에 참석하지 않는 행동으로 자유를 위한 우리의 투쟁에 동참하고, 이 투쟁을 지지하고 있음을 표현해 준 모든 사람에게 우리는 감사한다.

회의장은 5분 동안 침묵에 빠졌다. 소련과학자들은 이 슬픈 현실을 묵묵히 참고 있었다. 그러자 한 과학자가 천천히 앞으로 걸어 나가 사하로프가 칠판에 쓴 글귀를 지웠다.

1964년부터 1982년까지 소련공산당 서기장은 브레즈네프(Леони́д Ильи́ч Бре́жнев, 1906~1982)였다. 브레즈네프는 서독 수상 빌리 브란트와 친교를 맺었고, 미국 대통령 닉슨·포드·카터와 원만한 관계를 유지했다. 그리고 군비감축과 핵확산금지조약에 서명한 업적도 있다. 그러나 소련경제는 여전히 나아지지 않았고, 1979년 12월 아프가니스탄을 침공하는 악수를 두었다. 사하로프는 외국 언론과 인터뷰하며 소련의 아프가니스탄 침공을 맹비난했다.

"소련의 군사행동은 비극적인 실수입니다. 1963년 카리브의 위기(소련이 쿠바에 핵미사일을 포함하는 미사일기지를 건설하고 핵무기를 운반하려 하자 미국 대통령 케네디가 전쟁을 경고했던 사건.)를 상기해 보십시오. 전 세계가 위험에 처했고, 전 인류의 운명은 후르시초프 한 사람 의지에 달려 있었습니다! 당시 소련정부의 외교정책은 '핵전쟁 후 전 세계를 공산화한다.'는 신념에 기초를 두고 있었어요. 하지만 핵전쟁이 터지면 공산주의마저 사라집니다!"

브레즈네프가 이 발언에 분노했다. 1980년 1월 22일, KGB는 연구소로 출근하는 사하로프를 납치했다. 그가 소련정부에게 받은 모든 훈장과 명예는 백지화되었다. 그는 아내 본네르와 같이 볼가강에 있는 도시 고리키(Горький)에 있는 한 아파트에 연금 당했다.

이렇게 말하면 이상하지만, 이것도 소련정부가 사하로프를 우대한 조치였다. 감옥으로 보내지 않고 방 네 개가 있는 아파트에 가두었기 때문이다. 그것도 부인과 같이. 그런데 부인과 같이 연금시킨 것은 배려해준 것이 아니라 일종의 고문이었다. 소련 인민 상식으로 보면, 연금당한 사람은 언제나 감시와 도청을 당한다. 실제로 감시와 도청을 당하며 살았다. 부인과 같이 있으면서도 부부관계를 가질 수 없는 것이다. 바로 이것이 고문이었다.

미국과 유럽 과학자들이 소련정부를 규탄했다. 이들이 끊임없이 사하로프석방운동을 벌였다. 이 시기 미국과 영국에서 소련 반체제과학자를 서방 세계로 탈출시키는 흥미진진한 소설과 영화가 많이 나왔다. 그 모델이 바로 사하로프 박사다.

물리학연구소 연구원들도 난감했다. 하지만 이대로 있을 수 없었다. 그래서 소련공산당 과학중앙위원회 실무자를 만나 간절하게 설득했다.

"연구소의 미래를 위해, 우리는 반드시 사하로프와 과학토론을 해야 합니다."

연구원들은 과학적인 목적에 한해서 사하로프를 만나도 좋다는 허락을 받았다. 그리하여 7년 동안 연구원 17명이 한 달에 한 번 이상 고리키로 날아가 사하로프를 만났다. 이것이 사하로프에게 큰 위안이 되었다.

사하로프는 연금생활을 하면서도 소련 과학학회지에 논문 6편을 발표했다. 특히 1980년에 발표한 〈시간이 역류하는 우주모델〉과 1982년에 발표한 〈다중우주론〉은 세계과학사에 길이 남을 명작이 되었다.

브레즈네프는 1982년에 죽었고, 안드로포프(Юрий Владимирович Андропов, 1914~1984)가 15개월 동안 소련공산당 서기장을 맡았으며, 체르넨코(Константи́н Усти́нович Черне́нко, 1911~1985)는 1년 동안 소련공산당 서기장을 맡았다. 체르넨코의 후임자가 마지막 소련공산당 서기장 미하일 고르바초프(Михаи́л Серге́евич Горбачёв, 1931~). 고르바초프는 1985년 3월 11일 소련공산당 서기장이 되었고, 미국과 군비경쟁을 벌이느라 만신창이가 된 소련경제를 부흥하기 위해 개혁과 개방을 부르짖었다.

고르바초프의 개혁개방정책은 놀라웠다. 소련공산당에 대한 비판을 허용했고, 사유재산과 종교활동도 허용했으며, 기존 소련공산당 수구세력들을 몰아냈고, 외국기업을 적극적으로 유치했다. 1988년 아프가니스탄에서 소련군을 철수시켰고, 서방국가들과 핵감축을 추진했다. 당시 소련이 경제를 회생시키는 방법은 이것 밖에 없었다.

소련이 자유로워지기 시작했다. 고르바초프는 사하로프에게도 관심을 보였다. 1986년 12월 16일, 고르바초프는 사하로프와 본네르를 석방시켰다. 이제 다시 물리학연구소에서 연구할 수 있었다. 모스크바로 돌아온 날, 그는 곧바로 물리학연구소를 찾아가 옛 동료들과 6시간 동안 세미나를 하면서 회포를 풀었다. 서방언론이 대대적으로 보도했고, 서방세계 과학자들이 환호했다.

1989년 12월 14일, 안드레이 사하로프는 모스크바 자택에서 연구소 동료들과 마지막 여력을 다해 한 탄원서를 작성하고 서명했다. 고르바초프에게 복수정당제와 시장경제도입을 호소하는 탄원서였다. 그리고 몇 시간 뒤 조용히 눈을 감았다. 소련의 양심은 이렇게 세상을 떠났다.

1991년 8월 19일 소련에서 공산주의를 수호하는 쿠데타가 벌어졌다. 그러나 소련 시민들이 반대했다. 러시아대통령 옐친(Борис Николаевич Ельцин, 1931~2007)이 전차 위에 올라가 소련공산당과 공산주의를 비판하는 연설을 했다. 쿠데타는 실패했다. 8월 24일, 고르바초프는 소련공산당 서기장을 사직하며 소련공산당 스스로 해산할 것을 건의했고, 같은 날 옐친이 "러시아 내 공산당은 활동을 중지한다."고 선포했다. 8월 29일, 소련 최고비상회의가 이 결의안을 통과시켰다. 1991년 12월 25일, 소련은 멸망했다.

4. 실패를 즐겨라

다나카 고이치(일본)

다나카 고이치(田中耕一, 1959~)는 1959년 8월 3일 도야마(富山)현 도야마 시에서 태어났다. 아버지는 톱날을 수리하는 장인이었다. 고이치는 아버지가 자기 직분에 열중하는 모습을 보며 자랐다. 일본 장인정신은 말로 가르치는 것이 아니라 이렇게 행동으로 보여주는 것이다.

고이치는 고집도 있고, 탐구심도 있으며, 과학을 좋아하는 어린이였다. 중고등학교 때 강한 끈기를 지닌 성실한 학생이었으며, 성적은 상위권이었다. 그러나 1등을 한 적은 없다.

1978년 3월, 고이치는 센다이(仙臺)에 있는 도호쿠(東北)대학으로 들어갔다. 전공은 전기공학. 70년대와 80년대 일본은 전자제품왕국이었고, 전기공학은 취업이 잘 되는 분야였다. 고이치의 꿈은 전문기술자, 즉 엔지니어였기 때문에 자기 결심을 고등학교 은사님에게 말했을 때 "그렇다면 가거라." 한 마디가 나왔다.

그런데 이 사람은 대학 시절에 한 번 유급 당했다. 2학년 때 필수과목인 독일어에서 학점을 따지 못했기 때문인데, 학점을 못 딴 원인은 수업에 제대로 출석하지 않았기 때문이다. 제대로 출석하지 못한 까닭은 지금 봐도 믿어지지 않는다. 용돈을 벌기 위해 학교 구내식당에서 접시닦이를 했는데, 어떻게 하면 잔뜩 쌓인 접시를 더 빨리 닦을 수 있을까 궁리하며 매일 접시에 몰두했다. 그래서 수업도 안 들어가며 혼자 궁리에 빠졌고, 이 때문에 유급 당했다는 것이다. 특별한 천재가 아니지만 집중력 하나는 타고났다.

고이치의 졸업논문은 〈손실성 매질과 다이오드 어레이(diode array)의 결합에 의한 평면파의 흡수〉. TV 전파장애를 줄이는 연구다. 그는 빨리 자립하고 싶었기 때문에 대학원에 진학하지 않고 취업하기로 결심했다. 그러자 대학 은사 아다치 사부로(安達三郎) 교수가 제안했다.

"교토(京都)에 좀 독특한 회사가 있는데, 자네 생각은 어떤가? 장래성도 있고 괜찮지 않겠나?"

그곳이 시마즈제작소(島津製作所)라는 회사였다. 사시(社是)는 '과학기술로 사회에 공헌한다'. 1875년 시마즈 겐조(島津源藏)가 창업한 이 회사는 일본에서 최초의 유인(有人) 경기구(輕氣球)를 띄웠고, 엑스레이투시기와 전자현미경과 컴퓨터단층촬영기(CT)로 유명한 회사였으며, 그밖에 다양한 정밀기계와 의료기기를 개발하고 생산하는 회사였다. 뿐만 아니라 이 회사는 한국 과학자들이 부러워할만한 경영을 한다. 한 해 연구개발비가 80억 엔인데, 이 가운데 30억 엔을 사업과 관계없는 기초과학연구비로 사용한다. 시마즈제작소 중앙연구소는 '커다란 틀만 정해주고 나머지는 자유'를 추구한다. 1983년 4월 다나카 고이치가 이 회사 중앙연구소로 첫출근을 하자 책임자가 이렇게 말했다.

"당장 제품으로 연결하지 않아도 좋으니까, 3년 5년 앞을 내다보며 획기적인 것으로 자유롭게 개발하라."

연구소 안에 여러 연구팀이 있다. 다나카 고이치가 들어간 연구팀은 1982년부터 금속이나 반도체의 표면을 분석하는 장치를 개발하고 있었다. 그런데 고이치가 연구팀으로 들어가기 전에 무기물분석기술을 개발한 뒤 상업화 가능성을 조사했더니 그런 장치가 이미 나와 있었다. 따라서 기존 장치보다 우수한 기술을 어떻게 개발할지 토의했더니 불가능하다는 결론이 나왔다. 그래서 이 연구팀은 분야를 바꿨다. 고분자물질 분자량 측정기술을 개발하자. 전 세계 의학연구소와 화학회사에 팔 수 있는 기계다.

단백질이 고분자물질이다. 단백질을 이온화하여 분리하면 분자량을 알 수 있고, 질량도 알 수 있다. 단백질을 쉽게 측정할 수 있으면 모든 고분자물질을 쉽게 측정할 수 있다. 그렇다면 고분자물질 측정 이론연구는 어떠한가? 기존 화학연구에 의하면 세 가지 가설이 있었다. 그 가운데 하나가 레이저 이온화 질량분석법이었다. 레이저(LASER)는 인공 광(光) 증폭에 의한 복사열이라는 뜻이다. 세상에 빛보다 빠른 물질이 없다. 따라서 레이저 이온화 질량분석법은 가장 빨리 단백질을 측정할 수 있는 방법이다. 하지만 이것은 이론이고, 실제 상황은 달랐다. 단백질은 구조가 복잡해서 열에 약하다. 단백질에 레이저를 쏘면 산산조각 난다. 자기가 살고 있는 집의 주요 화학성분을 알기 위해 자기 집을 폭탄으로 폭파시킬 수는 없다. 그래서 레이저 이온화 질량분석법은 만화에서나 가능한 허무맹랑한 이론이라는 것이 전 세계 학계의 상식이었다.

그럼에도 이 연구팀 연구자들은 다르게 생각했다. 레이저를 발사해도 단백질이 깨지지 않으면 된다. 즉, 레이저가 뜨겁지 않으면 된다. 하지만 세상에 차가운 레이저가 없다. 그렇다면 대안이 있는가? 이 연구팀이 이론적인 대안을 찾았다. 레이저의 열을 적당히 흡수해주는 방파제가 있다면 단백질이 깨지지 않을 것이다. 레이저의 충격을 약화시키는 완충제가 무엇일까? 바로 이것만 알아낸다면 레이저 이온화 질량분석이 가능하다. 1984년 10월부터 다나카 고이치가 이 연구에 몰두했다. 정식 명칭은 '매트릭스 지원 레이저 이온화법(MALDI: Matrix-Assisted Laser Desorption Ionization)'.

1985년 2월, 고이치는 여전히 여러 완충제를 실험하고 있었다. 계속 자기 일에 몰두했기 때문에 조금 피곤해졌다. 그래서 실수를 저질렀다. 자기 연구책상에 용액용기가 많아서 착각한 것이다. 이런 까닭으로 본래 혼합할 생각이 없었던 글리세린과 코발트를 섞었다.

'아차! 내가 잘못 섞었네.'

이제 이 혼합물을 버려야 한다. 그런데 갑자기 이런 생각이 떠올랐다.

'코발트는 비싸잖아. 에이! 버리기는 아깝다.'

그래서 이 혼합물을 비타민B12와 섞은 뒤 장난으로 레이저를 쐈다.

'세상에, 이럴 수가!'

자기 눈앞에서 놀라운 일이 벌어졌다. 단백질이 산산조각 나지 않고 이온화하여 분리되었다. 이제 단백질의 분자량을 측정할 수 있는 것이다. 다나카 고이치가 실험실을 뛰쳐나갔다. 세기의 대발견은 이렇게 나왔다.

다나카 고이치는 1992년부터 1997년까지 6년 동안 영국 런던에서 근무했다. 시마즈제작소의 자회사가 런던에 있기 때문이다. 그 기간에도 고이치는 평범한 일본 장인으로 살았다. "일이 가장 재미있다."고 말하는 사람이다. 일본 장인들은 대부분 이렇게 산다. 고이치는 일본에서 특별히 주목받는 사람이 아니었다. 일본 과학자들은 대부분 다나카 고이치라는 사람을 알지도 못했다.

2002년 10월 9일 오후 6시 15분, 스웨덴 왕립아카데미 한 담당자가 시마즈제작소에 전화했다.

"당신이 고이치 다나카 씨입니까?"

"네, 그렇습니다.……"

퇴근하기 직전에 받은 국제전화였다. 그런데 상대방이 "노벨화학상"이라는 말을 하고, "컨그래처레이션!"이라 말하는 것이 아닌가! 고이치가 당황해서 "감사하다"고만 말하고 끊었다.

"설마 내가 노벨상을?……스웨덴에 그와 비슷한 상이 있나 보다."

그럴 만도 했다. 다나카 고이치는 박사학위가 없었고, 석사학위도 없었다. 대학교수도 아니다. 고이치는 자신을 평범한 직장인이라 생각하며 살았다. 학사학위 밖에 없는 회사원이 노벨상이라니! 이게 말이 되나? 하지만 몇 분 뒤 회사 안 전화기가 마구 울렸다. TV 뉴스속보를 본 시마즈제작소 관계자들이 믿을 수 없어서 회사에 전화를 건 것이다. 회사 상사들도 이 사실을 믿을 수 없어서 확인하느라 바빴다. 일본열도가 흥분했다. 일본은 학사학위 밖에 없는 평범한 회사원도 노벨상을 받는 나라다!

불과 3시간 뒤인 밤 9시, 시마즈제작소 본사에 기자 200명이 몰려와 긴급 기자회견이 열렸다. 그러자 다나카 고이치가 얼떨떨한 표정으로 푸른 작업복을 입고 나왔다. 기자들이 이 모습을 보고 더 놀랐다. 그래도 백발이 무성한 정장 입은 신사일 줄 알았는데, 겨우 43살 먹은 전형적인 일본 직장인이었다.

"저는 보통 사람들과 조금 다른 생각을 하는 것 같고, 이따금 괴짜라는 말을 듣기도 합니다. 제 전공이 화학과 아무 관계없는 분야였기 때문에, 상식적으로 도저히 무리라고 여기는 일도 전혀 새로운 발상으로 기존 사고에 얽매이지 않고 연구할 수 있었습니다."

2002년 12월 10일 다나카 고이치는 노벨상을 받았다. 그는 여러 강연 요청을 받았고, 한 번은 이런 질문을 받았다.

"상식의 반대는 무엇입니까?"

"그것은 독창성입니다."

다나카 고이치는 모든 강연에서 주로 실패를 이야기했다. 그런데 이 사람은 실패를 특이하게 말했다.

"먼저 표면분석을 하려고 했는데, 실패하고 말았습니다. '다행히'도 말이지요."

다행히 실패했다! 의미심장한 말이다. 그리고 언제나 이렇게 말했다.

"저도 수없는 실패를 겪었고, 그럴 때마다 의기소침해져서 이제 더 이상 쳐다보기도 싫은 마음이 들기도 합니다. 그렇지만 왜 실패했는지 밝히지 않으면 안 됩니다. 끝까지 알아내지 않으면 같은 실패를 반복하고 맙니다."

제6장

돈은 좋은 것이다

1. 위기는 기회다

사량재(중국)

　중국 최초의 신문은 1858년 홍콩에서 창간한 〈중외신보(中外新報)〉다. 다음으로 나온 신문이 1861년 상해(上海)에서 창간한 〈상해신보(上海新報)〉. 그러나 둘 다 외국인 선교사가 창간했기 때문에 발행량도 적었고, 기독교 선교가 목적이었다. 중국에서 최초로 나온 상업일간지는 1872년 상해에서 나온 〈신보(申報)〉다.

　영국인 어니스트 메이저(Ernist Major)와 프레데릭 메이저(Frederick Major) 형제는 1862년 중국 상해에 도착했다. 이들은 처음에 차(茶)와 비단 무역을 했는데 경쟁이 치열해서 별다른 재미를 못 봤다. 그래도 한 가지 다행스러운 점이 있었으니, 형 어니스트 메이저가 중국어를 열심히 익혔고, 중국인 사업가들과 친분도 생겼다. 어니스트는 상해에서 차와 비단 장사를 그만두고 다른 사업을 하기로 결심했다. 이때 강서성(江西省) 자본가 진경신(陳庚莘)이 이런 말을 했다.

　"당신과 같은 서양인이 운영하고 있는 〈상해신보〉가 요즘 잘 나가고 있더군. 신문은 새로운 사업이야. 물건을 파는 것이 아니라 정보를 종이에 모아서 파는 사업이지. 당신도 서양사람이니 잘할 수 있을 거야."

어니스트 메이저 눈과 귀가 번쩍 열렸다. 1년 동안 신문사 운영을 열심히 공부했고, 사업자금을 대줄 수 있는 동지들을 모았다. 그리하여 영국인 4명이 은자 400냥(量)씩 총 1600냥을 밑천으로 삼아 1871년 5월 19일 인쇄창과 편집국을 마련했다.

어니스트 메이저는 세 가지 획기적인 발상전환을 한 사람이다. 당시 영국인들은 중국인을 깔봤다. 그들에게 중국인은 무식한 야만인이었고, 영국인이 직접 신문을 제작하는 것이 고정관념이었다. 어니스트 메이저는 이 고정관념을 깼다. 중국어를 할 줄 알기 때문에 중국인과 많은 접촉을 했고, 중국에 뛰어난 지식인이 많다는 것을 알고 있었다.

"이것은 중국인에게 파는 중국어 신문이다. 따라서 중국인이 만들어야 중국인에게 호소할 수 있다."

그래서 중국인을 편집국장과 주필로 초빙했다. 그리고 1872년 4월 30일 첫 번째 〈신보〉 600부를 발행했다. 뿐만 아니라 자신이 직접 기자로 뛰었다. 영어에 능통한 중국인이 아직 드물어서 해외뉴스를 취재하고 번역할 사람이 없었기 때문이다. 하지만 자신은 취재와 기사작성만 하고, 편집에 전혀 간섭하지 않았다. 중국인 기자들은 이 신문이 중국인의 신문이라는 자부심을 가졌고, 중국 최고 신문이 되기 위해 정열을 바쳤다. 이들은 기독교에 관심도 없었기 때문에 종교에 관한 글을 거의 쓰지 않았으며, 중국 정치와 경제 및 중국 서민의 실생활을 열심히 취재했다. 독자 입장에서 보면 기존 신문과 달리 남의 이야기가 아닌 바로 우리 이야기였다.

두 번째 발상전환은 이렇다. 신문의 주요 수입원은 판매와 광고다. 영국인이 사장이므로 영국인이 운영하는 회사에게 광고대금 특혜를 주는 것이 고정관념이었다. 어니스트는 이 고정관념도 깼다. 그는 반대로 중국인 회사에게 광고대금을 할인해 줬다. 광고수입이 늘어나자 신문값을 내릴 수 있었다. 그리하여 돈 있는 사람만 신문을 볼 수 있다는 고정관념도 깨졌고, 글을 읽을 줄 아는 중국인은 매일 신문을 사서 보는 문화가 생겼다. 사세가 커지면서 상해 밖에도 지국을 설치할 수 있었으며, 신보 판매량도 10년 만에 하루 6000부로 늘어났다.

그리고 어니스트는 세 번째 발상전환을 시도했다. 신문사 사장은 신문사만 운영하는 것이 고정관념이었다. 그는 이 고정관념도 깼다. 신문사가 망하면 자신도 망한다. 예로부터 분산투자를 해야 안전한 법이다. 그래서 서적인쇄공장을 차렸는데 이 수입이 괜찮았다. 그러자 성냥공장을 만들었다. 성냥도 잘 팔렸는데, 성냥 판매량은 담배 판매량과 비례했다. 당시 사람들도 담배가 건강에 안 좋다는 것을 경험으로 알고 있었다. 그래서 제약회사를 차렸다. 각종 물약을 생산했는데, 이 수입도 괜찮았다. 그리하여 망하기 직전까지 갔었던 영국인이 은자 30만 냥을 가진 갑부가 되었다. 메이저 형제는 1889년 10월 15일 자신들 순수재산을 주식 2000장으로 바꿔서 배 타고 영국으로 돌아갔으며, 어니스트 메이저는 편안한 노후를 즐기다가 1908년 3월 영국에서 별세했다.

1890년대가 되면 중국인 자본가들이 신문사업에 뛰어들기 시작한다. 중국에서 신문 붐이 일어났다. 경쟁지는 늘어나는데, 〈신보〉는 1904년까지 특별한 개혁이 없었다. 다른 신생지들은 경제뉴스를 집중적으로 다루어서 인기를 얻었고, 〈신보〉는 정치기사와 해외뉴스가 많았다. 그래서 영국인 사장 아버스넛(E. O. Arbuthnot)이 1905년에 신문사 주요 인원을 바꾸는 개혁을 단행했고, 신보 판매량은 1만 부까지 늘어났으며, 1909년 5월 자기가 운영하는 강소제약회사(江蘇藥水廠) 자본증식을 위해 자기 〈신보〉 주식 전부를 제2주주 석유복(席裕福)에게 7만5000원(元)을 받고 팔았다. 〈신보〉는 이때부터 중국인 소유가 되었다. 그런데 석유복의 경영이 신통치 않았다. 그래서 이 사람은 1912년 9월, 다른 중국인 5명에게 12만 원을 받고 팔았다. 이 5명 중 한 명이 사량재(史量才, 1880~1934)였다.

사량재는 1880년 상해 서쪽에 있는 교외 사경진(泗涇鎭)에서 태어났다. 항주잠학관(杭州蠶學館)에서 공부했는데, 일종의 농업중고등학교였던 것 같다. 그는 이 학교를 졸업한 뒤 중학교 선생님으로 근무했고, 20대 청년 시절에 여자잠상학교(女子蠶桑學校)를 창립해서 교장이 되었다. 지금이라면 불가능한 이야기다. 당시 중국은 신문물과 서양학문에 대한 갈증이 컸기 때문에 이런 일이 가능했다.

그리고 사량재는 1908년에 〈시보(時報)〉라는 신문의 주필이 되었다. 기자 경력도 없이 29살 먹은 사람이 신문사 주필? 이것도 지금이라면 불가능한 이야기다. 이 사람은 4년 동안 주필 생활을 하면서 신문사 경영에 관심을 가졌고, 자기가 직접 신문사를 차리고 싶다는 생각도 했다.

그런데 뜻하지 않게 행운이 찾아왔다. 석유복이 〈신보〉를 다른 사람에게 팔고 싶어 한다는 소문이 상해 상업계에 널리 퍼졌다. 결국 다섯 명이 돈을 모아 〈신보〉를 인수했고, 사량재는 〈신보〉 사장이 되었다.

사량재는 3년 동안 〈신보〉 사세 확장에 힘을 쏟았다. 다른 신문사의 뛰어난 기자들을 열심히 스카우트 했고, 해외 주요 통신사와 계약을 맺어 더 정확한 정보를 전보로 받아들였다. 그리하여 유럽과 미국 소식이 하루 안에 〈신보〉에 들어왔다. 그리고 광고영업에 심혈을 기울였다. 광고가 다양해지자 광고 자체가 중요한 정보로 변했다. 그리하여 〈신보〉 판매부수는 3만 부가 되었다. 이때부터 〈신보〉는 지방지가 아니라 사실상 중앙지가 되었다.

하지만 사량재에게 가장 큰 시련이 닥쳤다. 1915년 겨울, 석유복이 〈신보〉를 상대로 소송을 걸었다. 사실 이것은 사량재의 잘못이었다. 사량재는 〈신보〉를 인수하기 전에 대자본가가 아니었다. 돈이 부족했기 때문에 개인 어음을 끊어주었고, 석유복이 이를 받아들였다. 그러나 3년을 기다려도 사량재가 미납금을 지불할 기미가 안 보였다. 석유복은 울화통이 터졌고, '원래 내 회사였으니 내 손으로 파산시키겠다!'고 결심했다.

〈신보〉 기자들이 충격 받았다. 다른 주주 4명이 받은 충격은 더 컸다. 사량재가 석유복에게 돈을 다 준 것으로 알고 있었기 때문이다. 이때 상해는 특이한 도시였다. 영국 조계와 프랑스 조계가 있었고, 공공조계도 있었다. 상해의 사법부는 공공조계에 있는 재판소(會審公廨)였다. 판사도 영국인이다. 계약서를 비롯한 모든 서증이 분명했기 때문에 사량재가 이길 수 없는 싸움이었다. 석유복은 당연히 이자와 정신피해배상까지 모두 요구했다. 사량재는 패소했다.

"피고는 원고에게 은자 24만 5000냥을 배상하라!"

사량재는 돈이 없다. 시간도 별로 없다. 강제집행관이 신보 편집국과 인쇄국에 들이닥치면 이 회사는 공중분해 되어버린다. 이제 주주 4명이 사량재를 찾아와 "다 너가 책임져라!"고 협박하며 자신들 주식을 모두 사량재가 매입할 것을 요구했다. 해결책은 하나 밖에 없었다. 돌려막기로 급한 불을 끈 뒤 더욱 공격적인 경영을 해서 회사 이윤을 늘리는 것이다.

당시 상해에서 가장 돈이 많은 자본가는 서정인(徐靜仁)이었다. 어느 나라든 대자본가는 자기만의 정보망을 갖고 있다. 지금 사량재가 절체절명의 위기라는 사실을 모를 수가 없었다. 아무나 만나주는 사람이 아니다. 사량재는 이리 죽으나 저리 죽으나 마찬가지였다. 그래서 미리 연락도 하지 않고 그냥 혼자 뚜벅뚜벅 걸어가서 서정인을 만났다. 서정인은 당연히 사량재가 왜 자기를 찾아왔는지 알고 있었다. 그럼에도 사량재를 자기 집무실에 들어오게 했다. 그리고 둘은 밀담을 나누었다.

왜 서정인이 사량재를 만나주었을까? 이것은 수수께끼다. 둘이 무슨 이야기를 나누었는지도 알 수 없다. 다만 분명한 사실이 있다. 놀랍게도, 서정인이 사량재가 내야 하는 배상금을 모두 대신 지불했으며, 주식도 모두 사량재가 매입할 수 있도록 대신 사주었다.

사량재는 다시 장부를 살펴보며 불필요한 지출을 최대한 줄였다. 그리고 더욱 많은 광고 판촉을 직접 했다. 다행히 우수한 기자들이 다른 회사로 나가지 않고 끝까지 자리를 지켰기 때문에 신문 품질이 나빠지지 않았다. 이렇게 3년이 지나자 〈신보〉 판매부수는 5만 부가 되었다. 뿐만 아니라 1918년 10월, 상해 한구로(漢口路)에 5층짜리 자체 본사까지 완공했다. 각종 사무실이 100개였고, 미국에서 수입한 최신 윤전기까지 설치했다.

망하기 직전이었던 회사가 3년 만에 모든 빚을 갚았다. 1926년이 되자 〈신보〉 하루 판매부수는 무려 14만 부가 되었다. 그리하여 〈신보〉는 중국의 〈뉴욕타임즈〉가 되었고, 모든 기자가 사량재를 존경했으며, 사량재는 〈신보〉 주식 100%를 소유한 중국 신문업계의 상징적인 인물이 되었다.

1928년부터 1934년까지 〈신보〉는 최고 황금기를 누렸다. 1932년 4월 하루 판매부수가 15만 부. 이때 판매부수는 지금 개념과 다르다. 혼자 읽고 버리는 것이 아니라 친구와 식구가 같이 돌려가며 읽기 때문에, 15만 부는 하루에 최소 100만 명이 이 신문을 읽는다는 뜻이다. 〈신보〉에서 에세이를 발표했다는 것 자체가 유명 작가라는 뜻이었다. 광고만 봐도 당시 한국 신문과 비교가 안 될 정도로 다양하고 화려했다.

그러나 사량재에게 뜻하지 않았던 불운이 찾아왔다.

1928년부터 1949년까지 중국은 국민당정부 시기였다. 총통은 장개석(蔣介石). 장개석은 일본보다 공산당을 더 위험한 세력으로 판단했다. "먼저 안을 평정해야 외적과 맞서 싸울 수 있다.(攘外必先安內.)"고 판단했기 때문에 공산당 토벌에 힘을 쏟았다. 하지만 이에 동조하지 않는 지식인도 많았다. 중국공산당은 "중국인이 중국인을 괴롭히면 안 된다.(中國人不打中國人.)"고 선전했다. 당시 일반적인 중국인들은 공산당을 "공비(共匪)"라고 불렀다. 실제로 1929년부터 1936년까지 〈신보〉를 보면 기사제목에 주모공비(朱毛共匪)라는 말이 많이 나온다. 주덕(朱德)과 모택동(毛澤東)이 이끄는 공산당 비적이라는 뜻이다. 저들은 산적에 불과하기 때문에 먼저 일본을 타도한 뒤 소탕작전을 벌여도 충분하다고 생각하는 사람이 많았고, 사량재도 이렇게 생각했다. 사량재는 1928년부터 1931년까지 편집국장과 주필에게 "국민당을 자극하지 말라."고 명령했다. 정치권력을 자극하면 이익이 없기 때문이다. 하지만 1931년 9월 18일 만주사변이 벌어져 일본이 만주를 완전히 점령했고, 1932년 일본군이 상해를 기습해서 일본조차지를 만들었다. 그러자 모든 중국 지식인들이 위기감을 느꼈고, 사량재도 국민당에게 크게 실망했다.

〈신보〉는 1931년 12월 9일자 신문부터 논조가 달라졌다. 이날 사설 제목이 '국민당은 더 이상 혁명당이 아니다(國民黨不再是一個革命集團)'. 계속해서 국민당을 비판하는 기사와 사설이 나왔다. 장개석은 일단 사량재를 회유하기 위해 그에게 상해임시참의회의장(上海臨時參議會議長)과 적십자 명예회장(紅十字會名譽會長) 직위를 줬다. 그래도 〈신보〉 논조는 달라지지 않았고, 〈신보〉의 전국지국 송달을 막아버리자 사량재는 다른 인맥을 동원해서 전국으로 배포했다.

1934년이 되자 장개석이 더 이상 참기 힘들었다. 그래서 아예 신보 본사를 장악하기 위해 직속 테러조직 남의사(藍衣社)를 보냈더니, 사량재 사장이 직접 나와서 호통을 쳤다. 남의사는 모두 권총을 갖고 다닌다. 상해인들은 남의사를 보면 피했다. 그러나 무기도 전혀 없는 사량재 사장이 직접 언론탄압에 맞서 온 몸으로 기자들을 보호한 것이다.

이제 장개석과 사량재의 심각한 대립을 모르는 상해 사람이 없었다. 그러자 상해의 암흑가를 주름잡는 밤의 대통령 두월생(杜月笙)이 직접 사량재를 총통 관저로 데려가서 대화로 해결하도록 주선했다. 그래도 두 사람은 타협의 여지가 없었다. 드디어 장개석이 격분했다.

"나를 열 받게 하다니! 나는 백만 군대가 있어!"

그러자 사량재가 이렇게 맞받아쳤다.

"나는 백만 독자가 있다!"

1934년 11월 13일 오후, 사량재와 그의 가족이 탄 자가용이 항주에서 상해로 가는 국도를 달리고 있었다. 이 차가 해녕현(海寧縣)과 항현(杭縣) 나들목을 지나갈 때 '경자72호(京字72號)' 표지판을 달고 있는 자가용이 국도를 가로막고 있었으며, 한 젊은이가 그 차 밑에 들어가서 수리하고 있었다. 그래서 할 수 없이 세웠더니 갑자기 검은 옷을 입은 젊은이 6명이 나타나 유리창에 대고 권총을 쐈다.

자가용 기사와 사량재는 이렇게 죽었다. 이 사건은 영원히 미해결로 남았다. 그러나 당시 상해인들은 누가 그 암살을 명령했는지 이심전심으로 알고 있었다.

이날부터 〈신보〉는 더 이상 국민당과 장개석을 비판하지 않았다. 중일전쟁 시기 일본군은 〈신보〉를 점령해서 친일신문을 찍었으며, 1945년 전쟁이 끝나자마자 국민당정부가 신보 본사를 점령해서 국유재산으로 만들었다. 그래서 1945년부터 1949년까지 〈신보〉는 국민당의 혀가 되었다. 1949년 5월 27일, 중국공산당 홍군이 상해를 점령하며 〈신보〉를 강제로 폐간시켰다. 그리하여 이 신문은 제25600호를 끝으로 숨을 거두었다.

1983년 중화인민공화국 정부는 〈신보〉영인본을 만들어 주요 도서관과 연구소에 배급했다. 중국근대사의 생동하는 사료 보고이며, 중국근대사를 연구하는 모든 학자가 반드시 봐야 하는 제1차 사료다. 한국에 관한 기사도 많기 때문에 구한말과 일제시대 중국 지식인의 한국에 대한 관점을 알 수 있는 소중한 사료집이기도 하다. 사량재는 저술을 남기지 않고 순수한 사업가로 살았지만, 모두가 불가능하다고 생각했을 때 목숨을 걸고 모험을 감행하여 성공했으며, 위기야말로 가장 큰 기회라는 진실을 역사학자들에게 보여줬다.

2. 폐허에서 일어선 사나이

최종건(한국)

　한국사람 가운데 SK그룹을 모르는 사람이 없을 것이다. 아무리 몰라도 "아! 휴대전화와 석유 사업을 하는 회사!" 정도는 안다. 처음 시작한 사업은 섬유산업이었다. 1960~1980년대 섬유산업은 한국경제 중추산업이었다. 이 중심에 선경(鮮京)이 있었다. 선경은 한국에 화학섬유를 보급시킨 주인공이었으며, 중화학공업으로 사업을 넓혔다. 그리고 1980년 이전에 태어난 한국인이라면 MBC장학퀴즈라는 프로그램을 떠올린다. 1973년부터 1996년까지 장수 프로그램이었다. 이 퀴즈쇼에서 장원급제한 고등학생은 선경이 제공하는 대학 4년 전액장학금을 받았고, 의대에 진학하는 고등학생은 6년 전액장학금을 받았다. 이것은 한국인에게 꿈을 심어준 프로그램이었다. 이것을 모두 지원한 선경이 1998년 이름을 바꾼 SK그룹이다. 지금 SK그룹은 계열사 21개를 운영하고 있으며, 이동통신으로 많은 이윤을 얻고 있고, 석유시대를 넘어 무공해에너지 관련 연구에 힘을 쏟고 있으며, 다양한 사회환원을 하고 있다.

그런데 지금 일반적인 한국 젊은이들은 SK의 전신 선경을 창업한 최종건(崔鍾建, 1926~1973)을 잘 모르고 있어서 안타깝다. 이 사람이야말로 진짜 사나이의 본보기다.

최종건은 1926년 1월 30일 수원(水原) 벌말(坪洞)에서 태어났다. 벌말은 벌판 가운데 있는 마을이라는 뜻이다. 아버지는 수원 부농이었다. 4남 4녀를 낳았는데, 최종건 위로 누나 둘이 있다. 최종건이 장남이고, 바로 밑 동생이 최종현(崔鍾賢, 1929~1998)이다.

최종건은 악동이었다. 그래서 첫째 누나 최양분(崔養分)이 고생했다. 아버지 최학배(崔學培)도 최종건에게 여러 번 매를 들려 했는데 한학자였던 할아버지 최두혁(崔斗赫)이 "호연지기(浩然之氣)를 꺾지 말라."며 아버지를 타일렀다. 이 한학자가 가장 좋아한 책이 〈사기(史記)〉였고, 특히 초패왕 항우(項羽)를 좋아했다. 그래서 철없는 악동에게 이런 가르침을 줬다.

"꿈은 항우처럼 크게 가질수록 좋은 것이다. 사내는 좀스럽게 굴면 못쓴다. 사소한 일에 신경 쓰지 말고, 큰일을 도모하도록 애쓰거라."

최종건은 1932년부터 3년 동안 서당에 다니며 〈천자문(千字文)〉, 〈동몽선습(童蒙先習)〉, 〈명심보감(明心寶鑑)〉을 배웠다. 분명 머리는 좋은 사람이었는데, 공부에 흥미가 없었고, 타고난 골목대장이어서 병정놀이를 좋아했다. 동네 어린이들이 이 늠름한 대장을 좋아해서 병정놀이 하러 가자고 제안하면, 이 사람은 부농의 자식이어서 그런지 특이하게 대답했다.

"병정놀이도 군자금이 있어야 하는 거야."

그리고 자기 저택 바깥채로 갔다. 농사가 끝난 겨울철, 머슴들이 이곳에서 투전판을 벌이고 있었다. 그런데 투전은 개평(開枰)이라는 것이 있다.

노름꾼들이 도박판에 미리 마련하는 비상금이다.

"너한테 줄 돈 없으니 썩 물러가거라."

"엿 사먹게 개평 좀 줘요. 나 혼자 먹는 게 아니에요. 친구들과 같이 먹을 거라고요."

그리고 투전판 한가운데 벌렁 드러누웠다. 참으로 당돌한 꼬마다. 주인집 자식이어서 때릴 수도 없다. 최종건은 개평을 받아 집 밖으로 나와 부하들을 이끌었다. 그는 어울려 재미있게 논 뒤 부하들을 이끌고 수원역 앞으로 가서 공평하게 군자금을 나누어줬다. 가끔 욕심내는 부하도 있었다. 그러면 호통쳤다.

"우리는 사나이 대장부다. 언제나 같이 살고 같이 죽는 거야. 그러니 공평하게 나눠 가져야 한다."

이때 최종건은 몰랐을 것이다. 바로 이 부하들이 평생 자기 사업동지가 된다는 것을.

1935년 최종건은 신풍소학교(新豊小學校)에 들어갔다. 동생 최종현은 착실하게 공부하는 사람이었는데, 이 사람은 여전히 공부에 흥미 없는 골목대장이었다.

최종건이 4학년이었을 때 6학년에 무라야마 다케오(村山武雄)라는 일본인 학생이 있었다. 이 사람 아버지는 수원경찰서 순사였다. 일제시대 경찰은 지금 경찰과 개념이 다르다. 어린이가 울고 있을 때 엄마가 "순사 온다."고 한 마디 하면 어린이가 울음을 그쳤다. 순사는 이 정도로 공포였다. 무라야마 다케오는 조선인 학생이 앞을 지나가면 불러 세워서 건방지다며 트집을 잡아 뺨을 때리거나 꿇어앉혀 놓고 무릎을 발길로 찼다. 그래도 선생님들이 아무 말도 못했다. 일본인 순사의 아들이니까.

하루는 최종건과 같은 동네 벌말에 사는 아이 하나가 다케오에게 당했다. 인사를 안 했다는 이유로. 최종건이 격분했다.

"그 자식 혼 좀 나야겠군!"

최종건이 부하들을 이끌고 매산정(梅山町)으로 달려갔다.

"이 자식아! 나는 너를 혼내주러 온 최종건이다. 네가 지나가는 우리 조선인 학생들을 자주 괴롭힌다면서?"

곧바로 주먹이 날아갔다. 하지만 다케오도 만만한 상대가 아니었다. 그 주먹을 피하더니 서로 멱살 잡고 맞주먹질을 했다. 그러자 최종건이 다리를 걸어 넘어트리고 발로 가슴을 찍었다.

"이 녀석! 너 앞으로도 우리 조선인 학생들을 괴롭힐래?"

부하들이 달려들어 다케오를 마구 걷어찼다. 그리고 도망갔다.

다음날 아침 벌말이 발칵 뒤집혔다. 수원경찰서 순사들이 출동해서 싸움에 가담한 벌말 아이들을 모두 잡아갔다. 그러자 최종건이 보스기질을 발휘했다.

"애들은 잘못 없어요. 내가 무라야마를 때려눕혔어요."

일본 순사가 지휘봉으로 최종건 이마를 때리며 말했다.

"너 아주 당돌한 녀석이구나!"

그래도 이 힘세고 늠름한 식민지 어린이가 조금도 겁먹지 않았다.

"제가 무라야마를 때린 건, 죄도 없는데 그 녀석이 우리 벌말 아이를 괴롭혔기 때문입니다. 선생님도 학부형도 모두 야단치기를 꺼려해요. 그러나 아무 죄도 없는 학생을 괴롭히는 녀석은 누구에겐가 단단히 혼이 나야 다시는 그런 짓을 하지 않는단 말입니다."

일본 순사가 할 말을 잃었다. 결국 벌말 조선인 어린이들은 모두 훈방 조치를 받고 집으로 돌아갔다. 하지만 일본인 담임교사가 이 소식을 듣고 최종건에게 낙제 점수를 줘서 1년 유급시켰다.

최종건은 1942년 3월에 소학교를 졸업했는데, 인문계 학교인 보성고보(普成高普)에 갈 성적이 아니었다. 그래도 최종건은 조금도 슬퍼하지 않고 아예 성적증명서를 찢어버렸다.

"아버지! 직업학교에 들어가 기술을 배우겠습니다."

그리하여 서울에 있는 2년제 경성직업학교(京城職業學校)에 들어갔는데, 최종건은 이곳에서 새로운 사실을 알았다. 자기가 기계에 소질이 있었던 것이다. 공부에 흥미 없었던 사람이 매일 잠자는 시간만 빼고 하루 종일 기계를 만지며 놀았다. 그는 졸업한 뒤 1944년 4월 선경직물(鮮京織物) 견습공으로 들어갔다.

1930년대, 일본인이 조선에서 소유하고 운영한 선만주단(鮮滿綢緞)과 일본에 있는 교토직물(京都織物)이라는 회사가 있었다. 이 두 회사가 1939년에 합작해서 1941년 수원에 공장을 세워 만든 회사가 두 회사 앞 자를 딴 선경이었다.

최종건은 몸집이 크고 튼튼하며 건강했다. 늠름하게 서있는 모습이 그야말로 카리스마 넘치는 장군이었고, 언제나 부지런했으며, 호쾌한 성격이었고, 술도 잘 마셨다. 그는 주위 사람들을 따뜻하게 대할 줄도 알았다. 다만 한 가지 단점이 있었다. 그는 담배도 좋아했다.

일본인 간부들이 이 젊은이를 높이 평가했고, 최종건은 겨우 넉 달 만인

8월에 생산부 조장으로 승진했다. 그리고 1년 뒤 1945년 8월 15일 해방을 맞았다. 바로 이날, 일본인 공장장은 최종건에게 이렇게 말했다.

"최군은 조선 사람이다. 이제 조선은 일본으로부터 해방되었다. 그러므로 이제부터 내 지시를 듣지 않아도 된다. 어서 집으로 돌아가라."

그런데 다음날인 16일, 친구들과 술집에서 술을 마시다 다케오의 아버지 무라야마 순사가 조선 청년들에게 두들겨 맞는 장면을 봤다. 그러자 갑자기 이 생각이 떠올랐다. 저 흥분한 군중이 일본인 회사 선경으로 쳐들어가 기계를 모두 부술 것이다. 아무리 적의 재산이지만 이제 우리가 저 재산을 보호해야 한다. 해방 조국 산업발전에 도움을 줄 수 있는 그 기계들을 보호해야 한다.

8월 17일, 최종건이 벌말 청년들과 공장 종업원들을 긴급 소집해서 선경치안대(鮮京治安隊)를 조직했다. 이렇게 주인 없는 공장과 기계들을 지켰다. 선경직물은 우여곡절 끝에 한국인 주주 두 명 소유명의로 1946년 2월 재가동에 들어갔다. 사장은 한국인 황청하(黃淸河), 생산부장은 최종건. 사실상 최종건이 실제경영자였다. 그래서 뜻하지 않게 섬유회사 경영과 유통을 익혔다. 이 회사가 생산한 양복 안감이 잘 팔렸고, 1949년 봄 최종건은 결혼했으며, 곧바로 사직했다. 이제 자기 회사를 설립하고 싶었기 때문이다.

그는 1949년 가을부터 퇴직금으로 인견사(人絹絲) 장사를 했다. 그는 많은 돈을 벌었고, 직접 직물공장을 세울 꿈에 부풀었다. 하지만 다시 엄청난 사건이 터졌다. 1950년 6월 25일 한국전쟁이 발발한 것이다.

최종건은 수원에 있는 한 친척집에 숨었다. 선경직물 공장은 인민군 본부가 되었다. 최종건은 발각 당해 수원내무서로 끌려왔다. 우익분자로 간주한 것이다. 최종건은 총살당할 위기에 처했다. 한 달이 지나자 붉은 완장을 단 사람이 소리쳤다.

"최종건 이리 나와!"

얼굴을 보니 이성길(李成吉)이었다. 이성길은 해방직후 아무 것도 모르면서 친구 권유로 남로당에 가입했다가 경찰서에 끌려가 죽을 위기에 처했었다. 그때 최종건이 신원보증서를 써서 구해준 적이 있었다. 이성길은 최종건에게 수갑을 채우고 따귀를 때렸다.

"이 반동분자 새끼야! 넌 당장에 총살감이다!"

이성길은 따발총으로 최종건 옆구리를 찌르며 어느 외진 곳까지 끌고 갔다. 어느덧 둘 밖에 없었다.

"이발이나 하고 어서 집으로 가!"

이성길은 수갑을 풀어주며 백 원짜리 지폐 몇 장을 쥐어 주었다.

"아무 말 말고 어서 여길 빠져나가! 지금 유치장에 있는 사람들은 오늘 밤 안으로 다 죽는단 말야!"

최종건은 이렇게 기적적으로 목숨을 건졌다.

1953년 3월, 관재청(管財廳)을 자주 드나들던 방구현(方九鉉)이 최종건을 만났다. 관재청은 적산(敵産)관리청, 곧 일본인이 남기고 가서 한국정부 소유가 된 재산을 관리하는 관청이었다.

"(해방직후 선경을 인수받은) 그 주주 두 명이 선경직물 관리책임을 포기했다네. 내가 생각해보니 선경직물을 불하받을 사람은 자네 밖에 없어. 자네가 아니면 공장을 다시 일으켜 세우지 못하네."

최종건은 공장으로 달려갔다. 그곳에 공장은 없었다. 그냥 잿더미로 변한 폐허였다. 폐허가 밑천이란 말인가! 최종건은 망연자실해서 씁쓸한 표정을 지었다. 하지만 다시 강인한 의지를 불태웠다.

'내가 반드시 공장을 다시 일으켜 세우리라!'

그는 혼자 열심히 삽질하며 잿더미를 걷어냈다. 그것은 우공이산(愚公移山)과 다를 바 없었다.

그러나 기적이 벌어졌다.

어릴 때 부하들이 하나씩 모였다. 그러자 동네 사람들도 모였다. 어느덧 군중이 되었다. 이들이 열심히 잿더미를 청소했다. 최종건은 이들에게 역할을 분담시켰다. 쇠조각이 나오면 소중히 한 곳에 모았다. 쓸 수 있는 벽돌도 따로 모았다. 다시 공장 건물과 기숙사를 세우기 시작했고, 최종건이 직접 불에 탄 부속품들을 수작업으로 두드리고 손질하며 직기(織機) 한 대를 완성했다. 더 이상 쓸 수 없는 쇠조각은 녹여서 볼트와 너트를 만들었다. 두 달이 지나자 폐허가 사라지고 직기 4대를 오직 사람 손으로 완성했다.

최종건은 이렇게 폐허에서 일어섰다.

그는 친척들에게 돈을 빌려 원사를 구했고, 기계로 직물을 만들어 팔기 시작했다. 이렇게 돈이 생기기 시작했고, 1953년 8월 1일 선경직물주식회사를 관재청으로부터 매수하여 사장이 되었다. 그는 1953년 10월 1일 정식으로 선경 창립을 선포했다.

이후 선경은 최종건 · 최종현 형제경영으로 나날이 발전했다.

훗날 이병희(李秉禧) 씨는 이렇게 회고했다.

"선경직물 공장을 세울 때, 종건 형은 한 달 가운데 25일 직접 해머를 들고 일하다가 피곤하면 거적대기 위에서 잠시 눈을 붙이고 기계와 씨름을 했다. 남들은 선경합섬을 만든 것이 기적이라고 말했지만, 그것은 지칠 줄 모르는 형의 사업에 대한 정열과 부단한 노력의 결정이자 형의 웅대한 꿈과 끈질긴 정진의 결실이었다. 종건 형은 회오리바람에도 우뚝했던 거목이었다."

사실 최종건의 강력한 카리스마와 불같은 추진력을 보고 그를 무서워한 신입사원들도 있었다. 그러나 그는 인간미가 있었다.

하루는 여공 면접을 봤는데, 면접관 두 명이 용모 항목에 0점을 주고 최종건 회장만 10점을 줬다.

"내 기억에 이 아이는 얼굴이 곰보야. 그래서 너희가 빵점으로 처리한 거지? 이런 순 엉터리들 아닌가? 색시감 고르랬니? 곰보치고 마음씨 착하지 않은 사람 없단 말이다. 얼굴이 곰보라고 일 못하나? 몸만 건강하면 되는 거야. 합격시켜!"

최종건이 지프를 타고 다닐 때였다. 밤길에 운전사 실수로 길 가던 할머니를 스쳤다. 할머니가 쓰러지자 최종건이 외쳤다.

"얼른 차 세워!"

최종건이 할머니를 안고 재빨리 차에 태웠다. 병원에서 진단했더니 가벼운 찰과상이었다. 의사는 통원치료로 충분하다고 말했지만 최종건이 할머니를 입원시켰다. 그리고 매일 아침 병문안을 다녔다. 그리하여 할머니의 가족들이 감동했다. 시간이 지나자 가족들이 최종건 회장에게 퇴원하겠다며 사정했다.

"정말 죄송합니다. 만약 퇴원 후에 조금이라도 이상이 있으면 제게 연락해주십시오."

최종건 회장은 병원비 일체는 물론이고 과하다 싶을 정도로 할머니 가족에게 사례비를 주었다.

최종건은 1969년 서울대병원에서 위궤양수술을 받았다. 그런데 1972년 여름, 가래에 피가 섞여서 나왔다. 다시 서울대병원에서 검진했는데, 40년 전 한국은 지금과 다르다. 지금 한국의술은 세계적인 수준이지만, 그때 한국은 가난한 나라여서 종합병원도 최신 의료기계가 없었다. 일단 기관지경(氣管支鏡) 검사를 했는데, 암이 아닌 것 같았다. 서울대병원 내과 원장은 찜찜한 느낌이 들었지만 일단 집으로 보냈다.

하지만 1973년 봄, 다시 기관지경 검사를 하니 폐암이었다. 6개월 시한부 인생.

원장이 사실대로 말하자 최종건은 한참동안 말이 없었다. 그리고 이렇게 물었다.

"왜 1년도 못 된 작년 여름에 암인 줄 의심하고도 확진을 못 내렸습니까?"

원장도 침착하게 대답했다.

"요즘 일본에서 개발한 화이버스코프(fiberscope)가 있다면 기관지 구석구석까지 자세히 관찰할 수 있겠지만, 우리가 가진 기관지경은 가시범위가 좁아서 확실한 진단을 할 수 없었습니다."

2주일이 지나자 비서가 서울대병원 내과 원장에게 선물을 드렸다. 뜯어보니 화이버스코프였다. 비서는 최종건 회장의 말을 이렇게 전달했다.

"나는 이미 늦었지만 나와 같은 병에 걸려 고통 받는 다른 환자들을 위해 기증합니다."

최종건은 1973년 11월 15일 세상을 떠났다. 이 사람 유언은 강철 같은 인간이 무엇인지 보여준다.

"죽어도 정유공장 세운 것을 보고서야 죽겠다!"

3. 한국인은 어떻게 돈을 버는가

김영식(한국)

　김영식(金英植)은 1951년 12월 4일 경남 고성(固城)에서 태어났다. 머리가 좋은 사람은 아니었다. 그러나 강인한 실천력이 있었다.

　1973년 제대를 앞두고 앞으로 어떻게 먹고 살지 고민하고 있었는데 한 후임병이 초등학교 학습지 사업을 권했다. 김영식은 아버지를 열심히 설득해서 20만 원을 받았다. 이 돈으로 경남 고성에서 사업을 시작했다. 처음 회원은 90명.

　"한 집이라도 더 방문해야 부수가 나온다."

　그래서 무식하게 일했다. 낡은 자전거를 타고 하루 100㎞를 돌아다녔다. 큰 산을 넘어야 갈 수 있는 고성 동해면에 사는 한 초등학생을 가입시키기 위해 하루도 쉬지 않고 한 달 동안 방문한 적도 있다. 이것만으로도 피곤한데 매일 학습지를 직접 채점해서 돌려줬다. 그리하여 두 달 만에 550부로 늘렸다. 이제 자신감이 생겼다.

　그는 반 년 만에 학습지 사업을 형님에게 넘기고 1974년 부산에서 신발

깔창 제조 사업을 시작했다. 결혼은 1977년에 했고, 딸과 아들이 태어났다.

1980년은 세계 금연의 해였다. 그는 금연파이프 사업에 도전하기로 결심했다.

'어! 금연파이프를 팔려면 나부터 담배를 끊어야 하잖아!'

김영식은 독하게 마음먹고 담배를 끊었다. 흡연의 해악과 금연 방법을 소개하는 대자보를 만들고, 하얀 모자를 쓰고 하얀 장갑을 끼고 '금연합시다'리본을 가슴에 달았다. 그리고 부산 충무동 오거리에서 마이크 잡고 열심히 떠들었다. 대기업 신입사원 초봉이 30만 원도 안 되던 시절이다. 그는 3시간 30분 만에 39만8000원어치를 팔았다. 반년이 지나자 6000만 원 이상을 벌었다.

그는 겁이 없었다. 아직 젊었고, 갑자기 많은 돈이 생기자 돈을 물 쓰듯이 썼다.

'더 벌면 되지 뭐!'

1981년, 장난감과 주방용품 사업을 시작했다. 그러나 경영을 방만하게 했다. 자만하면 망한다. 그는 절벽에서 떨어졌다.

1982년, 이 네 식구는 부산 남구 대연동(大淵洞) 비좁은 골목에 있는 보증금 100만 원·월세 4만 원 단칸방에서 살고 있었다. 이때 딸이 초등학교 2학년이었는데, 집에 놀러 온 친구들이 딸의 가슴에 비수를 꽂았다.

"너희 집은 왜 이렇게 작아? 방이 하나 밖에 없어?"

아버지가 집에 오자 딸이 울먹이며 아버지 가슴에 비수를 꽂았다.

"아빠, 우리는 왜 이렇게 가난해?"

다음날 김영식은 은행에서 전 재산 300만 원을 1만 원 지폐로 모두 찾아

봉투에 담았다. 그리고 집에서 딸을 불렀다.

"자, 봐라. 우리가 얼마나 부자인지 아빠가 보여주마."

지폐를 두세 장씩 꺼내 방바닥에 기어이 다 뿌리고야 말았다.

"와! 아빠, 우리가 이렇게 부자야?"

김영식은 속으로 눈물을 흘렸다.

'반드시 부자가 되고야 말겠다!'

1984년, 김영식은 천호물산(泉湖物産)이라는 회사를 차렸다. 처음으로 판매한 제품은 저주파치료기.

"나는 가진 것 없이 시작했다. 하지만 꿈이 있다."

김영식은 몸 전체가 뚝심으로 가득 차 있었고, 직접 열심히 뛰어다니며 팔았다.

"학벌과 가문이 인격을 보증해 주지 않는다. 체면을 따지면 아무 일도 못한다. 험한 일, 밑바닥 일을 피하면 별 볼일 없는 인생이 된다."

드디어 자본이 쌓이기 시작했고 직원도 늘어나기 시작했다. 1985년, 김영식은 보증금 800만 원·월세 4만 원 방 두 칸 집으로 이사했다.

"나는 더 이상 내려갈 데가 없는 상황에서 출발한 사람이다. 그래서 오르막만 타고 있다."

1987년, 이 식구는 부산 대연동 한 고급 아파트로 이사했다. 네 식구 모두 감격했다.

1988년, 그는 회사이름을 천호식품으로 바꾸고 달팽이엑기스(진액) 제조와 판매사업을 시작했다. 이것은 4년 동안 고전했다. 그래서 1992년 TV홍보를 결정했다. 하지만 방송광고를 만들 여유자금이 없었다. 그는 KBS에

쳐들어갔다. 〈6시 내고향〉 PD와 모든 담당자를 만나 열심히 설득했다. 그러나 모두가 귀찮게 여겼다.

그래도 포기하지 않았다. 일주일에 한 번 KBS에 들러 "안녕하십니까. 달팽이 왔다 갑니다." 인사만 하고 돌아갔다. PD들은 황당했다.

"저 달팽이 또 왔어?"

"뭐야, 저 사람? 싱거운 사람이군."

이렇게 석 달이 지나자 더 이상 불청객이 아니었다. 이제 PD들이 웃으며 받아주었다.

"저기 달팽이 오시는구먼."

"사업 잘 되십니까?"

드디어 PD들이 내게 말을 걸기 시작했다! 그는 달팽이엑기스를 한 상자씩 선물했다. 그러자 예상 못한 일이 벌어졌다. 한 PD의 어머니가 당뇨로 고생하고 있었는데 이것을 먹고 몸이 많이 좋아졌다. 저 달팽이인간은 사기꾼이 아니었다. 그리하여 〈6시 내고향〉에 한 번 방송이 나갔다.

"사장님, 큰일 났습니다. 주문 전화가 엄청나게 많아요. 전화 연결이 안 된다고 화를 내는 사람이 많습니다."

천호식품은 날개를 달았다. 이 회사가 고공비행을 했고, 1994년 김영식은 부산 100대 알부자가 되었다. 바로 이것이 문제였다.

그는 다시 자만에 빠진 것이다.

서바이벌 게임 사업, 찜질방 체인 사업, 황토방 체인 사업을 한꺼번에 벌였고, 앞날은 밝기만 했다. 하지만 1997년이 되었다. IMF금융위기가 터진 것이다.

지금 대학생과 청소년들은 1997년 위기가 얼마나 심각했는지 모를 것이다. 1997년 12월 국가경제가 파산했다. 국고가 텅 비었고, 은행이 무너졌으며, 수많은 회사가 줄줄이 망하고, 거리에 실업자가 넘쳤다. 심지어 외국 식량원조가 들어오는 굴욕을 맛봤다. 그때 한국인들은 잠을 자기 힘들었다.

천호식품도 철퇴를 맞았다. 김영식이 운영한 모든 사업이 망했다. 하청업체들에게 발행한 어음이 만기가 되어 무더기로 돌아왔고, 은행은 김영식의 회사 자산과 집까지 경매에 넘겼다. 200명이었던 직원이 모두 떠났고, 부산에 있는 공장만 4명이 남았다.

김영식은 알거지가 되었다.

훗날 이 사람은 그때 자기가 어떻게 살았는지 이렇게 설명했다.

"서울 서초동 그 넓은 사무실에 혼자 앉아 있었습니다. 잠은 역삼동 뒷골목 허름한 여관에서 잤습니다. 갚아야 할 빚이 20억 원이었고, 한 끼 밥값 5000원이 없어서 울었습니다. 저는 소주 한 병과 600원짜리 소시지 하나로 허기를 달랬습니다."

이것은 죽음보다 비참한 상황이다. 그는 사무실에서도 소주를 마셨다. 그래서 자살을 결심했다. 그런데 하필이면 이때 세무서 직원이 협박전화를 했다.

"체납된 국세 이번에도 안 내면……"

"이봐요. 나 세금 떼먹으려는 거 아니오. 계속 그렇게 사업 못하게 다그치면 여기 9층에서 뛰어내립니다. 그렇지 않아도 지금 자살할 생각이었소."

그러자 세무서 직원은 냉정하게 말했다.

"뛰어내리는 건 그쪽 사정인데, 세무서 전화 받고 뛰어내렸다는 말은 하지 마세요."

인간사회란 이런 것이다. 너무 슬퍼서 눈물도 안 나는 상황이었다. 결국 김영식은 자살하지 못했고, 1998년 설날 고향에 내려갔다. 세배를 하자 아버지가 선물을 줬다. 건넌방에서 포장을 뜯어보니 오뚝이가 있었다.

"오뚝이를 끌어안고 한참을 생각했다. 겪어 본 사람은 알 것이다. 무한 책임을 짊어진 가장이 한없이 추락했을 때 그 처참한 심정을. 내 신세에 대한 자괴감이 드는 한편, 아버지의 가르침에 대한 한없는 고마움이 솟아올랐다. 나는 오뚝이를 가슴에 품고 다짐했다. 아버지! 영식이는 기필코 오뚝이처럼 다시 일어설 것입니다."

그는 18만 원짜리 쑥 상품을 5만 원에 팔기로 결심했다. 영업사원이 자기 혼자 밖에 없었다. 전단지를 만들 돈도 없어서 아내가 선물해 준 반지를 전당포에 맡기고 130만 원을 빌렸다.

'못 팔면 죽는다!'

버스에서도, 전철에서도, 길거리에서도 간곡하게 전단을 뿌렸다. 심지어 비행기 안에서 전단을 뿌렸다. 이것은 있을 수 없는 일이다. 승무원이 제지하자 간절하게 애원했다.

"이 전단 안 뿌리면 나 죽어요."

다행히 친구들도 사주었고, 판매량이 늘어났다. 그리하여 반 년 만인 1998년 6월, 은행이자 9800만 원을 갚았다. 이렇게 급한 불을 껐고, 부산 공장도 정상으로 돌아가기 시작했다. 그는 다시 상승곡선을 타기 시작했으며, 1999년 11월 빚 20억 원을 모두 갚았고, 지금은 부산과 서울에 직원 400명을 거느리고 벤츠를 타고 다니는 알부자가 되었다.

이 회사 최고 히트상품은 산수유환이다. 이 제품이 나온 동기는 이렇다.

김영식은 떳떳하게 고백했다.

"어느 날 아내 곁으로 갔는데 터널 속에서 그만 시동이 꺼져버렸다."

여자는 모를 것이다. 남자는 이럴 때 엄청난 수치심을 느낀다. 그래서 남몰래 엉엉 운다. 김영식은 포기하지 않았다. 유명 한의사와 자기 회사 연구실 직원들에게 물어보니 결론은 산수유였다. 연구실 직원들이 산수유를 알약 형태로 만드는 실험을 했고, 김영식 사장이 먹었다. 매일 먹었더니 15일 뒤부터 몸이 달라졌다. 다른 직원들도 그 효과를 느꼈다.

"산수유……남자한테 참 좋은데……정말 좋은데……어떻게 표현할 방법이 없네."

한 아저씨가 경상도 억양으로 말하는 2010년 TV광고. 이 광고모델이 김영식이다. 친구들이 이 광고를 보고 웃었다. 확실히 산수유는 좋다. 비아그라는 부작용이 있지만 산수유는 부작용도 없다.

김영식은 직원복지도 신경 썼다. 출산·육아와 자녀 교육에 관한 복리후생을 잘 갖췄고, 직원이 대학이나 대학원에 가면 교육비 전액을 지원한다. 공장 생산직원과 콜센터 직원과 매장안내원 모두 정규직이다.

이제 김영식은 욕심 부리지 않는다. 그러나 멈추지 않는다. 2010년 회사 송년회, 직원들이 물었다.

"회장님은 성공한 기업가이시죠?"

김영식은 이렇게 답했다.

"아직은 아닙니다. 내가 성공한 기업인이라는 소리를 들을 때는 여러분이 부자가 됐을 때입니다. 여러분 통장에 5억 원 이상 들어있을 때 나는 성공한 기업가라고 큰소리치고 다닐 것입니다."

4. 한국인은 강하게
키우는 것을 좋아한다

닉쿤(태국)

JYP엔터테인먼트는 해외시장 개척과 이윤추구를 위해 11개 나라에서 인재를 찾았다. 하지만 마땅한 인재가 보이지 않았다. 결국 미국에서 찾아낸 사람은 미국인이 아닌 태국사람이었다. 니치쿤 호르베치쿨(Nichkhun Buck Horvejkul, 1988. 6. 24~).

이 사람은 태국에서도 손꼽히는 갑부 집안 자식이다. 사립학교에서 영어도 완벽하게 배웠고, 고생을 모른 채 자랐으며, 미국에서 유학하고 있었다. 2006년, 니치쿤은 LA에서 한 한국콘서트를 구경하러 갔다. 공연이 끝나고 돌아가려는데 JYP엔터테인먼트 캐스팅 담당자가 이 잘생긴 동양인에게 한국어로 말을 걸었다.

'무슨 말이지? 한국어 같은데……'

옆에 있었던 다른 사람이 영어로 통역했다.

"우리는 JYP엔터테인먼트입니다. 가수 비(RAIN) 아시죠? 가수 비의 소속 사입니다. 얼굴이 참 좋은데, 오디션 한 번 보시죠."

니치쿤은 곧바로 거절했다.

"죄송합니다. 생각 없어요. 싫어요."

이때 니치쿤은 가수 비가 누구인지도 몰랐다. 뿐만 아니라 노래를 잘하는 사람도 아니었고, 춤도 전혀 못하는 사람이었다. 게다가 내성적이어서 남 앞에 서기를 좋아하는 사람도 아니었다. 고개를 돌려 집으로 가려는데 캐스팅 담당자가 소매를 잡았다.

"죄송합니다. 전화번호라도 알려주세요."

"저는 정말 생각 없어요."

"잘 알았으니 전화번호만이라도 알려주세요."

뭐 이렇게 집요한 사람이 다 있을까? 니치쿤은 할 수 없이 자기 전화번호를 알려준 뒤 집으로 돌아갔다.

'설마 정말 내게 전화하지 않겠지.'

그런데 다음날 정말 전화가 왔다.

"오디션 한 번 보시죠."

"싫어요. 저는 못해요."

계속 거절했다. 그래도 매일 전화했다. 이렇게 나흘이 지났다. 니치쿤은 짜증이 났다. 그 사람이 또 전화했다.

"우리가 있는 호텔로 오기가 불편하다고 하셨죠?"

"네."

"그럼 우리가 당신이 있는 곳으로 가겠습니다."

니치쿤은 이런 일을 처음 당해서 어안이 벙벙했다. 나는 어찌 해야 한단 말인가? 그 사람들을 집으로 들여보내준다? 그것은 싫었다.

"아!……알았어요. 알았어요. 제가 가겠습니다. 우리 커피숍에서 만납시다."

그래서 만났다. 그 담당자는 이렇게 말했다.

"우리 밖에서 이야기 합시다."

커피숍 문을 열고 나가자마자 니치쿤은 당황했다. 이미 카메라와 마이크와 스피커가 잘 놓여 있었다. 이제 도망갈 수도 없다. 커피숍 앞 길가에서 오디션이 벌어졌다. 커피숍과 바로 옆 레스토랑, 그리고 행인들이 신기하게 쳐다보고 있었다.

"자기소개를 해보세요."

어느새 니치쿤은 진지하게 카메라 앞에서 연예계 지망생으로 변했고, 영어와 태국어로 자기소개를 했다. 다음은 노래부르기. 니치쿤이 최선을 다해 한 곡을 부르기 시작하자 회사 사람들 얼굴이 찡그려졌다. 더 이상 들을 필요도 없었다. 조금 밖에 안 불렀는데……

"네. 잘 들었습니다. 그만하세요. 이제 춤 한 번 춰보세요."

"음악도 없는데 어떻게 해요?"

갑자기 엄청난 스테레오 음향이 울려 퍼졌다. 니치쿤은 다시 당황했고 최선을 다했다. 겨우 5초 동안……

그 사람들이 불쌍한 눈빛으로 쳐다봤다.

"됐습니다. 그만하세요."

그들은 마지막으로 모델 포즈를 몇 번 취해줄 것을 요청했다. 이것은 괜찮게 했다. 워낙 미남이었고, 눈빛이 선하면서 몸매도 멋있었다.

왜 내게 이런 사기를 쳤을까? 이렇게 수많은 사람 앞에서 나를 부끄럽게 만들고 바보로 전락시키다니. 이것이 니치쿤의 오디션이었고, 갑부의 자식이 처음으로 맛본 쓴맛이었다.

그리고 니치쿤은 그 사건을 잊었다. 2주일이 지났고, 열심히 공부하고 있는데…… 세상에, 이럴 수가! 그 사람들이 또 내게 전화하다니!

"내일 한국으로 오세요."

미국에서 학기 중에 공부하고 있는 학생에게 "내일 한국으로" 오라? 놀랍게도 니치쿤은 정말 한국에 갔다. 이것은 할머니의 지원이 있었기 때문이다. 그 오디션 사건 직후 니치쿤은 태국에 있는 할머니에게 안부전화를 했다. 자기가 겪은 황당한 오디션 사건을 이야기하자 할머니가 깜짝 놀랐다.

"비(RAIN)? 정말? 너도 빨리 가서 해봐라."

할머니가 비의 팬이었던 것이다.

"내일 한국으로 오라."는 전화통화를 끝내자 니치쿤은 태국에 있는 부모님에게 전화했다.

'부모님이 반대하시겠지. 그러면 나는 한국에 갈 필요 없어.'

그러나 부모님은 자신이 예상 못한 대답을 했다.

"그것은 백만 번에 한 번 오는 행운이다. 가거라."

니치쿤이 처음 한국에 와서 JYP엔터테인먼트 건물로 들어가자 행정관계자가 물었다.

"이름이 뭐죠?"

"니치쿤 호르베치쿨입니다."

니치쿤은 태국어로 '항상 자신에게 좋은 마음을 가진다.'는 뜻이다. 니치쿤은 컴퓨터 화면에 영어로 Nich-khun이라 쳤다. 그러자 그 사람이 니치쿤을 닉쿤으로 잘못 읽었고 한글로 이렇게 쳤다.

닉쿤.

이것이 영원히 한국예명이 되었고, 훗날 전 세계에 통하는 예명이 되었다. 그리고 3년이라는 고난의 시간을 보냈다. 한국이라는 외국에서 혼자.

먼저 한국어를 공부해야 한다. 중국어도 같이 배웠다. 원래 머리가 좋은 사람이지만, 그래도 태국사람이 한국어를 배우는 것은 쉽지 않았다. 이것이 가장 먼저 부딪친 장벽이었다.

동시에 춤을 배웠다. 발성법과 연기도 배웠고, 노래도 연습했다. 모두 JYP엔터테인먼트 훈련과정을 따랐다. 하루하루가 피나는 훈련의 연속이다. 잠도 충분히 자기 힘들다. 선생님들에게 야단도 많이 들었고, 나쁜 말도 많이 들었다. 그때는 무슨 뜻인지 몰랐지만, 욕에 가까운 나쁜 말이라는 것은 느낌으로 알 수 있었다. 처음 2주 동안 닉쿤은 회의에 빠졌다.

"내가 지금 여기에서 뭐 하고 있는 거지? 나는 하나도 잘하는 것이 없는데, 내가 어쩌다가 여기까지 와서 이렇게 고생하며 살아야 할까?"

아버지에게 전화했다.

"저 집에 돌아가고 싶어요."

아버지는 자상하게 대답했다.

"그래. 그렇게 해도 괜찮다. 하지만 지금 힘들어도 한 번 열심히 해보는 것은 어떻겠니? 너가 미래에 이룰 수 있는 것을 생각해 봐."

닉쿤은 아버지의 이 말에 용기를 얻어 연습에 몰입하기 시작했다. 2009년, 한 태국 특별 대담프로그램에서 닉쿤은 이렇게 말했다.

"그 3년 동안 저는 한 번도 울지 않았어요."

한 번도 울지 않았다! 참으로 묘한 말이다. 닉쿤은 이렇게 말한 뒤 자신이 겪은 한국식 교육법에 대해 오직 한 마디만 했다.

"한국인은 강하게 키우는 것을 좋아합니다."

우리는 한국에서 살고 있는 한국인이기 때문에 한국이라는 나라와 한국인을 객관적으로 보기 힘들다. 닉쿤은 연예인이기 때문에 언제나 말과 행동을 조심하면서 산다. 한 마디 말이 자기 인생을 지옥으로 떨어트릴 것을 아는 사람이다. 이 사람이 조심스럽게 한국의 교육에 대해 한 말이 "강하게 키운다."는 것이었다.

외국에서 오래 살다가 다시 한국으로 돌아온 사람은 이 말에 공감한다. 한국식 교육은 한 마디로 스파르타다. 약한 사람은 한국에서 살아남기 힘들기 때문이다. 우리는 한국에서 태어나 자랐기 때문에 느끼지 못할 뿐이다. 닉쿤은 3년 동안 한국에서 고난의 세월을 보냈음을 자랑하지 않았다. 조심스럽게 한 말이 바로 이것이었다. 한국인은 강하게 키우는 것을 좋아한다.

닉쿤은 나중에야 알았다. JYP엔터테인먼트가 자신을 부른 까닭은 모델로 키우려했다는 것을. 다만 모델도 연예인이고 기본적인 끼가 있어야 하기 때문에 연기와 춤과 노래연습을 시켰다는 것을. 닉쿤은 매일 욕을 먹으며 살았다.

'조금 발전했다는 말을 듣기 위해 노력하자.'

이것이 고난의 시기동안 닉쿤의 목표였다. 조금도 거창하지 않았다. 한국어도 조금씩 알아듣기 시작했고, 욕도 금방 배웠다. 한 마디로 외국에서 욕먹기가 싫었다. 욕을 먹지 않는 것. '조금 발전했네.' 한 마디 듣는 것. 이 것이 목표였고 매일 피땀을 흘렸다. 이렇게 2년 이상 흘렀다.

박진영 사장은 한 달에 한 번 연습생들의 실력을 점검했다. 닉쿤의 춤 실력을 확인한 뒤 내린 결정.

"이제 됐어. 닉쿤을 2PM으로 보내."

닉쿤은 2PM의 마지막 멤버가 되었다. 그리고 데뷔했다.

3년 동안 한 번도 눈물을 보이지 않았던 사람이 이날 무대 뒤에서 눈물을 흘렸다.

이 사람은 한국에서 성공했고, 아시아의 스타가 되었다. 닉쿤은 태국 관광 홍보대사가 되었으며, 태국으로 가는 한국인 관광객이 늘어났고, 태국에서 한국문화산업의 이윤을 늘려주었다. 닉쿤은 지금도 2PM과 같이 역사를 쓰고 있다. 박진영 사장은 "닉쿤이 우리 회사를 먹여 살린다"고 인정했다. 젊은 나이에 부자가 된 닉쿤은 이렇게 말했다.

"제 실력은 지금도 부족해요. 그래서 지금도 매일 노력해요."

세상을 바꾸는
미친그들
대한민국 젊은이들에게 희망과 용기를 주는 이야기

초판 인쇄 2014년 9월 15일
초판 발행 2014년 9월 20일

지 은 이 박근형
펴 낸 이 방은순
펴 낸 곳 도서출판 프로방스
북디자인 design86
마 케 팅 최관호

주   소 경기도 고양시 일산동구 백석동 1301-2번지 넥스빌904
전   화 031-925-5366~7
팩   스 031-925-5368
E-mail provence70@naver.com
등록번호 제313-제10-1975호
등   록 2009년 6월 9일
I S B N 978-89-89239-90-1(03810)

값 14,500원

파본은 구입처나 본사에서 교환해 드립니다